LA HIGUERA

colección andanzas

Libros de Ramiro Pinilla en Tusquets Editores

ANDANZAS

Verdes valles, colinas rojas
1. La tierra convulsa

Verdes valles, colinas rojas
2. Los cuerpos desnudos

Verdes valles, colinas rojas
3. Las cenizas del hierro

La higuera

RAMIRO PINILLA
LA HIGUERA

TUSQUETS
EDITORES

1.ª edición: octubre de 2006
2.ª edición: mayo de 2022

© Ramiro Pinilla, 2006

Diseño de la colección: Guillemot-Navares
Reservados todos los derechos de esta edición para
Tusquets Editores, S.A. – Cesare Cantù, 8 – 08023 Barcelona
www.tusquetseditores.com
ISBN: 84-8310-348-6
Depósito legal: B. 41.255-2006
Fotocomposición: Pacmer, S.A. – Alcolea, 106-108, baixos – 08014 Barcelona
Impreso sobre papel Goxua de Papelera del Leizarán, S.A. – Guipúzcoa
Impresión: Limpergraf, S.L. – Mogoda, 29-31 – 08210 Barberà del Vallès
Impreso en España

Índice

Mercedes Azkorra 11

Rogelio Cerón 49

Mercedes Azkorra 253

a María

Mercedes Azkorra

Fue la decisión municipal de expropiar aquel minúsculo terreno la que volvió a poner de actualidad al hombrecillo de la cabaña. No lo habíamos olvidado, era imposible teniéndolo tan cerca, en la vega de Fadura. Aunque no era tan determinante esta proximidad como las curiosas circunstancias que le envolvieron desde el principio, nada menos que desde la guerra, Dios, treinta años atrás.

Todos recordábamos su, digamos, irrupción entre nosotros en junio del año 37. Surgió sin razón aparente, incluso sin una lógica. ¿Quién, si no, se instala en un descampado sin un atractivo especial sólo para sentarse en una piedra o en el santo suelo, sin apenas levantar la cabeza, con la vista clavada en los yerbajos? Más tarde apareció la silla. En días lluviosos o fríos se protegía con paraguas o abrigo y boina roja. Más tarde se hizo con una mísera caseta de tablas y techo de uralita. Se retiraba —no sabemos adónde— siendo ya noche, para regresar a la mañana siguiente; esto, en los primeros días, pues pronto llegó su instalación definitiva. En tiempo seco, regaba por las noches algo de allí; no supimos qué, a nadie se le ocurrió dar un paseo, en sus horas de ausencia, con un farol para averiguarlo: aquellos años no estaban para satisfacer curiosidades tontas. Una fijación tan obsesiva por aquel sitio hablaba de una mente trastornada, y nos importaba un bledo que regara un cardo o una margarita. Cuando, meses después, se descubrió el esqueje de higuera, supimos lo que había estado mimando. «Para no aburrirse», comentaron algunos. «¿Pero por qué está ahí aburriéndose?»

Le he llamado hombrecillo por conocer, hoy, el infortunado destino que tendría, y a pesar de que, en aquellos primeros tiempos, vestía los espeluznantes camisa azul y pantalón y correaje negros con que se disfrazaban los de Falange; es decir, era uno de ellos.

Vivíamos tiempos duros. Aunque la guerra había concluido para los vascos, ya «liberados» por Franco, la anticipada posguerra nos trajo más horror, si ello era posible. El grueso del ejército vasco, sesenta batallones nacionalistas, se había rendido en Santoña, en lo que nuestro pequeño Asier Altube calificaría de traición a la República, y Manuel Goenaga, el maestro de Algorta, de algo así como de salvaguarda étnica.

Sufríamos un vacío de hombres caídos en combate o presos sentenciados a muerte o a treinta años por tribunales militares que condenaban en siete minutos. Por no mencionar los asesinatos cometidos al margen de esta legalidad por bandas de pistoleros uniformados, los «paseos», de los que nunca se regresaba. Presos de canas prematuras paralizados por el toctoc de las pisadas nocturnas del carcelero y que aún podían responder con desfallecimiento a la explosión de su nombre en la puerta de la celda abarrotada. Madres, abuelas, hijas, hermanas viajando con el paquetito de comida que la mayoría de las veces al preso no le daba tiempo de consumir. Y del lote humano que todas las noches —excepto los domingos y fiestas de guardar— era sacado de las prisiones y conducido en camiones al cementerio más próximo donde piquetes del ejército los fusilaban contra las tapias, al menos, a las familias se les permitía recoger los cuerpos para enterrarlos; porque los «paseos» producían cadáveres ilegales de los cuales nunca se volvía a saber.

A nadie se le podía ocurrir la temeridad de acercarse a preguntar al hombrecillo que se aburría: «¿Se puede saber qué hace usted aquí?». Aunque tal vez habría significado una fugaz remisión del horror, el gesto habría corrido un vano velo sobre la guerra, pues o yo no entiendo de guerras o su comportamiento nada tenía que ver con ninguna de ellas. Treinta años de silencio, de no preguntar qué demonios pintaba allí. «Le gustan los higos», se decía el pueblo al principio, cuando algún curioso husmeó y descubrió, primero, el esqueje, y después, el hijuelo de higuera que el hombrecillo regaba por las noches. Era imposible no pensar en él siquiera en septiembre y octubre, época de higos y cuando aquella jovencísima higuera de cuatro o cinco años empezó a dar los primeros y los chiquillos se acercaban a robarlos y él los rechazaba a pedradas o amenazándoles con un palo. Supongo que por entonces empezó a llamársele «Chumbo», higo «Chumbo».

Pero la verdadera atención sobre él se produjo al convertirse aquella parte de Fadura en foco de peregrinación, en uno de esos lugares donde se aparece la Virgen u otra figura celestial y acuden devotos y enfermos a rezar o suplicar milagros. Lo asombroso fue que, en este caso, la figura celestial era el hombrecillo, Chumbo, es decir, el falangista.

Parece que en esta intragable broma del destino tuvo que ver menos Chumbo que Cipriana, la mujer de Benito Muro, primer alcalde franquista nombrado a la entrada del enemigo en agradecimiento a haber saltado de bando con los planos del Cinturón de Hierro. No era Cipriana franquista sino, sencillamente, mujer de iglesia y rosario y, acaso sin que Chumbo se diera cuenta, hizo de él un «hombre santo», un solitario de esos que viven en cuevas de montes y sólo desean que les dejen en paz, pero que las gentes se empeñan en visitar para recibir consuelo. ¡Nada menos que en esto quedó convertido Chumbo! Con el paso de los años, los primeros peregrinajes de media docena de personas alcanzaron luego cientos, y allí seguía el hombrecillo en la mala cabaña que había levantado, cuidando de su higuera y —estoy segura— ajeno al bullicio y a la devoción de la que era el centro: para él, lo único que contaba, al parecer, era su higuera.

La vega de Fadura era uno de los escenarios elegidos por mí para las excursiones de la escuela los jueves por la tarde, quizá el más interesante de todos para la chiquillería por la diversidad de vida menuda que poblaba sus humedales: *zapaburus*, ranas y sapos, lagartijas y lagartos, salamandras, culebras y sirones..., que los alumnos más pequeños etiquetaban como «bichitos».

Las puertas de las escuelas no se abrieron en octubre del 36, sí el año siguiente, curso en el que hube de encargarme también de los niños, pues Manuel estaba preso. Su natural dubitativo retrasó su incorporación activa a la guerra, pero al fin se enroló en el *batzoki*, y muy oportunamente, pues la ofensiva franquista en el norte fue un par de semanas después. Le nombraron capitán de compañía, aunque a los tres días los mandos descubrieron su error: la garganta de Manuel fue incapaz de pronunciar su primera orden de ¡fuego! Este pacifismo le salvó la vida cuando, en la rendición de Santoña, en las listas de oficiales que los vascos entregamos ingenuamente a las tropas italianas no figuraba su nombre.

Nunca olvidaré aquella excursión del 37 a la vega de Fadura, seguramente en octubre, antes de la irrupción del invierno. No hubo muchas matriculaciones en aquel curso. ¡Dios mío, el primer curso con Franco! Todas las familias estaban deshechas, con fotografías de allegados muertos enmarcadas en las paredes, paralizadas por el miedo, tan aturdidas que ni siquiera se planteaban reaccionar. Tres meses no habían bastado para recuperarnos a nosotros mismos. Y luego estaba la marcha como refugiados de tanto niño en el trasatlántico *Habana* para librarlos de los bombardeos y de todo lo demás; algunos tardarían cuarenta años en regresar.

En aquella excursión inolvidable pude contar con un número lucido de alumnos gracias a los chicos del maestro encarcelado. Entre éstos se encontraba Julio Zalla, hijo del cerrajero

Antimo. Tenía siete años y resultó ser, digamos, un experto en cata de higos; él nos advertiría, cuatro años después, de dónde procedía la higuera del hombrecillo, informe al que volveríamos en 1966 para hurgar en lo que podrían revelarnos los orígenes del extraño asunto que parecía envolver a la higuera. El primer día de aquel curso me agradó pensar que proporcionaría a mis discípulos un breve olvido, que en la escuela encontrarían una suerte de mundo incontaminado en el que refugiarse unas horas. Ocurrió todo lo contrario: sus caritas pasmadas y transparentes me transmitieron la fe en el futuro que me faltaba. No diré que aquella excursión pudo compararse a las bulliciosas de antes de la guerra. Allí iban mis pequeñas y los pequeños de Manuel, atropellándose para decir las mismas cosas, esforzándose por no quebrarse del todo en mi presencia, dándome una lección, si bien sus voces eran dos o tres tonos más bajos y la electricidad que recorría sus cuerpos era de baja intensidad. Pero lo que hizo inolvidable aquel paseo fue ver la súbita detención de Karmele García: quedó como clavada al suelo, con los bracines colgando y la mirada fija en un pequeño caserío solitario a medio kilómetro de nosotros. Karmele tenía siete años, como Julio, y ambos se habían matriculado por primera vez.

—Yo vivía en esa casa —oímos su vocecita.

A un tiempo, recordé su historia y comprendí mi error de llevar al grupo hasta ese extremo de la vega, al borde del camino... ¡Sólo cuatro meses antes, unos falangistas habían sacado de esa casa al padre y al hermano de Karmele y jamás se supo de ellos! ¡Y ese hermano sólo tenía dieciséis años! Estreché a la chiquilla contra mí, pero ella se las arregló para girar la cabeza y seguir mirando la casa por una esquina de mi cuerpo. El grupo había enmudecido.

—¿Cuándo volveremos a nuestra casa? —lloriqueó la niña.

La abracé con más fuerza y creo que le hice daño. ¡Señor, Señor! Su familia no sólo había perdido a dos de sus miembros sino también su casa, el delator se había quedado con ella.

¿Cómo podían ocurrir tales cosas? Simplemente, ocurrían. Vecinos denunciando a vecinos, muchos movidos por un terror que les llevaba a ofrecer una prueba de adhesión inquebrantable al franquismo; otros, rematando un odio, a veces generacional, aprovechaban la ocasión de que les hicieran el trabajo; unos terceros, por ser auténticos franquistas; finalmente, estaban los que apetecían un bien del difunto. En el caso de Karmele, el delator se delató a sí mismo ocupando la casa el mismo día en que la «autoridad competente» se la concedió, premiando el servicio prestado. Bueno, y allí estaba en aquel momento paseando la finca con las manos en los bolsillos de su pantalón de pana. Lo conocíamos: era Joseba Ermo, de los Ermo de La Venta, que la regentaban desde tiempo inmemorial, ganando todas las subastas, hasta el punto de no saber el pueblo si La Venta pertenecía al Ayuntamiento o a los Ermo. Era el avispero de todos ellos, a veces coincidiendo cuatro generaciones. Nos habíamos acostumbrado a tenerlos. Perseguían el dinero hasta debajo de las piedras; lo sucio era cómo levantaban esas piedras. Eran, sí, inaceptables. Joseba Ermo era digno representante del clan. De sus trapicheos sólo sabíamos cuando la víctima era conocida. Su negocio más legal, el que tapaba otros, era la ferretería que abrió en Algorta con los gemelos Altube, otros que tal. Acabábamos de saber que timó a gente aterrorizada por los bombardeos asegurándoles la inmunidad de la vivienda: en un plano de Getxo la marcaba con una cruz, prometiendo mientras cobraba: «Ahora, este papel viaja hasta mis amigos pilotos del otro lado. Tranquilos». Poco faltó para que lo fusilaran por espía. Era sujeto menudo, estrecho de caja y de labios finos, fríos y azules.

No nos había visto o no le importó. Se me ocurrió pensar que estaría midiendo con sus pasos su última ganancia, tasando su valor.

Encontré alguna paz acariciando los suaves cabellos de Karmele. El silencio fue roto por Julio:

—Pero yo a ése le robo brevas, señorita.

—Y nosotros también —corearon tres o cuatro chicos, moviéndose para quedar junto a Julio.

Hubo risas de los demás. Aislé del paisaje del caserío una frondosa higuera.

—¿Cómo? —me indigné. Pero el grupo entero supo que era falso, algo que me reconfortó. Así que pude añadir impunemente—: ¿Robar? ¡Qué palabra tan fea! ¿Y vosotros...?

—Estamos en guerra, señorita —dijo Julio, con una carga impropia de su edad. ¡Dios mío!, a su padre le habían fusilado en la cárcel no hacía un mes.

—No importa —exclamé—. Hasta en las guerras hay que conservar la propia estima.

—El año pasado también estábamos en guerra y yo no robaba esas brevas —protestó Julio.

—Ni nosotros —dijeron aquellos tres o cuatro.

—Pase lo que pase —añadí, temblando—. No lo olvidéis.

—Claro, no os atrevíais a ir porque entonces estaba mi hermano —dijo Karmele bajo mis brazos.

Ah, su hermano. Tenía que haberse encontrado entre los chicos de la escuela, pero en aquel mismo octubre había ingresado en el seminario de Derio.

—Se llama Gabino, ¿verdad? —pregunté a Karmele, y recibí el temblor de su carne.

—Sí, Gabino, señorita —musitó.

—Sí estaba, pero habríamos ido porque no le teníamos miedo —insistió Julio.

—Claro que no —secundaron los de su pandilla.

—Estoy segura de que no —afirmé, y todos formamos una piña resistente. Alcé con mi mano la barbilla de Karmele para ver su rostro. Estaba llorando.

—¿Adónde habéis ido a vivir?

—A la calle Abasota, señorita —apenas se le oyó.

—Desde allí verás el mar, nuestra playa...

—No tenemos ventanas por esa parte.
—¿No? ¿Pero estáis bien?
—Estrechas, señorita.

No era un grave motivo para llorar, pero la chiquilla lo hizo de nuevo. La protegí prolongando mi abrazo. Reanudamos el paseo, yo llevando de la mano a dos chiquillas, Karmele y otra.

—Iremos a por las brevas en cuanto anochezca —dijo Julio.
—Creo que no vive ahí, no duerme —dijo uno de la pandilla.
—¿Por qué no esperamos y vamos todos?

Volví la cabeza para ver quién había hablado: Amarita, de ocho años, hija del juez Alberto Solaun, socialista asesinado hacía un par de meses. Hubo un murmullo de aprobación general a sus palabras. Seguí mirándoles: tres docenas de rostros reclamándome un ataque a la posición enemiga. ¿Por qué no? ¿Acaso alguno de ellos estaba libre de dolor? Bonifacio Lecue, hijo del hojalatero «Boni», preso y fusilado; Tadeo Basurto, hijo de Antón Basurto, «Pellejo», alguacil, que apareció en la playa con un tiro en la nuca, a pesar de haber salido al encuentro de los Flechas Negras a besar el polvo de la carretera por la que llegaban, en un aterrorizado intento de torcer el destino... Miré y miré, pasando de un rostro a otro y sintiendo que traicionaba a algunos por no saber o recordar su particular tragedia. ¿Qué importaba? En cada par de ojos brillaba la maldición que había caído sobre todos. Y se me escapó:

—¡Le dejaremos sin higos!
—Que ésos no son higos, señorita, sino brevas —gruñó Julio.

Dejamos la yerba, los cardos y las argomas y, a través de un bosquecillo de chopos, salimos al camino que pasaba ante la casa. Era un caserío tan chico que una enorme higuera a su lado lo empequeñecía más. Hasta las pisadas se sumaron al silencio. Tardamos en verle; me refiero a Joseba Ermo. Estaba en el estrecho portal, pero no de pie y mirando a unos paseantes que, sin duda, éramos los únicos en toda la tarde en pasar por allí, sino sentado en una banqueta y vuelto; sólo su espalda, estrecha y huesuda, enviándonos su distancia o quizá su reto. Tenía cercada la higuera por una acumulación de matorrales y ramas formando un muro circular que elevaba día a día. Dejamos de respirar. Pudimos haber llevado a cabo el plan, pues sólo faltaban dos o tres horas para tener el abrigo de la oscuridad. Pudimos haber hecho aquella gran cosa que nos habría proporcionado una buena dosis de salud interior. Aquella noche, cenando en la cocina con el padre y Anaconda, la india kamayurá acogida por mí, cerré los ojos y, al menos, pude imaginar a Bonifacio Lecue, a Tadeo Basurto, a Julio Zalla y a varios más cobrándose en higos, en brevas, parte de la gran deuda. Faltó poco para que lo hiciéramos. Fue un gran momento.

Pasamos, pues, de largo sin mirarnos unos a otros, avergonzados de nuestro encogimiento y, a cosa de un kilómetro, vino a quitarnos el mal recuerdo la visión del sujeto que llevaba tres meses criando malvas, pero éste sobre ellas, no debajo, como una malva más.

—Txominbedarra.

—¿Quién le ha bautizado así? —pregunté.

—Txominbedarra —repitió Bonifacio señalando al hombrecillo con un movimiento de cabeza, saboreando la sonoridad del apodo.

Así llamábamos al trébol llegado meses antes de Alemania con la nueva patata de siembra, una plaga que agota nuestros campos con una cerrada proliferación de pequeños tréboles que brotan de una avellana. Sospeché que el mote se le había ocurrido a Bonifacio Lecue en aquel momento, inspirado en la persistencia tanto del hombrecillo como del trébol. Y que estuvo bien puesto lo demuestra el que haya sobrevivido a los años, como el de Chumbo, aunque éste nacería más tarde, cuando aquel falangista se puso a defender sus higos como si en ello le fuera la vida. ¿Qué personaje de Getxo o de fuera alcanzó el raro honor de ser distinguido con dos apodos?

Bien, pues allí estaba Txominbedarra, donde siempre, sentado en su silla y de espaldas, como un bulto inofensivo, al menos, desconcertante. Se me ocurrió pensar que nunca lo había tenido tan cerca, cuando la verdad era que nunca lo había visto hasta entonces, pues había iniciado su, digamos, acampada en junio y la primera excursión de la escuela fue en octubre: cuatro meses de chismes circulando por el pueblo me proporcionaron una imagen tan viva del intruso, tan viva que, al verlo de verdad... Aunque estaba sentado, su actitud era tensa: la espalda despegada del respaldo, las rodillas juntas y la mirada vigilando el crecimiento del esqueje de higuera. ¿Podía ser peligroso un sujeto tan devoto de las plantas? Parecía no vivir más que para aquélla. El hecho de ignorar si era o no peligroso lo calificaba, por lo menos, de presunto; la atmósfera hostil que respirábamos hacía lo demás.

No se sabía mucho de él: los primeros días junto al esqueje vestía el alarmante uniforme falangista. Luego se lo quitó, o se lo quitaron, o lo perdió o vendió, o de pronto entendió que no casaba con la pureza del vegetal que cuidaba. La eliminación de la camisa azul hubo de tener un motivo, ¡a ellos no se les podían haber acabado tan pronto las camisas azules! Se sospechó que sería cosa de la mujer que estaba más en contacto con él, Cipriana, enemiga de fascistas por tener a uno en su casa, su propio marido. De no ser por ella, nuestro Txominbedarra habría fallecido de hambre: le llevaba paquetitos de comida un par de veces a la semana, y no hay duda de que cambió su atuendo, se las arregló para que él fuera olvidando el azul por colores más humanos, por ejemplo, el gris de la nueva camisa y del pantalón de pana, cambalache propiciado por la retirada de unas prendas para lavar y la aparición de otras que las sustituyeran, y éstas, con el tiempo, quedarían como fijas sin que él lo advirtiera, entregado como estaba a su incipiente higuera.

Esta alteración contribuyó a que un día nos sorprendiéramos dejando de pensar en él como enemigo. Su conversión en ermitaño hizo el resto. «La gente cambia, sobre todo los locos», se dijo el pueblo. «A lo mejor, también se le ha pasado el sarpullido falangista.»

No sería de la misma opinión Manuel Goenaga. Bien es verdad que salió de la cárcel cuando apenas habíamos empezado a descargar a Txominbedarra de su azul, el 14 de agosto del 38. El pueblo lo supo, yo lo supe doce días después —¡doce días oculto en casa!— por boca del propio alcalde Benito Muro, que irrumpió en la escuela donde yo estaba impartiendo una clase particular de verano a un pequeño grupo de chicos y chicas.

—Maestra, ya tenemos maestro para el próximo curso —me espetó.

Le hice frente:

—La plaza es de don Manuel Goenaga y usted lo sabe.

—Naturalmente, pero lleva doce días metido debajo de la cama, y lo menos que debe hacer un maestro es darse una vueltecita por su escuela, ahora que puede, para aparejar el curso que tenemos encima, empezando por quitarle el polvo a su mesa.

—Está en la cárcel, como tantos —le repliqué, una fracción de segundo antes de que mi organismo se empapara de la gran nueva.

El alcalde se había encargado de liberarlo para disponer del maestro que no tenía. ¿Cómo los iban a tener si los mataban, como al de Las Arenas, Simón García, el padre de Karmele? Despedí a mis alumnos, di la espalda al alcalde y salí.

A trescientos metros, en la misma acera, está la casa de Manuel. Llegué sin aliento. Me detuve; quiero decir que no entré al portal. Miré hacia arriba, a la ventana del primer y último piso, la ventana de su cuartito de trabajo. No vi su cabeza inclinada. Permanecí un gran rato en la calle, dudando. ¡Señor, Señor! Cualquier mujer que amara como yo se habría enternecido ante el hundimiento abismal que descubrí en la expresión desquiciada del hombre que no tardó en bajar torpemente las escaleras. Yo había entrado por fin al portal y pulsado el timbre. Se abrió la puerta arriba, en el descansillo, y su madre preguntó quién era.

—Soy Mercedes, la maestra. ¿Está su hijo?

Agustina eludió la respuesta comentando el tiempo que hacía y comprendí que el hijo la había aleccionado.

—¡Dios mío!, ¿es verdad que han sacado de la cárcel a Manuel?

Silencio interminable, hasta que descendió por el hueco de la escalera la voz de aquella mujer: «No parece su cara, pero es el mismo. Sólo he tenido doce días para arreglar a mi hijo». Y entonces asomó el rostro de él.

—Baja —le pedí. Bajó arrastrando las zapatillas de peldaño en peldaño—. Te voy a sacar.

—No —gruñó—. Dime aquí lo que tengas que decirme.

—Los dos tenemos que hablar. Ven conmigo.

—Hay demasiada luz ahí fuera.

Oí de nuevo la voz de la mujercita:

—Lléveselo usted, Merche, que no se le olvide cómo es el pueblo.

—No quiero que me vean en zapatillas —protestó Manuel.

—Tú no quieres que te vean de ninguna forma —corté, empujándolo hacia fuera.

Era una tarde luminosa. Sin duda, las zapatillas reforzarían en Manuel su convencimiento de ser un intruso en la calle. Yo rompí el silencio, pero no antes de alcanzar el paseo del Ángel.

—Doce días —le recriminé.

—No me perdones días, han sido veinte.

Necesitaba torturarse.

—Tu madre dijo doce.

—Ama vive de día lo que sueña por la noche.

—El alcalde también me dijo doce.

—¿Quién es el alcalde?
—Benito Muro.
—¿Benito Muro alcalde? ¿Qué le pasa al mundo? ¿Y le crees a ese mostrenco de Benito Muro más que a mí?
—Doce o veinte, te encerraste en casa como si los tuyos no existieran. Pero existimos.

No pude contener la humedad de mis ojos. Manuel habló sombríamente:

—Allí quedaron Patricio Sarria, Bruno Jauregui y Marcos Altube. —No eran palabras sino excreciones de una mente resquebrajada—. Estaban conmigo, íbamos a comer las tres sardinas de una lata. Sólo pude despedirme de ellos con la mirada, sólo pude dejarles mi sardina. Allí quedaron. ¿Por qué yo y no ellos?

—El alcalde necesita un maestro, han matado a todos los que no huyeron, no les quedan ni en la cárcel.

Sus ojos se posaron en mí por primera vez y cruzamos nuestras miradas.

—También ha sido duro para vosotros —musitó.
—Por eso nos parece un milagro el regreso de uno vivo.

Mi mirada acumuló más intensidad. Quise proteger su mano con la mía, pero él la cerró y sólo capturé un dedo.

—No te culpes de nada, tú no has traído esta guerra.

Relajó su mano y entonces la envolví con la mía, y así caminamos un buen rato en silencio. Recuerdo que pensé: «Siempre, siempre me tendrá a su lado».

—Es su premio por habernos traicionado —dije.
—¿Qué?
—El alcalde. Se pasó a los rebeldes con los planos de nuestro Cinturón de Hierro diseñado por el ingeniero Goicoechea con un hueco en las fortificaciones por donde atacar. Cuando este segundo traidor se pasó también a los rebeldes con los planos originales, Benito Muro ya lo había hecho quince días antes con una copia. Recuerda que trabajaba en la oficina de Goi-

coechea. La triste gloria se la llevó el oportunista Benito. ¿No es gracioso?

Manuel se detuvo y su mirada se perdió en la distancia.

—Así que no fue un fracaso del Cinturón ni de nuestros batallones. Alguien abrió un portón y todo el frente se vino abajo.

—Eso ocurrió hace mil años, ahora debemos pensar en los que quedamos.

—Sí, en esos vivos que dejarán pronto de serlo: Bruno, Marcos y Patricio deben saber que lo hicieron mejor de lo que creen. Deben saberlo enseguida. Ya tengo una buena razón para regresar a la cárcel.

Mis uñas le arañaron la mano y sentí que se hundía más en sí mismo. Antes de abandonar el paseo para dirigirnos a La Galea ya nos habíamos cruzado con media docena de vecinos cuyos saludos se helaron en el aire al toparse con la lejanía de un maestro que pugnaba por la invisibilidad. Como yo correspondiera por ambos con sonrisas tristes, me dijo:

—No te manifiestes, déjales que crean que han visto dos fantasmas.

—No sé qué hacer contigo, Manuel. Disfrutas martirizándote, y no es el camino para salvar los restos del naufragio.

—No quedan restos —roncó.

—¡Sí quedan!... Quedan... Entre otros, los niños.

—Soy un mal ejemplo para ellos. Que no me vean.

—Eres su maestro.

—Por eso.

Pareció gastar su última vida en el desangelado tirón de su mano para desembarazarse de la mía. Le propuse sentarnos a la sombra del Molino, sobre unas piedras, escondidos de la carretera. Para rescatarlo de su cenagal pensé en ponerle al día de lo ocurrido durante su ausencia, algo así como sacar un clavo con otro clavo.

—Hace un año fusilaron al párroco de Algorta. —Al menos, Manuel se volvió a mirarme—. Don Domiku Areitio. Y a don

Ernesto Ozamiz, nuestro coadjutor. Don Eulogio no movió un dedo por ninguno de los dos: denuncia a mansalva... ¡Un hombre de Dios! Las familias acuden a él solicitando certificados de buena conducta para salvar a condenados del paredón, pero no extiende ninguno. A diario llegan cadáveres a Getxo y él les niega los funerales, que debe oficiar don Pedro Sarria.

—Don Eulogio del Pesebre del Niño Jesús saca su carlismo —dijo Manuel moviendo pesadamente la cabeza.

—A sus ciento un años hace el saludo fascista mejor que el propio Franco. Se pasa el bastón a la mano izquierda y levanta el brazo tan tieso como una vara. Tenías que haberle visto en la última fiesta de San Baskardo, en la puerta de la iglesia, encabezando con el obispo el grupo de fantoches con chaquetas blancas, la más blanca de todas la del primogénito de los Echabarri de Neguri, ahora jefe provincial del Movimiento, y la de Benito Muro, y militares de alta graduación con pecheras insuficientes para colgar tanta medalla... Todos, componiendo el bosque de brazos enhiestos que parecían querer tocar con las puntas de sus dedos el nuevo amanecer. El fotógrafo no les pedía: «A ver, relajación, una sonrisa», sino «Adustos, firme el ademán, transfigurados»... ¡Nos han robado el quince de mayo, Manuel, nuestra querida fiesta de San Baskardo!

—Ellos han ganado y nosotros hemos perdido —dijo Manuel.

Le seguí citando nombres de la sangría: Alberto Solaun, el juez; Antimo Zalla, el herrero de Cuatro Caminos; el gordo Tollo; Antón Basurto, Pellejo, el alguacil; Fulgen Arguinzona (aquí dudé, o más bien me envolvió una nube espesa y perdí la noción de la realidad, de «aquella» realidad, la referida a algo insólito ocurrido a partir del cadáver de ese muchacho, Fulgen, llegado a Getxo en los primeros días de aquel mes de agosto, sólo dos o tres semanas antes; y esto era lo raro, la memoria perdida en tan escaso tiempo. Y continúo sin entenderlo cuarenta años después. Es como si Getxo hubiera extraviado unos días, la diferencia entre los veinte que decía Manuel llevar encerrado en casa y los doce de que hablaban su madre y Benito Muro, es decir, ocho días. A Fulgen Arguinzona lo trajeron en uno de esos días y yo no lo recuerdo. ¡Rarísimo! Algún día me ocuparé de este asunto. Es posible que esta pobre ex maestra deba ir al médico).

Al fatigarme tanto muerto le pregunté a Manuel qué pensaba de ese error del calendario.

—¿Error? Yo no he echado en falta ningún día. Juro que he sentido cada uno de los minutos de esos veinte. Y tú también. Pero queréis arrojar días de dolor por la borda.

—Y tú, no.

—Yo, no. Algunos hemos contribuido más que otros a la pérdida de la guerra.

Aunque él no lo necesitase, yo sí necesité abrazarle, apoyar su cara en mi pecho. Mi impulso se desinfló. ¡De cuántas pérdidas nos hemos alimentado él y yo a lo largo de los años! Fuimos una pareja demasiado fuera de este mundo. ¡Ni la guerra nos bajó a la tierra! ¿Fue culpable mi amor de no haber luchado contra la inmolación de Manuel y acabar inmolándome yo misma? ¿Fue noble la causa? ¿Fue, incluso, humana? ¿Acaso los quince años de Asier Altube no eran humanos? Nuestro pequeño Asier... Inocencia protegida, inocencia salvada.

Creo que reservé para el final el nombre de la víctima que más le impresionaría:

—También, Simón García.

—¿Eh?

—Sí, el maestro de Las Arenas. El veinticuatro de junio del año pasado. Menos de una semana después de la entrada de los rebeldes en Getxo. El veintiocho, la maestra de Las Arenas vino a Fadura y encontró lo que temía, e incluso más, pues no sólo habían matado a Simón sino también a su hijo Antonio... ¡de dieciséis años! Trató de consolar a los miembros que quedaban de la familia y corrió a mi casa a contármelo... A Pascuala le había extrañado que Simón abandonara de pronto la tarea que ambos tenían entre manos de borrar de la escuela toda huella comprometedora, cualquier vestigio de la República o de nacionalismo: fotos de políticos, libros de historia, banderas y signos. «Es prudente y no sale de casa», pensó. Es que Simón se había desplazado a Las Arenas en los cuatro días que siguieron a la marea militar, quizá no dando crédito a los alarmantes rumores que precedían a las tropas. Pascuala salió de Las Arenas a última hora de la tarde para llegar a Gurbietaena de noche; sería una de las primeras maniobras clandestinas de los duros años siguientes. Se acercó al caserío con cautela. Le pareció natural que puerta y contraventanas estuvieran cerradas. Permaneció un rato escuchando el silencio de la noche y por fin llamó a la puerta con los nudillos. «Había gente, por las rendijas de una contraventana escapaba luz, pero nadie abría», me contó Pascuala. «Soy Pascuala, la maestra de Las Arenas», añadió. «Oí cómo quitaban la tranca y hacían girar la llave. "Pase usted", me dijo una vocecita. Yo aún no veía nada en la oscuridad del pasillo, pero comprendí que quien cerró la puerta a mi espalda y empujó la de la cocina tenía que ser Karmele, la hija pequeña. Entonces hubo luz, no mucha, sólo la de dos velas. Y allí estaban Aurore y Antonia, sentadas, inmóviles ante sus dos tazones vacíos de la cena. Era como si no me hubieran oído entrar, de no haber sido por la niña yo estaría aún en la calle. ¡Y no estaban ni el padre ni los dos hijos! Subió por mi pecho una angustia y grité: "¿Qué ha pasado aquí? ¡Dios mío, Dios mío!". Entonces la abuela se levantó y se puso ante mí con los ojos muy abiertos. "Se los llevaron", dijo suavemente. En sus ojos no había lágrimas ni estaban tristes. "¿A quiénes se han llevado?", volví a gritar. "A los tres", me dijo. Entonces se levantó Aurore y le agarró del brazo y le preguntó que por qué había dicho los tres, que si sabía algo más, y preguntó a Karmele dónde estaba Gabino, y la niña le contestó que fuera. "¿Dónde, fuera?" La niña hizo un gesto con el brazo expresando lejanía. La madre la agarró por los hombros. "¿Dónde, dónde, a hacer qué?" Pero la niña no estaba asustada al decir que Gabino salía por las noches con una regadera. Aurore se plantó ante su madre y le preguntó con violencia que por qué le dejaba salir, que si sabía él lo que hay que hacer en casos como el que estaban viviendo y ellas no. Hablaban y hablaban las dos mujeres y yo sabía por qué necesitaban hablar, porque en sus ojos no había lágrimas. Hablaban y hablaban y a mí nadie me decía lo que había pasado, estoy segura de que realmente no se habían enterado de mi presencia. La abuela me había dicho que se los llevaron, y si los varones de la familia eran tres y, según la niña, uno andaba por casa, los ausentes eran dos, los dos mayores, el padre y el otro hijo. Pareció que las dos mujeres habían agotado sus últimas energías con esa escaramuza familiar, porque se sentaron en las mismas banquetas que ocupaban antes y regresaron al silencioso dolor que arrastraban desde el momento de la tragedia. Yo me senté a la mesa en otra banqueta a su lado y repetí la frase con la que me había anunciado fuera de la casa: "Soy Pascuala, la maestra de Las Arenas, vengo a saber de don Simón", y quedé a la espera de la reacción de las dos, o siquiera de una...»

Que Manuel escuchaba con atención lo supe por su pregunta:

—¿Quiénes fueron?

—Oh... Falangistas. Seis. De uniforme, a cara descubierta, dentro de la legalidad recién implantada. Aurore se preguntó mil veces después por qué les abrió la puerta. La habrían derribado con sus botazas... En aquella noche del veintiocho de junio, Pascuala pasó de Gurbietaena a mi casa y no llamó con el timbre sino con los nudillos. Eran las once y los tres estábamos acostados. El padre cortó de golpe las noticias de Radio Pirenaica, puestas tan bajas que apenas me llegaban, y me envió de cuarto a cuarto que no abriera. La segunda llamada nos llegó con la voz de Pascuala, identificándose. Yo la conocía de las fiestas de fin de curso que celebraban las escuelas de Getxo en tiempos mejores... que tú evitabas si disponías de una buena excusa. Le abrí y ella giró con presteza para cerrar la puerta. Me abrazó. Temblaba. «Mercedes, te podría mentir diciendo que traigo malas noticias, noticias terribles, pero no, vengo a pasar aquí la noche. No me atrevo a regresar a Las Arenas, tu casa está más cerca.» La voz le fallaba en los agudos. La conduje al comedor y la senté. Le traje de la cocina un vaso de agua, que bebió ansiosamente. Al recorrer el pasillo oí al padre preguntar quién era. Abrí la puerta de su cuarto y se lo dije. «Quédese aquí y escuche», le pedí, dejando abierta la puerta. Me senté en una silla junto a Pascuala y entonces entró Anaconda en camisón y se sentó en la silla de la esquina. Pascuala había empezado a llorar y yo confiaba en poder contener mi pregunta que la obligara a hablar en ese estado. «Andan matando a la gente por ahí», dijo por fin entre ahogos. «Simón García y su hijo fueron sacados de su casa hace cuatro días por los falangistas. Hasta hoy. ¡Hasta hoy!» «Quizá sólo estén... presos», dije. «¡No! ¡Muertos, muertos! En esa casa llevan cuatro días sin salir de puro miedo. Vengo de allí y he visto el peor miedo en los ojos de las dos mujeres. ¡Y solas! ¡Y mudas, más muertas que vivas! Yo estaba en su cocina, pero ellas no me veían. Tuvo que ser la niña quien me contase que entraron los hombres y primero le ataron a Simón las manos a la espalda y luego a Antonio. La esposa abrazó a Simón y dijo: "¿Por qué se lo llevan?, ¿qué ha hecho?". "¡Conspiró contra España!", le contestaron. "No hace otra cosa en todo el día que trabajar de maestro." Y ellos: "¿Le parece poco?". Se llevaron a los dos como a ganado, empujando de mala manera a las mujeres para que los soltasen, la abuela agarrándose al nieto como una lapa. Fue el propio Simón el que intervino para acabar con el forcejeo que no salvaría a nadie. Se los llevaron sin dejarles despedirse.»

—¿Cómo soportaron tanta barbaridad Karmele y su hermano?

—No sé. A veces, los niños no cuentan lo que sienten sino lo que ven sus ojos.

—¡Pobres de nuestros alumnos!

Miré a Manuel por encima de las lágrimas que me secaba con el pañuelo.

—¿Te acuerdas de Gabino García?

—Estoy seguro de que le recordaré cuando me ponga a ello.

—Tenía nueve años al finalizar el último curso. Un chiquillo poco hablador, muy unido a su hermanita Karmele: le resbalaban las burlas de sus compañeros cuando los dejaba a ellos para regresar a casa con su hermana, o le veían llegar acompañándola. Tú tenías alguna relación con Simón García.

—Claro que recuerdo al maestro del barrio de Romo, de Las Arenas. Buena persona. Socialista. Prefería una escuela sin crucifijos.

—Pascuala repetía: «¡Nos matarán también a las maestras, Mercedes!». La acostamos entre Anaconda y yo..., después de haberse cerciorado por sí misma de que la puerta de casa estaba bien cerrada, y luego oímos el pestillo cerrando por dentro su dormitorio. «Primero acabarán con los maestros y luego vendrán por nosotras», fue su despedida. Me asomé a la oscuridad del dormitorio del padre. «¿Lo ha oído todo bien, aita?» «Malos tiempos, malos tiempos. ¿Qué va a ser de nosotros?» Al día siguiente desayunamos los cuatro y salí con Pascuala. El sol de las nueve de la mañana parecía devolvernos engañosamente los buenos días del pasado. Pascuala era un manojo de nervios, creía ver asesinos en las pocas personas con las que nos cruzamos en Algorta. No quiso ni acercarse a Gurbietaena. Se dirigió a Las Arenas por el camino de la costa. «Me encerraré en casa y atrancaré bien la puerta», se despidió. Era el terror, Manuel.

—Sólo el principio de esta posguerra.

No movió los labios al hablar, como si las palabras quemaran. Le pedí:

—Debes visitar a la viuda de Simón García. Yo lo hice aquel día. No será una visita de cumplido. Tampoco lo fue la mía. ¿Qué más podemos hacer que unirnos? No irás solo, te acompañaré.

—Quieres enfrentar a un maestro vivo con la mujer de un maestro muerto. Sería el segundo juicio contra un desertor que ha de vivir con los futuros cadáveres de tres compañeros de celda con los que debió compartir su destino. —Le miré y él recitó con desolación—: Patricio Sarria, Bruno Jauregui y Marcos Altube.

—¿Lamentas el haber sobrevivido, pretendes añadir más muertos a los muertos naturales? —exclamé.

—Yo también era un muerto natural.

—¡Pero Dios te sacó de allí!

—Si hubiera sido Dios... Fue el demonio.

Tomé una de aquellas manos fláccidas entre las mías.

—Para mí es igual.

En el silencio que siguió me pregunté si él estaba en condiciones de notar el calor de mis manos. Creo que no. Pero como ya había dado muestras de que, al menos, le funcionaba el sentido del oído...

—Volví a toparme con el terror en Gurbietaena: puerta cerrada con hierros y trancas, contraventanas trabadas, el silencio escalofriante que sigue a la profanación de una tumba. Tentada estuve de dar media vuelta. Pero en aquella casa acababa de ocurrir algo tremendo y era una casa de nuestro pueblo... Y en esto que oigo pasos y un choque metálico, y era tu alumno Gabino depositando una regadera en la tierra del suelo, al pie de la gran higuera. «¿Qué hay, señorita?», me saludó el chico. Extrañaba su aire de normalidad. Yo tenía bien presente el relato de Pascuala. Gabino vestía pantalón corto gastado y camisa oscura con mangas cerradas en las muñecas. Bajo su flequillo negro y despeinado había una expresión concentrada. «He venido a...», empecé. «¿Qué puedo hacer por vosotros? Ayer me lo contaron...»

»—Pascuala, la maestra.

»—Sí, ella. ¿Cómo están esas mujeres? —y señalé la casa—. La madre, la abuela...

»—Bien.

»—¿Bien? —exclamé. ¿Le estorbaba mi presencia?

»—Bueno, ahí están. Dentro. Cerradas —añadió.

»—Y tu pobre hermanita Karmele que lo vio todo...

»Pasó de largo y golpeó la puerta varias veces con suavidad con la mano. ¿Era así tu alumno Gabino, tan suyo? —me volví a Manuel. Se limitó a separar los labios como enviándome que su silencio no era falta de colaboración—. Le abrieron la puerta. ¿Me la habrían abierto a mí o necesitaron oír los golpes convenidos? Entró el primero y yo detrás. La abuela Antonia era la que había abierto, pero, antes de que pudiera decirme algo, salió Aurore de la cocina, me hizo a un lado y cerró la puerta con precipitación, con dos vueltas de llave y la tranca. Luego me miró y estoy segura de que se esforzó, inútilmente, por sonreír. "Pase, pase, Mercedes", apenas la oí. Con un gesto me dirigió a la cocina y sacó una banqueta de debajo de la mesa. "Ha sido espantoso", gemí. Y ella: "Ya está hecho. Ahora, a ser fuertes aquí dentro". Se me ocurrió pensar que se había equivocado de verbo, que quiso decir "hacernos fuertes aquí dentro". Me conmovió su entereza. La abracé y besé en la mejilla, y repetí: "¡Ha sido espantoso!". Sentí presión en un costado: era la pequeña Karmele, salida de algún rincón de la cocina; se apretaba contra el hueco entre los dos cuerpos; no tuve tiempo ni de recoger sus hombros con un brazo, pues Aurore se apartó de mí bruscamente, se quedó a un metro mirándome con una dureza sin fisuras. El gran silencio que se creó en la cocina lo atribuí a la tensión que emanaba de aquella mujer, pero al punto comprendí que no se había operado ningún cambio en el silencio, que desde mi llegada el silencio lo había dominado todo: ausencia total de ruido en las pisadas, palabras en sordina, Aurore accionando la llave en la cerradura y montando la tranca en sus apoyos, sin apenas un roce, y lo mismo cabía decir de la banqueta que sacó de debajo de la mesa sin arrastrarla, seguramente a unos centímetros del suelo. Mis dos "¡Ha sido espantoso!" debieron de sonar como estampidos. Este fugaz recorrido de silencios lo realicé colgada de la implacable mirada de Aurore. Sus ojos me hablaron: "Somos hormigas bajo sus botas, pueden hacer con nosotros lo que quieran y van a matarnos. La única salvación es que no nos vean ni nos oigan. Nada de ruidos, nada de salir, si nos olvidan puede que no nos maten. Siguen ahí afuera y no se marcharán nunca. De ésta no vamos a quedar ni uno". Era el terror, quizá el único apaño para sobrevivir. La voz de Aurore apenas se imponía a nuestras cinco respiraciones: "Mis hijos han visto lo que han visto y Dios no quiere que lo olviden, pero en esta casa nunca más se hablará de eso. Y aunque mis hijos no puedan olvidarlo, al menos a mis nietos no les tendremos que obligar a que lo olviden, porque no lo habrán visto ni nadie les habrá hablado de lo que nunca existió". Algo así me dijo aquella pobre mujer.

—¿Son frases literales?, ¿puedes asegurar, al cabo de un año, que fueron esas mismas palabras? —quiso saber Manuel.

—No lo sé. Al menos, sonaron así, es lo que quiso transmitirme.

—Una de esas frases, «De ésta no vamos a quedar ni uno», bien pudo ser literal, la he oído mucho en los últimos meses. Son las mismas palabras que yo pronuncio por dentro. Es nuestro epitafio.

Legiones de Aurores coincidieron en el silencio: abuelas, madres, hermanas, tías sellando sus bocas en una agónica necesidad de borrar el terror no mentándolo. Hoy, muchos años después, el secuestro y asesinato de familiares sigue siendo tema tabú en las cocinas; hijos, nietos y sobrinos de las nuevas generaciones quieren saber pormenores que nadie les cuenta, y ellos, a su vez, callan.

—Tampoco nosotros somos demasiado explícitos con Asier, Gabino y tantos otros —recuerdo haber admitido aquella tarde con Manuel.

—Es lo mejor —afirmó—. En el silencio de las tumbas reina la paz.

—Si todavía puede oírse por ahí lo de que de ésta no vamos a quedar ni uno, es que aún quedan vivos para pronunciarlo.

—¿Tú crees que estamos vivos? —se limitó a gruñir.

Mis manos dejaron de sujetar la suya y él no la movió, no pareció darse cuenta.

—Estoy añadiendo más dramas a los que ya pesan sobre ti. Estoy hablando demasiado.

—No seas tonta —dijo con un punto más de voz—. He estado mucho tiempo fuera de mi pueblo y eso no está bien.

Hizo dos cosas increíbles: mirarme a los ojos y apoderarse de mi mano para encerrarla entre las suyas.

—Hablo y hablo y no dejo que tú te desahogues —me excusé.

—¿Supiste algo más de esa familia?

—Claro... Gabino se empleó de pinche en el ultramarinos de Atano, el de Cuatro Caminos. Su exiguo jornal fue el único que entraba en aquel hogar. Tenían también la huerta, pero les duró poco: perdieron su casa, se la confiscaron... o como llamaran a aquello. Pasaron a una casucha de la calle Abasota. Aurore trabajó de interina. Y entonces don Eulogio les aconsejó que Gabino ingresara en el seminario.

—Si alguna vez una de estas decisiones estuvo justificada...

—¡Pero ese cura no era el más indicado para meter baza! ¿Acaso no te he contado ya la clase de bicho que es? ¡Pudo haber salvado del paredón a docenas de vecinos!

—Llevar alumnos al seminario es parte de su cometido sacerdotal. Aquella familia se libraba de una boca y el chico se hacía con una carrera. Es práctica habitual en nuestros pueblos.

—Ese santo varón se niega a oficiar los funerales de las víctimas que, con su ayuda, va asesinando Franco. De los funerales por Simón García y su hijo Antonio hubo de encargarse don Pedro Sarria...

—¿Cuándo?

—¿Cómo que cuándo?

—Sí, me acabas de contar que esas mujeres habían jurado no salir nunca más de casa...

—Bueno..., sí, salieron tres meses después, a finales de septiembre, con ese único fin.

—Tres meses, funerales con un retraso de tres meses.

—Pudo haber sido de sólo dos, pero la visita de don Eulogio... ¿por qué le sigo llamando don Eulogio?... fue a finales de agosto y ellas volvieron al mundo.

Los cambios de expresión del rostro de Manuel me iban anunciando que se incorporaba gradualmente a mis noticias. Sólo gradualmente...

—Espera, espera... ¿Sabes por qué cambiaron de opinión?, ¿por qué la visita de don Eulogio?

—El cura insistió para llevarse a Gabino al seminario, y parece que palideció cuando Antonia y Aurore mencionaron los funerales. Llevaban dos meses enteros soportando la mala conciencia de estar robando al padre y al hijo lo último que podían hacer por ellos: unos funerales dignos.

—Quizá no habían perdido la esperanza de verles regresar vivos... y esperaban.

Me confortó como en ningún otro momento tener mi mano entre las suyas al decirle:

—Ninguno vuelve. Ninguno. Y ellas lo sabían. Los falangistas se los llevaron a los cinco días de su invasión de Getxo, y es posible que ellas se agarraran a alguna esperanza en las primeras horas, pero no después de dos meses... El cura montó en cólera al oír hablar de aquellos funerales, de la posibilidad de ofrecer su templo para salvar almas de rojoseparatistas. Las dos mujeres no sólo no se atrevieron a insistir sino que se olvidaron de los funerales.

—Pero se celebraron finalmente...

—Sí.

—Supongo que en otra iglesia.

—No, en San Baskardo.

—Oficiados por don Pedro.

—Sí. No tuvo que recurrir a ningún subterfugio, nada le habría costado engañar al anciano de cien años. Días después de la visita de don Eulogio, las dos mujeres recibieron la orden de abandonar su casa, que pasaría a otras manos...

—¿A tanto llegó ese hombre de Dios? —exclamó Manuel.

—No, aquello nada tuvo que ver con él. Además, ellas no habían rechazado lo del seminario. La cosa vino de otro lado, de un vecino. Me repugna pronunciar su nombre: Joseba Ermo.

—¿De la tribu de La Venta?

—Sí.

—¿Joseba Ermo Azkorra?

—Sí. Llegó a lo más bajo por hacerse con esa propiedad.

Manuel tardó en poder hablar.

—No todos los Ermo son así..., pero de ellos se puede esperar cualquier cosa.

—Ahora no hace falta llamarse Ermo para...

Abrió sus manos y las mías simplemente cayeron sin que él tuviera noticia de ello.

—La familia tuvo que dejar la casa, el pequeño caserío. La orden de la autoridad militar les daba de plazo una semana y aquellas mujeres lo cumplieron, e incluso les sobraron dos días.

—Salieron, arrostraron la luz del sol...

—Y en la nueva casa ya no volvieron a encerrarse. Al parecer, entendieron que aquel duro castigo era lo más a lo que llegaría el enemigo. En un carro de bueyes alquilado, y en dos o tres viajes, trasladaron muebles y demás trastos a la calle Abasota, en los altos de Algorta, a una pequeña y vieja casita que alquilaron, sin tierras ni huerta ni siquiera para un tiesto. Al tiempo de cargar el carro supieron quién fue el delator: vieron a Joseba Ermo al otro lado del camino, sin quitar ojo al tránsito de cosas, hasta que se acercó al armario que en ese momento arrastraban Antonia, Aurore, Gabino y Karmele, apoyó un dedo en el gran espejo y dijo: «Esto, también». Les ahorró el trabajo de subir el armario al carro y les hizo un gesto para que lo volvieran a la casa que ya era de él... He de llevarte hoy mismo a que las visites.

—No, no... No sabría qué decirles.
—Era un maestro, como tú. Os conocíais, hablabais...
—¡Pero yo estoy vivo!

Volvía a su martirologio particular.

—Se lo debes, es justo que vayas. No renuncies a algo justo en medio de tanta injusticia... ¿Sabes? Me dijo Aurore que, en el último momento, vio a Gabino desprender un hijuelo de la base del tronco de la vieja higuera para llevárselo consigo. «¡No sabe usted lo que me emocionó!», me confesó. «El pobre no quería perder del todo el árbol de su infancia. Le pregunté dónde lo plantaría, si ya no teníamos tierra, y él me dijo: Por ahí, sin más explicaciones. Algún día, sin preguntárselo, me dirá dónde lo metió.» Getxo tardó mucho en digerir que el caserío del difunto Joanes Gurbieta Zumalabe, padre de Antonia, había pasado a manos de un Ermo.

—La tierra nunca había sido un precio para pagar algo.
—No —gemí.

La primera vez que Manuel supo de la existencia de Txominbedarra fue en un paseo por aquel humedal. Él mismo lo descubrió a lo lejos. Lo teníamos delante, no a mucha distancia del borde del camino, sentado en su silla, embutido en un abrigo militar y de espaldas.

—Es Txominbedarra —le dije—. Uno de ellos. —Se volvió a mirarme—. Falangista.

—Más parece un despojo de la guerra —comentó—. ¿Qué hace ahí sentado?

—No se ha movido de donde le ves desde hace más de un año. Nunca deja de vigilar ese arbolito. Todos ellos están locos, pero éste mucho más.

—No me asombraría en otro que no fuera falangista; quiero decir, en alguien que hubiera perdido la guerra, porque la actitud de ese sujeto nos está hablando de hundimiento.

—Sus amigos se lo quieren llevar, seguramente para internarlo en un manicomio... Vamos, no gastemos más saliva en él.

No lo moví.

—Aunque no hay que descartar el arrepentimiento —dijo, increíblemente metido en el tema—. Llegaría un momento en que no pudo soportar el peso de la conciencia por tanto crimen y, sencillamente, colgó la pistola y se retiró del mundo. Le habría bastado regresar a casa de sus padres y a su anterior oficio, suponiendo que lo tuviera, pero su arrepentimiento le exigiría algo más...

—Esta penitencia, ¿no?

—Sí, esta penitencia, pues es lo que es. ¿Cómo le llamáis vosotros?

—Sólo le llamamos Txominbedarra. Lo que hace ahí no merece otro nombre, como no sea el de estatua viviente.

Se desentendió de mi comentario.

—Txominbedarra —murmuró—. Al menos, habéis puesto un nombre a la persona.

—También a los perros se les llama de alguna manera. ¿Vamos? —le propuse de nuevo, iniciando el movimiento.

Pensé que se detendría al llegar a la altura del personaje, pero pasó de largo, incluso con una breve aceleración.

—No, esa espalda no pertenece a un falangista —aseguró.

—¿Tienen algo de especial las espaldas de los falangistas?

—Son tiesas, arrogantes, sobre todo marciales. Muéstrame mil espaldas y señalaré, sin un error, las que ganaron la guerra. La que acabamos de dejar atrás es la de un derrotado. No me hace falta ver el rostro del individuo.

—Que yo sepa, nadie se lo ha visto..., si exceptuamos a sus cinco amigos y a Cipriana. Nunca se vuelve a mirar cuando alguien pasa por este camino. Quizá se trate de un falangista distinto a todos. En cualquier caso, ahí tenemos instalado a un desconocido por una razón igualmente desconocida. ¿Quién, en su sano juicio, puede haber elegido para vivir un lugar tan inhóspito, por no hablar de falta de cobijo y de...? Sus amigos le tienen por loco y con razón... ¿No crees que estamos hablando demasiado?

—Tienes razón, y los tiempos no están para esconderse en las palabras.

Me empiné para darle un beso en la mejilla.

En 1966, el Ayuntamiento proyectó levantar un instituto de segunda enseñanza en los humedales de Fadura, lo que provocó un curioso conflicto con el ocupante de la diminuta parcela, que no abandonaba desde la guerra. Por muchas razones que buscamos a lo largo del tiempo, no encontramos una sola que explicara qué le hizo permanecer esos treinta años cuidando de aquella higuera; y hemos elegido esta explicación, la menos descabellada, simplemente por llenar un vacío. La higuera creció tanto, ofrecía tal sensación de solidez y vigor, que no parecía sino que fuera ella la que protegiera al hombrecillo y no al revés. Cuando nació y empezó a crecer la fama del eremita que curaba, a pocos se les ocurrió pensar que no era otra la causa de su larga fidelidad a terruño tan poco atractivo; es que nunca se entregó abiertamente a la condición de hombre santo que le atribuyó aquel movimiento demencial de beatas promovido por Cipriana Ortúzar, su papel fue absolutamente pasivo; por ejemplo, en vez de tocar para curar, se limitaba a dejarse tocar; le dejaba indiferente la fe con que la gente se le acercaba, el dolor de los enfermos, la llorosa esperanza de quienes los llevaban. Sin embargo, la devoción por el ermitaño persistió hasta su suicidio.

Al reclamarle su parcela, el Ayuntamiento no hizo otra cosa que volverse atrás de su desafortunada decisión, veinticinco años antes, de otorgar a su ocupante, en usufructo, aquella tierruca por un período de cuarenta años, de los que aún faltaban quince (aquella generosidad municipal se descubrió en Getxo por la vocación de un vecino de husmear en viejos archivos). En cualquier caso, se habría visto con simpatía la ruptura del pacto a fin de recuperar un bien público, y, además, el perjudicado era aquel falangista que resucitaba ante nosotros (sus sayones de santón desdibujaban su origen) como vestigio directo del viejo tiempo. «Le está bien empleado», dijo el pueblo. «Aunque, pensándolo bien, le hacen un favor: a cambio de un cachito de tierra en el que apenas cabe tumbado, le libran de su gorrinera.» Sí, se destapó el enigma, el regalo del usufructo hacia 1940. ¿Qué le debía el Ayuntamiento al falangista? «La guerra ganada», se contestó el pueblo. Pero muchos pensaron que un Ayuntamiento de Getxo, tan viejo, por muy franquista que fuese, nunca caería tan bajo como para corresponder a lo que fuera con un obsequio tan barato. Se le dio muchas vueltas al asunto y, finalmente, se tuvo por uno de los muchos favoritismos arbitrarios a que se entregaron los del brazo tieso durante demasiados años.

Nada habría impedido al Ayuntamiento arrojar por la tremenda al ocupante de la parcela de haberse tratado de cualquier desafecto al régimen. No era el caso. Le ofreció la prolongación del usufructo si elegía un terreno similar en extensión en cualquier otro punto de Getxo no sujeto a ningún plan municipal. El falangista rechazó el cambio. El Ayuntamiento no tuvo inconveniente en aumentar la superficie al doble, pero el falangista rechazó la nueva oferta. «Después de tantos años, le ha tomado cariño al terruño», fue la opinión del pueblo. Cuando el tipo rechazó igualmente la tercera proposición —una superficie triple—, el alcalde y sus concejales se removieron en sus poltronas, y nos llegó que el grupo permaneció encerrado no menos de cuatro horas al día a lo largo de una semana, un esfuerzo inusual en ellos, sobreponiéndose a la sorpresa, buscando nerviosamente una propuesta más afortunada y tratando de penetrar la mente de aquel héroe de la guerra, sin duda trastornada. Coincidieron en que nuevos incrementos de pies cuadrados —lo expresarían en decímetros o en metros, a tono con la fobia nacionalcatolicista a cuanto oliera a la rubia Albión— nada arreglaría, de modo que se encontraron en un callejón sin salida. Dicen que fue Benito Muro, antes alcalde y ahora concejal vitalicio con sueldo, quien mencionó el árbol. «Está loco. Eso dicen sus viejos amigos falangistas... Yo estuve en el pleno municipal que le hizo entrega del terreno por cuarenta años.»

Es decir, que entonces existió también un tira y afloja, aunque no para conseguir el mismo fin, incluso habría que decir que uno contrario, pues ahora se trataba de echarlo, y en 1940 de retenerlo. ¿Por qué, si no, se le hizo el regalo en usufructo? El Ayuntamiento no lo quería para nada; hoy sí que está justificado su deseo de recuperarlo.

En aquel pleno, Benito Muro mencionó la higuera como clave del problema. «Ha convivido tantos años con ese árbol que se le ha metido en la mollera», dicen que dijo. «Sí, claro, la higuera, porque es una higuera, ¿no?», comentó el alcalde. «¡Árbol, higuera o demonios, lo tiene bien metido!», exclamó Benito Muro. Enviaron a Chumbo el mensaje de que en el nuevo terreno, cuatro veces mayor que el suyo, plantarían un esqueje de la clase de árbol que él eligiera. Recibieron otro no. El alcalde y los concejales entendieron que Chumbo había considerado un ultraje el haber puesto cualquier árbol a la altura de su higuera, y se apresuraron a rectificar notificándole que el esqueje sólo sería de higuera de la mejor calidad. Nueva decepción: Chumbo soltó otro no. «Parece que no puede esperar a que crezca, quiere una ya hecha», dijo el alcalde. Le prometieron el trasplante inmediato de una higuera adulta. Al menos, Chumbo se había mostrado paciente en todas las negativas anteriores, y también lo fue en ésta. A punto de tirar la toalla los municipales, a Benito Muro se le volvió a encender otra luz: «No quiere cualquier higuera, quiere la suya, la que ha visto crecer como a un hijo. A los locos hay que seguirles la corriente». En esta ocasión, el Ayuntamiento no delegó en ningún mensajero, el alcalde y los concejales se trasladaron en corporación a la parcela, estaban seguros de haber despachado la espinosa cuestión y deseaban recibir directamente el sí de claudicación. No fue así. El hombrecillo era duro.

Estas peripecias y las de las siguientes semanas y meses alimentaron la relevancia que iba adquiriendo para tantas personas, incluyendo cinco sujetos que ya habían aparecido en pasados tiempos, cinco falangistas, naturalmente, a quienes el Ayuntamiento parece que pidió ayuda. Otra reaparición fue la de la medio olvidada muchacha de la Sección Femenina, a la que vimos en el verano de 1950, aunque algunos aseguraron que ya estuvo por aquí meses antes, pero fue en ese año cuando sus visitas al hombrecillo se hicieron más frecuentes. ¿Era su novia, su hermana o cualquier otra persona tan interesada como los cinco —por no hablar del alcalde y concejales— en desalojar de allí al terco? No era cosa nueva este deseo general: desde el comienzo de su instalación —al menos, desde que, al cabo de un par de años, estuvo claro que se proponía echar raíces— le visitaban con cierta frecuencia los cinco sujetos, todos o parte, a veces sólo uno, llevándole algún paquete de comida para que no se muriera de hambre, no otra cosa contendrían aquellos envoltorios en papel de estraza y atados con cuerdas, que Chumbo no desataba de inmediato sino al quedarse solo e, incluso, transcurridos días, de lo que podía interpretarse que las visitas no eran de su agrado o que no tenía hambre porque le bastaban los suministros de alguien de Getxo, la desconcertante Cipriana Ortúzar. Chumbo discutía con los cinco, o éstos eran los únicos que alteraban la paz del paisaje, pues sus voces se oían a distancia. Los encuentros se hicieron cada vez menos apacibles, estaba claro que los visitantes iban aburriéndose. Les llevaba allí una intención loable: rescatar a su amigo o lo que fuera para la sociedad, extraerlo de su loca exclusión voluntaria. Como recordábamos que ésta había comenzado en junio de 1937, nadie dudó de que padecía una grave secuela de la guerra.

Que los cinco estuvieran perdiendo la paciencia no significa que la perdieran del todo, pues, más de diez años después, se presentaron acompañando a una figura nueva, aquella muchachita que entonces no supimos si era novia, hermana, amiga o simple intermediaria. Era, más bien, poquita cosa, de pelo oscuro, corto y dispuesto sin gracia; su cara era simplemente monilla, blanca y perpleja, y su falda, holgada, iba por debajo de la rodilla. ¿Por qué nos dio por imaginar que podría pertenecer a la Sección Femenina? Pues porque, precisamente, pertenecía a ella, lo sabríamos cuando, días después, se trasladó de donde fuera a la sede en Algorta de esa institución.

De los cinco, al primero al que logramos identificar fue al hijo de una de las grandes familias de la burguesía de Neguri, Pedro Alberto Echabarri. Más tarde supimos que también era del grupo el hijo de la viuda de un estanco de Algorta. Y, a finales de los años cincuenta, alguien descubrió que un bedel de la Diputación de Bilbao, Salvador Fernández, era uno de ellos.

El grupo recurrió a esa muchacha a comienzos de un verano, seguramente el de 1949. ¿Por qué supimos que fue cosa de ellos? Sencillamente, por tratarse de un intento más de sacarlo a otros aires. Su llegada revistió cierta solemnidad, con los cinco saliendo del automóvil negro y ayudando a bajar a la muchacha. Unos pasos separaban el camino de tierra de la higuera y alguien vio que los salvaban con ella en el centro del grupo, como si necesitara protección. Era media tarde, había mucha luz y el hombrecillo se encontraba sentado en una silla, de espaldas a la choza y de cara a la higuera. Ni al tener delante a los visitantes se levantó. «Puede que aún no la hubiera visto a ella, porque a los otros ya los tenía muy vistos», se pensó. Los cinco hombres se retiraron enseguida, dejando sola a la pareja; no es que se fueran del todo, ni siquiera lejos: se detuvieron a unos cien metros, en un espacio verde y seco, sentándose sobre unas piedras distantes más de seis pasos unas de otras, así que no se habían reunido para hablar, sólo a esperar el resultado de la gestión de la muchacha.

Es claro que no sería una desconocida para el hombrecillo, una de esas expertas en solucionar conflictos personales. Se comportó con cierta familiaridad, quedando de pie a su lado, aunque él no dio señales de haber advertido su presencia. El siguiente paso de la muchacha, desplazándose hasta su espalda y apoyando una mano abierta y temblorosa en la cabeza de él, fue suficiente para no dudar de que, al menos, les unía cierta amistad y, seguramente, algo más: una timorata de la Sección Femenina no se habría prestado a ser utilizada de no sentirse muy vinculada sentimentalmente a aquel hombre.

Le hablaría, manteniendo su mano sobre la cabeza del indiferente, y después, cuando se atrevió a tomarle una mano, que él le entregó pasivamente. Es lógico pensar que Txominbedarra también le hablase, que se prestara a algún diálogo. Al parecer, la única en intentar establecer algún puente entre una situación anterior y la presente era ella.

El encuentro duró unas tres horas. Los cinco que esperaban se levantaron de sus piedras, se acercaron a la pareja y se llevaron a la muchacha. No se la volvió a ver en todo un año, hasta agosto de 1950, en que se repitió la representación de los cinco hombres conduciendo a la muchacha hasta la higuera. He de confesar que llegamos a sentir cierta simpatía por el solitario. No era difícil imaginar la razón que movía a la muchacha: el amor. Para pensar así, teníamos que pasar de puntillas sobre los trece años que mediaban entre la aparición de Txominbedarra y la llegada de la chica, entre el 37 y el 50. Trece años de separación es una dura prueba para cualquier amor. Pero ¿enamorado él? El torbellino de la guerra lo había traído a Getxo, la novia que se quedó, donde fuera, ignoraría su paradero, que él no se lo habría comunicado, y todo hacía sospechar que no lo hizo. ¿Por desamor?, ¿uno de esos tibios en cuya ayuda viene una guerra que decide por ellos? Serían los cinco hombres los que comunicarían a la muchacha el destino del amante cuando necesitaron de ella, y ya fueron seis las personas empeñadas en sacarlo de allí. Aunque, de las seis, sólo de una podíamos entender su fin. ¿Qué interés movía a los otros?

Fracasada la segunda visita de la muchacha, regresó meses después, esta vez para quedarse, alojándose en el palacete que la Sección Femenina tenía en la Avenida de Larragoiti de Algorta, requisado en el 37 a su dueño nacionalista; el edificio lo había ocupado Benito Muro en sus meses de alcalde.

Aquel verano nos regaló mucho sol y la pareja lo aprovechó..., aunque nos asaltaban las dudas de si Chumbo tenía conciencia de ser novio de la muchacha, o si había sido y ya no lo era, o si nunca lo fue. En cuanto a ella, nunca dudó ni nos hizo dudar: ¿qué otra cosa significaba la marcha de su lugar de origen y su instalación permanente en nuestro municipio? Bajaba casi a diario a Fadura, al término de cada jornada de trabajo, aunque el encuentro sólo fuera a durar media hora, por la llegada de la noche: era impensable que una recatada chica de la Sección Femenina no se despidiera de su novio antes de las primeras sombras pecadoras. Las fiestas las pasaba con él, mañana y tarde, en una especie de acampada entre yerbajos, charcos, ranas y lagartos, y el cestillo con viandas que superaban las de un habitual día campestre: los escasos que recorrían aquel camino oían ruido de cacerolas que hablaban de guisos en toda regla. Algunos aseguraban que el hombrecillo engordó por entonces; sería el único cambio en él. La muchacha no consiguió más en los dos o tres años que consagró al rescate de su amor. ¿Se lo merecía él? La muchacha conservaría como un tesoro el tiempo primero, semanas, meses o años, allá en su tierra. Lo amó profundamente, así lo demuestra el gran esfuerzo que desplegó ante nuestros ojos, sin perder la esperanza de despertarlo. Y digo despertar porque lo vería dormido bajo una especie de hechizo. No traicionó las blancas normas que ella misma inculcaba a niños, adolescentes y jóvenes casaderas en parvularios o cursillos prematrimoniales de su Sección Femenina. En ningún momento se le pasaría por la cabeza quedarse a dormir con él en la cabaña, a probar si así se enteraba de su presencia; el lugar reunía inmejorables condiciones para un encuentro secreto: solitario, nunca visitado por las noches, a salvo de miradas impertinentes desde ventanas o balcones. Y suponíamos que contaría también con un tálamo, pues algo tendría el hombrecillo para dormir, un colchón sobre un catre con patas, incluso sin patas, sólo un colchón en el suelo, o un simple brizo de yerbas arrancadas de los alrededores, si le era posible bajar un momento su guardia.

Seguramente, las cosas no sucederían exactamente así, dependíamos de observadores furtivos. Por ejemplo: ¿fue verdad la historia de la tienda de campaña que permaneció unos días al otro lado de la línea de la parcela con una mujer dentro y, acaso, insinuándose?

Dejamos de ver a la muchacha al cabo de esos años; se iría bajo el peso de un fracaso difícilmente soportable y que no se merecía. Lo único cierto que llegamos a saber de ella es que se llamaba Loreto.

Rogelio Cerón

¿Por qué Pedro Alberto conduce el coche tan despacio y sin ruido, como temeroso, si ya está aplastada toda resistencia vasca desde hace cinco días? Es de noche, avanzamos por un camino de campo y alguien tararea por lo bajines «El que tenga un amor». Es Luis. No sé por qué no va a cantar si le da la gana. Si los demás vamos en silencio no es por no delatar nuestra presencia, ningún vecino se nos va a enfrentar, ahora España es nuestra. Nos la estamos ganando como verdaderos hombres: a pecho descubierto y firme el ademán. No es la primera vez que vamos a ejecutar. No aquí, sino en otras provincias en los pasados meses.

—¿Es ésta? —pregunta Pedro Alberto.
—Sí —contesta el individuo que viaja de pie en el pescante.
—¿Estás seguro?
—Sí.

Es una casa de planta y desván, tejado a dos aguas y rodeada de huertas, no sé si grandes. Está oscuro. Hay una gran higuera. Ayer se presentó nuestro guía en el Ayuntamiento para inscribirse en las milicias. ¿Está con nosotros de corazón o es un rojo que quiere engañarnos para salvar el pellejo? Tanto unos como otros sirven a nuestra revolución falangista. Enseguida nos habló del maestro que vive en esta casa. Los maestros son los más peligrosos, difunden ideas entre sus alumnos, extienden el comunismo. «¿Seguro que es rojo?», le preguntó Pedro Alberto. «Sí, seguro, seguro. Ha sido republicano toda su vida.» «¿Y no ha huido?», insistió nuestro jefe. «Le he visto esta mañana en su puerta», dijo Joseba Ermo, que así se llama el individuo. «Le visitaremos mañana», programó Pedro Alberto.

Hay que andar con pies de plomo con esto de las denuncias. Hace semanas, creo que en un pueblo que se llama Mondragón, sacamos de su casa a un pobre hombre que nos juraba que él siempre había sido de Franco. Supimos que era verdad cuando nos alcanzó su mujer agitando nuestra roja y gualda, que tuvieron bien escondida durante el dominio rojoseparatista. Estoy seguro de que nunca hemos ejecutado a nadie por error. Me refiero a los lloriqueos de algunos rojos cuando sacamos las pistolas: «¡Soy de derechas, voy a misa, me persigue la República, Franco es nuestro salvador!», gimotean. Nos reímos de su miedo. Los rojos no se nos despintan, los olemos a distancia. Lloren o no, huelen lo mismo. Los que gritan en el paredón ¡Viva la República! gritan por ellos y por los cagados.

—¿Hay más hombres? —pregunta Pedro Alberto parando el coche.

—No... Bueno, el hijo mayor tiene dieciséis años.

—Es un hombre.

Bajamos del coche los seis y estiramos los miembros. Huele a campo, a yerba verde, a vegetales frescos. Joseba Ermo nos precede hasta la casa, que está muerta. Los de dentro dormirán, es la una de la madrugada. Pedro Alberto hace una seña y Luis y Fructuoso se adelantan para montar guardia a los costados de la casa. Es una maniobra muy eficaz contra las habituales fugas por las ventanas. Otros grupos prefieren pisar escandalosamente con las botas, para amedrentar, dicen. Pedro Alberto no, guarda la sorpresa hasta el último momento. «Los ahogamos en su madriguera», suele decir. Él, yo, Eduardo, Salvador y Joseba Ermo pisamos el portal y al punto suenan los truenos de los puños de Pedro Alberto contra la puerta, al tiempo que grita:

—¡Abran inmediatamente o la echamos abajo!

Nos llegan del interior ruidos vagos. En ocasiones, nos suele llegar también: «¿Quiénes son ustedes?, ¿qué quieren?». En otras, solamente abren. Los rojos de esta noche son de los que preguntan; siempre dos preguntas y siempre las mismas, como si en todos los rincones de la patria los tipos se hubieran puesto de acuerdo:

—¿Quiénes son ustedes?, ¿qué quieren?

—¡Abran! ¡Abran! —les ordena Pedro Alberto con su vibrante voz de mando. ¡Nada de explicaciones! ¿Qué esperan esos cabrones? ¿Aún no saben que han perdido y están en la nueva España?

—¡Abrid de una puta vez, escoria! —estalla Eduardo pateando la madera.

Chirría la cerradura, la puerta se abre un palmo y vemos un rostro sobre un quinqué encendido. Pedro Alberto carga su cuerpo contra la puerta y la abre del todo haciendo tambalearse al hombre y al quinqué. Tras él hay una familia, lo de siempre. Todos los ojos miran nuestros uniformes falangistas, así que sobran las explicaciones.

—Prepárese para acompañarnos —ordena Pedro Alberto. ¡En qué fácil convierte lo difícil! Hago con gusto este trabajo, sé que España nos lo pide, pero se necesita mucha fuerza interior para llevarlo a cabo, porque nosotros no somos criminales. Me ayuda mucho quedarme a la espalda de la camisa azul de mi jefe, que me contagia su inquebrantable determinación.

La mujer que abraza a este hombre será su esposa, suponiendo que estén casados, que con esta gente no se sabe.

—¿Por qué se lo quieren llevar? —llora la mujer—. ¿De qué le acusan?

—Ha conspirado contra España —le explica secamente Pedro Alberto.

—Lo único que hace todo el día es trabajar de maestro en la escuela —dice la mujer.

Y Pedro Alberto la calla con una de sus frases incontestables:

—¿Le parece poco?

Es un genio, lo comprendí en cuanto le vi actuar hace sólo cinco días. Se presentó a nuestros mandos a las pocas horas de entrar en este municipio de ¿Getxo?... Sí, de Getxo. Es de familia rica, muy principal, los Echabarri. Desde su casona de Neguri ya disparaba a la horda rojoseparatista en fuga.

La mujer no suelta al hombre de sus brazos. A una seña de Pedro Alberto, Eduardo ata en un momento las manos del hombre a su espalda con una cuerda que llevaba preparada. Tenemos también enfrente a una abuela, un muchacho, un chico y una niña.

—¿Cuántos años tienes? —pregunta Pedro Alberto al muchacho.

—¡Catorce, catorce años! —se adelanta la abuela echando sus brazos al cuello del muchacho—. Es que está muy crecido para su edad.

—Tiene dieciséis años —nos llega la voz de José Ermo desde fuera de la casa.

Pedro Alberto mira al muchacho.

—¿Cuántos años tienes?

El muchacho le mira, se cruzan sus miradas.

—Dieciséis —dice el muchacho.

Esta vez soy yo, a gesto de Pedro Alberto, quien ata las segundas manos con una cuerda que me pasa Eduardo.

Y, en el momento de hacerlo, mis ojos quedan clavados en los del chico y no pueden escapar de ellos. Intento regresar a los cojones del muchacho confesando su edad, pero es inútil.

—¡No se los lleven, por favor! —grita la mujer—. ¡Ustedes son personas como nosotros y las personas se compadecen unas de otras!

La orden de marcha nos la da Pedro Alberto con la cabeza. La familia nos mira a todos, pero la mirada de ese chico de diez años sólo me mira a mí.

—¡Nos quitan lo que más queremos en el mundo! —grita la mujer—. ¿No tienen ustedes padres, hijos o hermanos?

—¡Nunca han hecho nada malo a nadie! —grita la vieja.

Doy la espalda al chico para no ver su mirada. La abuela y la mujer no quieren comprender que nuestras ejecuciones son respuestas a las barbaridades que cometen los de su calaña y a nuestra sagrada misión de salvar a España del ateísmo soviético... ¿Por qué he de huir de esa mirada? Me vuelvo y, sí, ahí sigue tan quieta como una roca, sólo para mí. Luis y Fructuoso entran en la casa, ya no hacen falta fuera, y muy oportunamente, pues la mujer y la vieja agarran a los suyos con tanta fuerza que los tirones de Eduardo y de Salvador no bastan para soltarlas. Ellas se sienten con derecho a ello y habrá que entenderlo así. ¿Qué saben de la regeneración de la Patria? ¿Qué piensa la mirada del chico?, ¿qué quiere de mí, sólo de mí?

—Muévete, Rogelio —oigo a Pedro Alberto.

Puedo girar la cabeza. Luis, Fructuoso, Eduardo y Salvador forcejean con las dos mujeres, unas lapas cosidas a sus hombros. La niña llora desde hace rato. Hace un momento, el chico no lloraba. ¿Por qué no? No, no tendrá arriba de diez años, sólo tres más que su hermana. Para comprobar si ha empezado a llorar también, le miro otra vez. Sigue sin llorar. Y de nuevo me es imposible escapar de esos ojos. ¿Por qué un mocoso de diez años tiene esos ojos fríos que no lloran ante lo que está ocurriendo aquí?

—Echa una mano, Rogelio, que éstas no pinchan —me dice Salvador tirando de la vieja.

Pedro Alberto se impacienta y se pone a luchar para sacarnos a todos al portal, donde decide que ya está bien de medias tintas y coge a la mujer de los brazos y de un tirón la manda al suelo. Yo hago lo mismo con la vieja, librando a Luis y a Salvador. El hombre y el muchacho ya son del todo nuestros. Veo en el umbral al chico y a la niña. La niña corre a levantar a las dos mujeres, pero ellas se levantan solas y sus gritos se recrudecen. Es su deber, es lo que ellas esperan de ellas mismas. ¿Cómo, si no, podrían soportar los años que les quedan de vida? Todos debemos aceptar los papeles que ha repartido Dios entre nosotros... ¿Por qué el chico no ha movido un dedo? ¿Ignora que le corresponde hacer lo que hace la niña? Quizá sea ciego y sus ojos abiertos no vean lo que está pasando. Entonces, ¿cómo sé que me ve a mí?, ¿cómo sé que nuestras miradas se cruzan y ni la de él ni la mía pueden hacer otra cosa?, ¿cómo sé que la mirada de ese chico «no quiere» hacer otra cosa que mirarme?

Echamos a andar con nuestros prisioneros. No es fácil desentenderse de los gritos de las dos mujeres. Sólo Luis y Fructuoso se vuelven a mirarlas. Yo les imito, y me engaño diciéndome que es para verlas: es para verle a él. Ahí están sus ojos, sobre mí. Deja de lado cuanto ocurre frente a él y se centra en mí. Aunque no puedo dejar de ver también a las dos mujeres: la madre se aplasta la cara con las manos, dejando a salvo los ojos, y la vieja enrosca sus manos una con otra y las extiende hacia nosotros, como rezándonos. Estamos hechos a escenas así y seguimos adelante. ¡A la mierda el chico y su mirada! Pero al punto me pregunto: ¿quién cojones es él para...?

—¡Esperadme un momento! —digo al grupo.

Regreso al portal.

—¿Qué se te ha olvidado? —me pregunta Pedro Alberto.

—Ese enano de los cojones. También nos lo llevamos.

Parecía que las mujeres no podían gritar más, pero sí podían. Me detengo a un metro del chico con la pistola desenfundada.

—¿Qué vas a hacer? —me pregunta Pedro Alberto.

—Cualquier cosa... ¡Que no me mire así!

—¿Te das cuenta de que es un niño?

—Los niños no miran así.

—Enfunda y déjale en paz.

—¡O lo mato aquí o me lo llevo a una cuneta!

Siento a Luis a mi lado.

—Déjalo en paz, es sólo un niño, ¿no lo ves? —dice.
—¡No deja de mirarme, tiene dentro algo muy fuerte contra mí!
—¿Por qué crees que te mira sólo a ti? —dice Pedro Alberto—. ¡Nos mira a todos!
—¡Me mira a mí, a mí sólo! ¡Es algo personal, un ataque!
Luis me pasa el brazo por el hombro y dice:
—¿Ataque?... Es un niño. Un niño asustado.
—¡Pero los niños crecen!
—Sólo falta que ahora te pongas tú a gritar —dice Pedro Alberto—. Sigamos. Ven. Es una orden.
—Pero nos lo llevamos. Yo me encargo de él, es cosa mía.
—¿Llevarnos a un niño? —dice Luis—. ¡Nos miraba a todos!
—¡No, no, no, me miraba a mí, sólo a mí!
Pedro Alberto desanda unos pasos hasta quedar frente a mí.
—¿Y qué? —exclama—. ¿Y qué?
—Me está condenando a muerte con esa mirada. Crecerá y me matará. Dentro de seis años será un rojo de dieciséis y entonces me buscará, me encontrará y me matará. ¡La mirada que me echa es la de un asesino que no olvida!
Pedro Alberto se ríe, me toma de un brazo y me devuelve al grupo, diciendo:
—En seis años nuestro régimen habrá convertido a este rojo tan tierno en un patriota español y habrá comprendido que lo que hicimos con su padre y con su hermano era lo justo.
—Pero...
—Escucha: nosotros no matamos niños, somos muy hombres para hacerlo. Así, que asunto acabado, ¿eh? —Y me repite, apretándome el brazo—: ¿Eh?
—A la orden. ¡Arriba España!
—¡Arriba España!

El coche arranca y allí dejamos a las mujeres, ahora gimiendo más que gritando, supongo que agotadas. Pronto las perdemos de vista en la oscuridad. José Ermo ha desaparecido, tampoco nos hace falta ya. Nuestros dos prisioneros van en el asiento de atrás, y con ellos Luis, que es el más delgado. Delante, Pedro Alberto conduciendo, Eduardo y Fructuoso. Salvador y yo, a un lado y otro del coche, en los pescantes.

—¡La madre que os parió! —protesta Eduardo removiéndose entre Pedro Alberto y Fructuoso, haciéndose un hueco—. Estáis demasiado gordos.

Nadie más habla. Todos somos voluntarios en esta pequeña milicia que antes mandaba Eduardo García y ahora Pedro Alberto. Todos sabíamos cuál iba a ser la tarea. La llevamos realizando desde el comienzo de la guerra, sin una vacilación. Las ideas revolucionarias de José Antonio tocaron nuestros corazones y corrimos a salvar a España de la horda roja. En ninguna de las acciones nos tiembla el pulso.

El viaje prosigue en absoluto silencio. Se oyen carraspeos... No es la primera vez que ejecutamos a un maestro; el primero fue en Valladolid, en Segovia el segundo. No es difícil acabar con una persona. Uno se pone a ello y lo hace. En el gran momento nos miramos unos a otros y así sabemos sin palabras quién apretará el gatillo... Ni siquiera al siempre cabreado Eduardo García se le oye ya nada. En la oscuridad a nuestro alrededor también hay completo silencio. Del coche se oyen más los choques de sus neumáticos contra el camino de tierra y piedra que el sordo susurro del motor... Estamos viviendo uno de esos momentos titánicos que moldean a un joven como yo de veintiún años. Son situaciones para que todos nosotros nos pongamos a la altura de las consignas arrebatadoras que ondean sobre nuestras cabezas: «¡España no será nada mientras no recobre la conciencia y el ímpetu de la unidad perdida!», «¡Afanémonos en la tarea difícil y altísima de los supremos ideales: Dios y Patria!», «¡Arriba escuadras a vencer, que en España empieza a amanecer!», «¡España es una unidad de destino en lo universal!»... Estas músicas llenan el silencio del coche, levantan mi pecho y mi mano acaricia la culata de mi pistola. Crece mi ánimo. Supongo que mis compañeros pasarán por algo parecido. Van también en silencio porque escuchan esas músicas tan nuestras. Vamos a ejecutar a dos hombres, pero somos falangistas, no asesinos. Ahí van: un padre y un hijo. ¿Qué se pueden decir un padre y un hijo cuando saben que están a punto de morir? Me agacho para ver el interior del coche: no se miran, no parpadean, sus rostros no expresan lo que deben estar sintiendo, ni siquiera la molestia de aguantar el traqueteo con las manos a la espalda... Ah, los labios del padre se mueven ahora diciendo algo, susurrando más bien, para que sólo lo oiga el hijo. Y lo consigue, pues Luis no parece enterarse. ¿Qué le habrá dicho? ¿Se despide? ¿A pesar de que ambos van al mismo sitio, al otro mundo, a la misma hora? Sí, porque estos rojos no creen en el más allá. Estoy seguro de que se sienten mejor estando tan juntos, tan apretados. Aunque rojos, no dejan de ser un padre y un hijo. ¿Caería yo en esto si el puesto del hijo lo ocupara el chico de aquella mirada? Es imposible que sea hijo y hermano de estos otros, él es de otra raza. Debería ir ahí sentado, sustituyéndolos. Hay yerbas malas que es mejor cortar a tiempo... ¿Acaso no luchamos en una Cruzada en defensa de la civilización? Así lo ha dicho Franco, y también que España se ha encontrado a sí misma, y que esta guerra devolverá a la Patria la espiritualidad, el catolicismo, con sus santos y sus mártires. Por todo esto me encuentro ahora en este coche.

—Aquí —digo—. Para.

Ha sonado a orden y Pedro Alberto se vuelve a mirarme. Es nuestro jefe militar y se ha extrañado. Pero dice sonriendo:

—Bien.

Es generoso.

Habremos viajado un kilómetro desde la casa. Sacamos del coche al padre y al hijo, se miran entre sí y nosotros les miramos a ellos. No hay duda de que formamos dos grupos, dos Españas, como en la guerra. Dos Españas silenciosas. Alguien saca la pistola: es Luis Ceberio, el más joven de nosotros, sólo dieciocho años. Los rojos mataron a su padre en julio del año pasado. Coge del brazo al hijo y lo aparta, pero Pedro Alberto le señala con la mano al padre y Luis se dirige a él y levanta la pistola. Y entonces el silencio es roto por el padre:

—Mi hijo es inocente —dice sin que le tiemble la voz.

Un segundo después se desploma abatido por el disparo de Luis en su sien, simultáneamente al grito sordo del hijo: «¡No!». Luis regresa al hijo y dispara por segunda vez. Los dos cuerpos quedan paralelos en el suelo, a muchos metros del camino. Quedan flotando juntos en el silencio la frase, el grito y los dos disparos. Nadie se mueve todavía. Pedro Alberto saca su pistolón, llega a la cabeza de uno y de otro y les atiza en sus nucas. Para ponerla en posición ha tenido que mover la cabeza del hijo con su bota.

Ya está. Sí, señor. Ya está.

—¡Putos rojos! —dice alguien, creo que Eduardo García, al regreso.

Empieza a llover. Miro a mi alrededor buscando al chico. Lo he sentido muy cerca y no es nada agradable: ha sido una impresión muy viva.

Quien desee saber cómo es un hogar español, una familia española según quería José Antonio, que se dé una vuelta por este palacio Echabarri, en Neguri, Vizcaya, y conozca a sus habitantes. Pedro Alberto nos trajo anoche. «Es tarde para ir a vuestro alojamiento», nos dijo. «Dormiréis en mi casa.» Llama casa al palacio ante el que detuvo el coche. Recorrer sus salones es como sentirse en una catedral. Si digo ahora que cenamos en la cocina puede sonar a menosprecio, ¡pero es que su cocina es plata pura!: espaciosa, brillante, digna de un trono, con un suelo en el que se puede comer. Los cinco nos mirábamos con las bocas abiertas. Pedro Alberto no tuvo que llamar al criado que salió de los fondos silenciosos del palacio.

—Buenas noches, señor —dijo el criado abrochándose los mil botones de su chaqueta negra—. Todos duermen.

—Claro, claro —dijo Pedro Alberto—. Lamento levantarte a estas horas, Justino.

Y Justino:

—Descuide, señor. Le esperaba despierto por orden de la señora. Ella misma me indicó los platos que había de servirle, servirles, pues sabía que no vendría usted solo, señor.

Nos sentamos los seis a una gran mesa de mármol blanco.

—Traeré la vajilla de...

—No —le cortó Pedro Alberto al criado—, ésta servirá.

Fue una cena fría: jamón, chorizo, mantequilla, paté, gambas, merluza frita con ensalada, fruta, vino y coñac o anís. Con pan blanco.

—Comed sin remilgos, os lo habéis ganado —nos dijo Pedro Alberto.

Nos repartió en dormitorios individuales. Hundido en el blando colchón, me asaltó la mirada del chico.

Ha sido nuestra primera acción en Getxo. Tenemos práctica, tanto fuera del País Vasco como dentro, en Guipúzcoa, en Navarra..., sobre todo en Navarra, colaborando con requetés. Somos el complemento del ejército: las ciudades y los pueblos quedan más conquistados después de nuestras intervenciones. Pedro Alberto salió a nuestro encuentro en la carretera vestido al completo de falangista y gritando «¡Arriba España!». Tomó contacto con los jefes, le dieron mando de milicias y quedó al frente de nuestro grupo.

Vizcaya no secundó el glorioso Alzamiento y el padre de Pedro Alberto fue encarcelado en el barco-prisión *Altuna Mendi,* en la ría de Bilbao. Entonces Pedro Alberto ocultó a la familia en un confín del País Vasco, de donde ha regresado hace sólo cuatro días. Él se negó a abandonar el palacio, así pasó los nueve meses de terror rojo. Cerró puertas y ventanas y nadie sospechó que lo habitaban. En los dos o tres saqueos que sufrió, los milicianos no buscaban personas sino objetos de valor. Pedro Alberto se alimentó del abundante laterío, jamones y chorizos, almacenado en lugar seguro, y nadie cortó el agua. A veces, de noche, salía a ver a un amigo telegrafista y pasarle información de guerra: movimiento de barcos (el palacio se levanta frente al Abra) y aviones y cosas así. «Mi desquite llegó en la retirada del ejército rojoseparatista», nos contó. Se hartó de disparar desde la ventana más alta del palacio. «¡Huían como conejos de mierda!», nos contó. «Abatí a varios.» No toda la familia disfrutó de la liberación: el padre, el preso, Dionisio Echabarri, había sido cobardemente asesinado en el barco. La familia lleva el luto no sólo en el corazón sino en la ropa. Todos visten de negro, incluso la hermana pequeña de Pedro Alberto, Trinidad, de seis años.

A mediodía, esta gran familia no tiene reparo en sentarnos a los cinco con ella alrededor de la gran mesa del hermoso comedor. Están todos: los abuelos, don Juan Echabarri y doña Milagros; la madre, doña Blanca; y los hijos, Pedro Alberto, Leonor, Elisa, Pablo, Enrique y Trinidad. Sólo falta el sacrificado por los bárbaros. Hay rezo al comienzo de la comida, supongo que por el ausente y por ser costumbre devota de la familia. Se respira un gran respeto, son los abuelos los que rompen a hablar, luego siguen los demás. Nos sirven criadas con cofia.

—Tened mucho cuidado por ahí —dice doña Blanca cogiendo la mano de Pedro Alberto, que está a su lado.

—Mamá, ahora son ellos los que tienen que tener cuidado —dice el hijo dándole un beso en la mejilla.

—Os quiero mucho a todos y rezo para que pasen pronto estos tiempos horribles —dice doña Blanca.

—Nuestros muchachos harán de estos tiempos horribles los mejores tiempos, la gran y verdadera España —dice don Juan.

—Yo no sabía lo que era una guerra hasta que me han quitado a mi hijo —dice la abuela Milagros escapándosele un cubierto de la mano—. No duermo, pienso mucho...

—Piensa mucho, sí, señor. Toda la noche. Y habla, habla..., piensa y habla. Las noches son largas a su lado —dice don Juan—. Calla, mujer, calla y duerme, le pido. Pero es un consuelo que alguien piense y hable lo que yo no me atrevo..., porque si pensara y hablara tanto me volvería loco... Bueno, bueno, mujer, ahora come.

—Pobre hijo mío... —dice la abuela Milagros, y parece que lo dice con miedo, de tan bajo. He oído a otras madres que han perdido a sus hijos y todas gritaban «¡Pobre hijo mío!». Las suaves voces que se oyen en este palacio de los Echabarri obedecerán a un modo de ser, o acaso al duelo que vive esta familia toda de negro. La abuela Milagros acaba—: ¿Bajará en nuestra ayuda? Sé que el pobre Dionisio velará por nosotros desde el cielo... aunque ya no puede guardarnos desde la tierra, como lo hizo siempre. ¿Qué será de sus queridos Altos Hornos?

Supongo que se refiere a que don Dionisio Echabarri era uno de los grandes de la poderosa industria vasca, según me tiene contado su hijo.

—Ya es un mártir, abuela —dice Pedro Alberto recorriendo todos los rostros de la mesa, incluso los de nosotros cinco—, y sobre los mártires está levantando Franco la gran España. Nada es gratuito, se necesitan mártires para salvarnos de una España roja, rota, soviética y atea. Por lo que a mí respecta, creo que nadie pondrá objeciones a que este hijo ya sin padre se tome venganza.

—¡No!, ¡no!, ¡no! —dice doña Blanca llevándose la mano a la frente—. ¡No me habléis de más sangre sobre la sangre!

¿Ha gritado? No, no ha gritado, ha sido su gesto, el dolor de su rostro, la majestad de su figura, la dulce belleza de esta mujer madre de seis hijos; ella no necesita gritar para conmover. Claro que no ha gritado, las diosas no gritan.

—Es una guerra —dice el abuelo don Juan—. Había que traer esta guerra para frenar a la horda.

—Pero nada de venganzas —dice doña Blanca—. La religión nos habla de guerras justas. Hagamos de ésta una guerra justa.

—Es la más justa de todas —dice don Juan.

Frente a mí se sienta una de las tres hijas de doña Blanca. Tendrá diecisiete o dieciocho años. Largos cabellos rubios, ojos azules, piel de melocotón. Estoy a la espera de que sus grandes ojos se detengan en mí un solo instante, pero nunca lo hacen. Se llama Elisa.

—Es más que una guerra..., ¡es una Cruzada! —dice Pedro Alberto.

—Hay miles de mártires, de muertos por nuestra fe. Nuestra familia ya ha entregado uno —dice don Juan.

Doña Blanca apoya los codos en la mesa, a un lado y otro de su plato, y sostiene con sus manos la cabeza inclinada.

—¿Cómo no sentirme orgullosa de mi esposo en medio de mi dolor? —dice—. Comprendo, o me esfuerzo en comprender, todo lo que está ocurriendo. ¡Tanta sangre, tanta violencia! Me aseguráis que hay que enfrentarse a ello con determinación, y supongo que así deberá ser. ¿Pero cómo no dejar de pensar que en una guerra unos y otros caen en la misma crueldad? ¿Tendré que cerrar los ojos?

He dejado una novia en Valladolid y no he vuelto a mirar a otra mujer. Hasta hoy, hasta hace un par de horas, al ver a Elisa. No sé lo que mastican mis dientes, mi paladar no siente los sabores, sólo miro a esta criatura celestial por la que cualquiera daría su vida. Poco antes he estado a punto de pensar lo mismo de la madre, pero me pareció una irreverencia: doña Blanca está demasiado alta... y demasiado casada. En cambio, esta devoción por Elisa (a cuyo avance no pongo ningún freno) la estoy entendiendo como una puesta al día de la razón de mi compromiso falangista. Es que no sólo cualquier hombre se siente inclinado a luchar por la belleza, sino que esta belleza, la que ahora tengo delante, no hay duda de que representa lo mejor de la España que estamos salvando. Quizá, repitiéndome Loreto, Loreto, Loreto volvería a mi ser anterior, pero callo el nombre de mi novia de Valladolid.

Nada más hablar doña Blanca, ya tiene a su lado a Pedro Alberto. La abraza por la espalda y la besa en lo alto de sus cabellos.

—Sí, mamá, cierra los ojos —le dice—. Deja que sólo los demás los tengamos abiertos.

—Cerremos los ojos y recemos —dice don Juan—. Recemos por las almas de los dos bandos. No sólo por las almas de los nuestros sino también por las del enemigo. Recemos por estos valientes muchachos que defienden España a pecho descubierto y a los que nunca agradeceremos bastante —y, al decirlo, nos señala con la mirada a Fructuoso, a Eduardo, a Luis, a Salvador y a mí. Y añade—: Hablad, hablad sin miedo, ¿os ha comido vuestras lenguas el gato? Nada de cuchicheos, oigamos vuestras voces.

—Los acabo de conocer, los he probado y son de primera calidad —dice Pedro Alberto besando otra vez el pelo de su madre y regresando a su sitio sin dejar de mirarnos.

Lo de los cuchicheos iba por Luis Ceberio, que me decía al oído: «¡Qué buen polvazo tiene esa rubita!», y me señalaba a Elisa. Le di una fuerte patada en la pierna por debajo de la mesa.

—Cerraré los ojos, pero ¿lo aprobará Dios? —dice doña Blanca.

—Él espera de nosotros un comportamiento de cruzados, mamá —dice Pedro Alberto.

—Nos gustaría conocer vuestra opinión, estáis en vuestra casa —dice don Juan mirándonos a Luis y a mí.

Pero el que habla es Fructuoso:

—Agradecemos mucho la hospitalidad de esta familia, a pesar del drama que está viviendo. Lamentamos mucho su gran pérdida... Esta merluza está excelente...

Fructuoso Ordóñez es abogado y se le nota. Acabó la carrera justo un mes antes del Alzamiento. Tanto doña Blanca como don Juan le sonríen, nos sonríen a los cinco. Elisa también sonríe, pero sin levantar los ojos de su plato.

—Me gustaría llevar pistola, como vosotros —dice una vocecita. Es el pequeño Enrique, de unos diez años.

—Para cuando tengas edad, ya habrá acabado todo, gracias a Dios —dice doña Blanca.

—Yo sí que podré —dice Pablo—. Otros, a mi edad, ya andan por ahí armados.

—Habrán engañado a sus jefes —dice doña Blanca—. Ahora sólo tendrías que pensar en reanudar tu bachiller.

Pablo no tiene arriba de quince años.

—He de hacer algo, falsearé mi edad —dice.

—Yo mismo te llamaré si necesitamos refuerzos —dice Pedro Alberto.

Tiene Pablo una expresión tan resuelta que le creo muy capaz de levantarse ahora mismo de la mesa y lanzarse a la calle con una de las armas que guardará su hermano mayor en alguna parte de este palacio. Tiene todo el derecho, han asesinado cobardemente a su padre. Casi el deber.

Doña Blanca se muestra asustada.

—¡Calla, por Dios! —exclama—. Me tienes que prometer que...

De pronto me fijo en el otro alevín de cruzado. Me está mirando fijamente, una mirada que me revuelve por dentro. ¿Está orgulloso de mí, del grupo?, ¿me envidia porque puedo llevar pistola? Ojalá fuera así, pero su mirada tiene que ver con otra cosa... Me envuelve el ronroneo de conversaciones, ya no sé de qué hablan, sólo estoy con esa mirada... El chico la ha tomado conmigo, no aparta sus ojos de mí, como si no hubiera alrededor de esta mesa más gente a quien mirar... El que más habla es don Juan, y no para de echar tragos de vino... ¿Por qué no le pregunto al chico si tengo monos en la cara? Es una mirada dura, como de odio. ¿A quién odia? ¿A mí?... Incluso Luis, Fructuoso, Eduardo y Salvador hablan como cotorras, meten baza en la conversación general como cualquier miembro de la familia... Estoy a punto de decir al chico: «No me mires así, yo no lo maté, no estaba por aquí cuando la matanza del barco», pero callo, porque se me acaba de ocurrir que el chico no puede dejar de mirarme, tiene que mirar de esa forma a alguien y me ha elegido a mí, sospecho que por una razón muy especial. ¿Me está previniendo de algo? ¿Dios se vale de él para mandarme un aviso y tome mis medidas? Bien, bien, veamos, calma, he de pensar en frío... Si no fuera porque en este chico se dan todas las circunstancias especiales, ahora yo estaría pensando en doña Blanca o, al menos, en la señorita Elisa. Las circunstancias especiales son que han matado a su padre y necesita gritar al mundo a través de esa mirada. Y me ha elegido a mí. Bueno, hasta aquí, nada preocupante. Pero es que eso no es todo, hay una tercera circunstancia especial: su edad. Estoy seguro de que tiene diez años. ¿Por qué un chico al que han matado a su padre y tiene diez años se empeña en lanzarme esa mirada cargada de tanto odio? ¿Qué tengo yo que ver con su drama? ¿Es consciente de estar enviándome (porque sus ojos no se apartan de mí) ese aviso por voluntad de Dios o de cualquiera de sus criaturas celestiales? En caso contrario, habrá que pensar en una cofradía de infantes en las mismas circunstancias.

—¿Te encuentras mal, Rogelio? —me pregunta don Juan—. Porque te llamas Rogelio, ¿no?

Es que he vertido sobre la mesa la copa de helado con fresas.

Al acabar la comida y levantarnos todos, me llevo al chico a un rincón.

—¿Cuántos años tienes?

—Diez.

Estaba seguro.

—¿Qué le harías al asesino de tu padre?

—Matarlo.

Ha dejado de llover. Desde hace seis días, en esta tierra española ningún enemigo puede escapar a nosotros. Luis, Salvador, Eduardo, Fructuoso y yo recorremos las calles de Getxo con el equilibrio espiritual que ha de sentir el zorro en un gallinero. Pedro Alberto se reunirá más tarde con nosotros en la comisaría. Equilibrio espiritual del soldado que da su sangre por un glorioso amanecer. «¡Arriba España!», lanza Luis Ceberio al cruzarnos con mujeres asustadas que se escabullen sin atreverse a mirarnos. Van o vienen de las colas que se forman frente a las tiendas de comida. ¿Dónde están los hombres? Sólo se ven mujeres y niños, y pocos; algún viejo, de tarde en tarde. ¿Huyeron todos los hombres? ¡No! ¡Escondidos! Habrá que husmear en todas las casas, mirar bien bajo las camas, para no depender tanto de los chivatos.

—No se me va de la cabeza la rubita —dice Luis.

—El chico se sentaba a su izquierda —digo.

—Sí, el mocoso —dice Luis—. ¿Qué te pasa, Roge?

—No me pasa nada.

(Al término de los postres, pasamos todos al salón a tomar café. El desplazamiento fue corto, de una estancia a otra, pero sentí que viajaba en el mismo bando de cisnes. Ya sentados, descubrí al chico justo frente a mí.)

La carretera general pasa por el Ayuntamiento y viene por ella un camión del ejército. Lo paramos. Un teniente de la Guardia Civil nos informa de que se dirigen a la cárcel de Larrínaga, en Bilbao, al trabajo de todas las noches. En la caja del camión van dos piquetes de fusilamiento.

(El chico no apartaba sus ojos de mí. Pero no hay duda de que era el hijo pequeño de doña Blanca, no otro. De eso estoy muy seguro.)

La comisaría está en los bajos del Ayuntamiento. Conocemos a los siete compañeros que charlan a gritos con los policías municipales que quedan, pues a los restantes ya les dimos candela por desafectos. Nos sentamos en bancos corridos y entramos en la charla y en las rondas de coñac. Bueno, yo no.

—¿Qué te pasa, Roge? —me pregunta Luis Ceberio.

—¿Pasarme? Nada —digo.

Por fin, oímos fuera el motor y enseguida entra Pedro Alberto.

—¿No está el alcalde? —pregunta. Alguien le dice que no—. Él nos dirá a quién damos el paseo esta noche... Un sujeto fuera de serie este Benito Muro. Un auténtico héroe. Parece un tendero, pero con su acción salvó muchas vidas. —Toma una copa de coñac que le tienden y bebe de un trago. No se sienta—. El Gobierno vasco construyó unas fortificaciones a quince kilómetros de Bilbao, envolviéndolo. Todos las tenían por inexpugnables: trincheras, refugios subterráneos, nidos de ametralladoras... Toneladas y toneladas de hormigón. Pero en vez de llamarlo Cinturón de Cemento, lo llamaron pomposamente Cinturón de Hierro. El proyecto lo pusieron en manos de un ingeniero llamado Goicoechea, ignorando que no era rojo sino de Franco. Naturalmente, Goicoechea hizo unas defensas sin pies ni cabeza y dejó un pasillo desguarnecido. Y ahora viene lo bueno: antes de que Goicoechea se pasara a nuestras filas con los planos, lo hizo Benito Muro, que entonces trabajaba en su oficina técnica, llevando una copia de esos planos. ¡El jodido de Benito se adelantó en dos semanas al ingeniero! Le acaban de nombrar alcalde y nadie podrá decir que no se lo ha ganado.

Risas, más coñac y comentarios. Ahora, Eduardo se dirige a Pedro Alberto:

—Tu casa es de tres pares de cojones. Con los comunistas la tendrías que repartir.

—Por eso no está con ellos —dice Luis.

Ríen Luis, Eduardo, Salvador y Fructuoso; yo río un poco también. Aquello no le ha caído muy bien a Pedro Alberto.

—Esta guerra es para defender ideales más altos —digo—. La doctrina falangista predica también la justicia social.

—¿Igual que quién? —dice Pedro Alberto—. Nosotros no queremos la revolución para fundar algo nuevo después de destruir lo existente. Nuestra revolución construirá lo nuevo sin destruir nada. Nuestra justicia social no traerá el caos sino el orden.

Nunca lo he visto tan serio. No es un falangista de las últimas hornadas, como algunos de nosotros. No le tengo por un señorito rico jugando a falangista.

—Espero que ninguno de vosotros me crea sólo un soldadito bueno —añade Pedro Alberto—. Tengo más derecho que vosotros a empuñar un arma, pues sabéis que los rojos quieren el exterminio total de los ricos, y si yo pertenezco a una familia de las envidiadas, a lo mejor se me puede llamar señorito. Y a vosotros, ¿cómo se os puede llamar? No importa. Pues esto es la Falange, escuadras de señoritos y no señoritos. ¿Dónde se ha visto más igualdad? ¿Para qué necesitan los pobres un comunismo que los equipare a los ricos?

Vuelven a llenarse las copas y se brinda con calor. Es grande este Pedro Alberto.

Ahora llega un tipo rechoncho y vivaracho, cara roja y ojillos pequeños y redondos.

—¡Arriba España! —dice, levantando el brazo—. ¿Fuertes? —pregunta.

—Esperando órdenes —dice uno de los falangistas que no son de mi grupo, poniéndose en pie y arrastrando a todos. Surge un bosque de recios brazos fascistas.

—Os presento a Benito Muro, el alcalde —dice Pedro Alberto.

El alcalde se detiene ante él.

—Un juez. Yo os guiaré —le dice. Y sólo después nos mira a los demás—. ¿Qué, fuertes? —repite, con la risa inflándole más la cara.

—Así que hoy un juez —comenta Pedro Alberto—. ¿No hay error?

—Lo conozco de toda la vida. No iba a misa, leía *El Liberal* y los obreros podían ir muy tranquilos a sus juicios —dice el alcalde.

Ya es de noche cuando Pedro Alberto pronuncia «vamos» y le seguimos. El alcalde marcha a su lado, hablándole sin parar.

Otra vez problemas de espacio en el coche.

—¿Está lejos la casa? —pregunto.

El alcalde se vuelve con rapidez.

—No, no —asegura—. Podríamos ir andando si no fuera por la segunda parte del viaje con el percebe.

—Pues yo iré andando —digo.

No he tenido que pensar para decirlo, yo mismo me sorprendo al oírme.

—Podemos ir todos andando —dice el alcalde.

—Faltaría algo sin el coche —dice Pedro Alberto. Y todos sabemos a lo que se refiere.

—Sigue la carretera hasta una plaza con soportales de iglesia —me dice el alcalde—. Diez minutos.

—Allí te esperamos —dice Pedro Alberto.

Al quedar fuera del grupo es cuando me alegro; no he puesto nada de mi parte para conseguirlo, quiero decir que no lo he tramado, que me ha llegado por sí solo..., pero sé que no ha sido así realmente.

—Te acompaño, así irán más anchos —me dice Luis Ceberio.

Un contratiempo que no esperaba y me confirma que deseaba quedarme solo. Echamos a andar los dos viendo el coche que se aleja. Luis Ceberio sólo tiene dieciocho años y es rubio. Nos conocimos hace meses en Valladolid. Es impetuoso y, al tiempo, dulce. Creo que le caí bien desde el principio, y no sé por qué. Quizá intuye que envidio en secreto sus briosos deseos de mando: esto, así, y esto otro, asá. Pero no pasa de ahí, no puede, la Falange tiene una estructura estricta. Y más cuando llega uno como Pedro Alberto.

En esa plaza con arcos tendré que librarme de él, e igualmente de los otros, que ya habrán llegado. Sí, debo admitir que yo tenía este plan desde el principio, lo tenía dentro, no sé donde.

Luis Ceberio ya está hablando, como de costumbre. Le veo tan infantil y accesible que le pregunto lo que no me había atrevido a preguntar a nadie, y menos a Pedro Alberto:

—Oye, ¿sabes lo que significa «España es una unidad de destino en lo universal»?

—José Antonio Primo de Rivera —dice, poniéndose serio.

—Sí, está en sus discursos, pero ¿qué significa?

—Suena muy bien, ¿verdad?

—Sí, pero ¿qué...?

—Creo que no te lo puedo explicar con palabras, hay cosas que llegan directamente al corazón sin pasar por la cabeza —dice Luis Ceberio—. La frase tiene música, habla de algo muy hermoso para España.

—Bueno.

Llegamos a la plaza y ahí está el coche con la mitad de sus viajeros fuera. Montan al vernos y el alcalde nos dice a Luis Ceberio y a mí que les sigamos a pie. Me gustaría que no hablara en susurro, como si estuviéramos cometiendo algo malo. Son más de las doce de la noche y hay un silencio absoluto. No sé lo que hacer para separarme de ellos. No es que, de pronto, me hayan entrado reservas sobre lo que hacemos. No se trata de eso. Me adelanto hasta alcanzar la ventanilla delantera.

—¿Tiene hijos? —pregunto al alcalde.

—¿Hijos?, ¿quién?

—Ese juez.

—¿El juez? ¿Hijos? —Me mira con la boca abierta—. No, no tiene hijos. ¿Te gustaría cargarte también a alguno?

—¿Ni siquiera uno pequeño, de unos diez años?

—Tendrás que guardar las ganas para otra ocasión.

Los del coche no se darían cuenta si yo me detuviera y ellos siguieran adelante. Pero seguiría teniendo a mi lado a Luis Ceberio, y a donde tengo que ir he de ir solo.

Tres o cuatro minutos más por la carretera y nos paramos. Creo que después de once meses limpiando España he asistido a todas las posibles variantes. La familia puede gritar o no, pero el conejo nunca grita, ni siquiera se resiste. A lo más que llega es a dirigirnos una o más preguntas de una lista que nos sabemos bien: «¿Qué hacen ustedes? ¿Por qué me llevan? ¿Qué he hecho yo? ¿Qué van a hacer conmigo?», y otras parecidas pronunciadas con la garganta rota. Sin embargo, al de esta noche le oímos: «¿Sin juicio?». La familia no se sale de la regla, contempla la operación sin un grito, despidiéndole con lágrimas silenciosas. El alcalde nos guía por una carretera que desciende hasta la playa, y allí le damos pasaporte. El propio Luis Ceberio le da el tiro de gracia. ¿Por qué después, siempre, uno de nosotros suelta eso de «¡Putos rojos!», como si nuestro ánimo necesitara escuchar cada vez una sonora justificación? ¡Arriba escuadras a vencer! Es la música de nuestro ánimo inalterable.

Benito Muro es el reciente habitante de un palacete en la que llaman avenida de Larragoiti, columna vertebral de este pueblo de Algorta. La Junta Militar se lo ha confiscado a un rojoseparatista huido y entregado al alcalde. Se lo merece.

—Seréis mis invitados todo el tiempo que haga falta —nos dice. Suelta una carcajada—. O mientras no me lo quiten esas brujas de la Sección Femenina. Le han echado el ojo a esta bonita choza y son capaces de ir hasta el Papa. No me conocen: me he instalado hace tres días con mi mujer y mis dos hijos y no me echarán ni con aceite hirviendo. Esas nenas están cogiendo muchos humos y habrá que decirles que se dediquen a bordar las camisas de los hombres... El separatista dejó la casa como un cristo, pero la buena de mi mujer os ha preparado habitaciones. Será un placer alojar a lo mejor de Falange.

De modo que ya tenemos cama y mesa puestas. Estamos parados frente al palacete, una vivienda de ricos. Pedro Alberto nos da las buenas noches, dice «¡Arriba España!» levantando el brazo y se va en su coche. Ahora podré inventarme algo con más tranquilidad para escurrirme. El alcalde abre la gran puerta de roble tallada y nos hace pasar, diciéndonos: «Sólo cuidado de no hacer ruido, mi gente duerme». Me detengo en el umbral, si entro ya no habrá remedio.

—Muévete, no puedo cerrar la puerta —me dice el alcalde.

Miro a Luis Ceberio. Si él conociera mi urgencia, me ayudaría, aunque no sé cómo. Pero ni a él se lo puedo confesar, me tomaría por un blando.

Cuando doy el paso y el alcalde cierra la puerta a mis espaldas, pienso con rabia que carezco de recursos. Surge lentamente de la oscuridad una figura y el alcalde nos dice:

—Es mi mujer, Cipriana. A lo mejor nos trae algo para picar.

Cipriana, está claro, no esperaba que los cinco fuéramos hacia ella para estrecharle la mano. Nos la tiende sin ganas. Es una mano dura y callosa, impropia de una alcaldesa y de una casa así... Me acuerdo de doña Blanca. El alcalde enciende luces y nos lleva a un amplio comedor con una gran mesa de brillante madera. Aparece Cipriana con una bandeja llena de lonchas de chorizo, pan y vino.

—Lo decomisé en un almacén abandonado —ríe el alcalde.

Comen, beben y hablan sin meter mucho ruido. La mujer nos ha dejado solos.

Ahora estoy en un dormitorio, solo, sentado en la cama sin desnudarme y esperando no sé qué. Mis cuatro compañeros estarán durmiendo a pierna suelta. El único ruido que me llega es el chirriar de maderas viejas desperezándose. Apago la luz y salgo al pasillo, a oscuras, y bajo las escaleras, sin soltar la barandilla, hasta el recibidor. Quizá la puerta no esté cerrada... ¡Ah!, se han encendido luces.

—¿Sales a confesarte? Las iglesias están cerradas.

Es Cipriana, envuelta en una bata muy elegante, que lleva torcida.

—Salgo a tomar el aire —digo.

—Yo también saldría, porque me ahogo en esta casa. El alcalde y yo éramos del pueblo, ¿sabes?, del Puerto Viejo de Algorta, y de pronto, ya lo ves: fascistas.

—Todos somos del pueblo, incluso los fascistas.

—Yo ya me entiendo.

—¿Le importa que salga, señora? Si me llevo la llave o deja la puerta entornada, no la molestaré a mi regreso.

Resopla con ruido.

—¿Señora? —dice—. Soy la mujer del hombre de esta casa y la madre de sus dos hijos, sólo eso, nada de señora..., ¡criada y gracias! Escúchame..., ¿cómo te llamas? Es igual, todos los azules me parecéis iguales... Escúchame bien: yo no he nacido para mujer de alcalde o de Papa, vendía pescado en las calles. Esto que llevo encima era de la señora que se fue, y todavía es, porque toda esta locura terminará algún día y ella volverá. Si me pongo esta bata es porque me gustan los trapos. —Me mira fijamente—. Supongo que no irás a matar a alguien que se te había olvidado. —Me coge tan de sorpresa que sólo callo—. Tú eres del interior, pero ahora estás en la costa. Veo en tu cara que te ha traído la Virgen del Carmen y quiere que salgas para verte mejor y poder iluminarte. Espera... —Desaparece en la oscuridad del fondo y regresa antes de un minuto—. Toma, cuando la enciendas, Ella no podrá dejar de verte.

Aunque sea la mujer de un chaquetero de última hora, no debe insultar a un hombre del Movimiento. El problema de esta mujer es que no ha tenido tiempo de cambiar. Y es raro, creyendo tanto en esa Virgen. Habrá que decirle al alcalde que vigile su lengua si no quiere quedarse viudo. Ni siquiera le dirijo una mirada ni un gesto de despedida. Sin embargo, lo que llevo en el bolsillo de la chaqueta me será imprescindible para localizar lo que busco de noche en aquel descampado.

Pero ¿dónde está aquel descampado? No conozco Getxo, me llevaron allí en coche. Era una pequeña casa rodeada de cultivos. Sí, y un gran árbol junto a la casa. El camino pasaba por delante. Un camino que bajaba y bajaba...

La luz de la linterna alumbra las fachadas de casas de dos y tres pisos. Seguramente, son las últimas del pueblo. Estoy bajando una carretera. Pero a la casa que busco se llegaba por un camino. Al menos, la carretera baja. Veo un camino a la derecha y lo tomo. Avanzo por él no menos de media hora, y, de pronto, empieza a ascender. Así que retrocedo hasta llegar de nuevo a la carretera.

La noche es cerrada, no hay una sola ventana con luz, ni una bombilla encendida en los postes de alumbrado.

Ahora recorro otro camino, más embarrado que el anterior, pero que también desciende. Ahora deja de descender y se hace horizontal, cosa que me anima, creo recordar que así era el que busco. Recuerdo mejor, o simplemente recuerdo las cosas que ocurrieron antes de sentir la mirada de aquel chico. Camino y camino detrás del círculo de luz que mi linterna forma en el suelo encharcado. Dejo a mis espaldas tres o cuatro casas solitarias. Ahora la veo, la recuerdo. Quisiera no haberla visto nunca, ni ahora recordarla, aunque no sé bien por qué no quiero. La puerta, cerrada y tétrica como la de un panteón. Y el gran árbol. Sólo me queda marchar camino adelante: lo sé bien porque aún no había visto los ojos del chico.

Cuando son uno o dos, incluso tres, no enterramos los cuerpos, que vea esta gente lo que les espera. Lo dijo el general Mola: golpear duro y será el terror. Las fosas comunes son para los fusilamientos en cementerios o trabajos parecidos.

El coche recorrió una distancia no pequeña, quizá un kilómetro. He de dar con el punto en que salimos del coche y dejamos a pie la carretera. Sería por aquí. No es fácil, nuestras pisadas y las de ellos apenas quedaron en aquel suelo seco, recuerdo que aún no había empezado a llover. Y recuerdo que tomamos hacia la derecha. ¿Punto de referencia? Ninguno, todos los accidentes del terreno me parecen iguales. Lanzo la luz fuera del camino y a distancia. Es un escenario de yerba corta, argoma, cardos y cañaverales dispersos. Avanzo por el camino sin dejar de mirar a la derecha. ¿Qué busco, dos cuerpos sin enterrar? El chico nos siguió, estoy completamente seguro, sentí su presencia, de modo que esperaría a que nos marchásemos para correr a decir a los suyos dónde había que cavar para proceder al enterramiento... No suele ocurrir así, a veces los cuerpos permanecen días al aire, no porque las gentes no sepan dónde están: es que el miedo les obliga a no acercarse, por si les sorprendemos ofreciéndonos una prueba de su vinculación con los culpables. Pero no somos animales, incluso comprendemos en ellos el gesto humano de enterrar a los muertos. Sí, el miedo es libre. ¡Así lo quería Mola!

Así, pues, ha de haber una tumba por aquí, en el sitio. Ya no busco los cuerpos sino la tumba. Aquella mirada del chico obligaría a las mujeres a venir y a cavar. Quizá buscara la ayuda de algún vecino, no confiaría en la fuerza de las mujeres. Podría haber traído a medio pueblo, de habérselo propuesto. O a todo el pueblo: aquella mirada era capaz de conseguirlo. ¿Por qué tiembla la luz? Porque tiembla mi mano con la linterna. Es el cansancio, la mala sensación de estar haciendo esta tontería, traicionando a los compañeros. Lo mejor será dejarlo todo y regresar. Si fuera de día las cosas serían diferentes. En dos horas se irá la noche y amanecerá y dejaré de buscar esta maldita tumba. ¿Por qué doy por seguro que habrá una tumba?

Me siento sobre una piedra para secarme la cara con el pañuelo. De pronto veo un palo solitario clavado sobre una tierra removida, y es esta tierra lo que me pone en pie. Me acerco. Es la tumba. Más que simple palo, es una delgada rama de árbol totalmente limpia de hojas. La tierra de la tumba y alrededores es puro barro, las huellas de los pies quedan muy marcadas. El palo está clavado en vertical y se le habrá caído el que le cruzaba para formar la cruz. Lo busco. Ni rastro de él. Además, el palo no está hacia un extremo sino en el centro del largo y del ancho. No es parte de una cruz sino una señal. Una señal. ¿Para qué una señal si la propia tumba se localiza sola? Está bien hecha, bien alisada la tierra por arriba, bien recogida por los bordes. Esta gente ha hecho un buen trabajo en plena lluvia. Las dos mujeres, y una de ellas vieja, habrán tenido ayuda de vecinos.

Bien, no están los cuerpos, pero sí su tumba. ¿Es esto lo que quería saber, lo que me ha traído hasta aquí? El lugar ha sufrido un cambio desde anoche, alguien ha intervenido. ¿Qué más da cuerpos que tumbas? ¿Esperaba ver los cuerpos como los dejamos? ¿Acaso la tumba altera mi tranquilidad? Era natural que intervinieran familiares o vecinos. Siempre ocurre así, tarde o temprano. Pero no acabo de retirarme de este sitio. Incluso me vuelvo a sentar en la piedra de antes, sin perder de vista la tumba, mi luz la ilumina por entero. Ahí está el barro superficial con mis pisadas y las de quienes hicieron de enterradores. Observo algo: sólo hay dos clases de pisadas; unas, mías, conozco bien el dibujo de las suelas de mis botas; las otras son más pequeñas, demasiado pequeñas. Me pongo en pie y me acerco. Son las pisadas de un niño. Todas las pisadas que no son mías son las del niño. Las del chico. No pidió ayuda, lo hizo él solo. No lo puedo creer y busco terceras huellas. Inútil. ¿Cómo un chico de diez años es capaz de llevar a cabo solo...? No otro chico cualquiera, pero sí él. Otro chico cualquiera no tiene esa mirada. El palo clavado en la tumba también es cosa suya. Lo arranco y lo arrojo lejos con toda la fuerza de mi brazo.

Me basta con empujar la puerta para entrar en la casa. La cierro sin ruido a mi espalda. La luz y la voz de Cipriana llegan al unísono:

—Quítate las botas, no me pongas todo hecho un asco.

—¿Cómo has sabido, sin luz, que las traigo con barro?

—¿Con qué las ibas a traer con este tiempo, con flores?

Me quito las botas.

—Llévalas a la cocina, al fregadero. Está al fondo. —Cipriana sigue hablando y me detengo con las botas en la mano—. Has dado un paseo muy largo. A lo mejor te ha hablado ya la Virgen del Carmen.

—Hoy no me ha hablado, quizá mañana.

—¿Mañana también hay salida?

Nos miramos. ¿Por qué me lo pregunta? ¿Qué le importa a ella? Me mira como si quisiera sacarme el pensamiento. Es la esposa del alcalde, pero no comparte su ideología, seguro que está más cerca de la del chico. ¿Por qué lo menciono a él?

—Tenga la linterna. Me ha venido bien. Gracias.

—Y mañana también te vendrá bien.

Devuelvo la linterna a mi bolsillo. Esta mujer sabe que mañana también saldré. Incluso lo sabe mejor que yo, pues mis palabras me han sorprendido más a mí que a ella. Y si he de salir la próxima noche significa que no iré con mis compañeros. Sin embargo, espero que ahora o cuando sea mi mano coja la linterna y se la devuelva a la mujer.

—Tienes que dormir —me dice—. Cuando te despiertes por la tarde a lo mejor no sabes qué mentira vas a contar a los tuyos.

—¿Mentira?

—Les cuentas que estás enfermo, que te duele la cabeza o las tripas, y si entran a verte en la cama les pones cara de muerto.

Me lleva a la cocina y me sirve café con leche caliente y me obliga a tomarlo sentado y hasta la última gota. Después me manda a la cama.

—Anda, vete. Ya sabes, escaleras arriba y segunda puerta a la derecha.

Ha sido una orden en toda regla y mi mano no ha tocado la linterna del bolsillo.

A lo largo de todo el día y esta parte de la noche no han dejado de sonar las campanadas del gran reloj de abajo, un féretro vertical. Son las doce y pico, mis compañeros ya han partido a lo suyo con el alcalde, y salto de la cama. Serían las cinco o las seis de anoche cuando me acosté, así que no he dejado estas sábanas (¿atenta su blandura contra nuestro espartano falangismo?) en casi veinte horas. Ellos durmieron hasta el mediodía, bajaron para comer y durante el resto de la tarde me llegaron sus voces jugando a las cartas. Antes y después entraron al dormitorio interesándose por mí y gastándome bromas: «La Falange no quiere enclenques», «Los hombres marchan a pecho descubierto, pero éste era un nene», «Iremos más anchos en el coche». Luis Ceberio entró una tercera vez.

—Yo no puedo dejar pasar una sola noche sin cazarlos —me dijo—. Pero te comprendo: no mataron a tu padre... ¿Te cuida bien la alcaldesa?

Sí, la alcaldesa me cuida bien, me dedica más tiempo que a todos los demás juntos, incluido su marido y sus hijos. Tiene dos, gemelos, de doce años. «Se llamaban Juan y Enrique», me ha contado Cipriana, «pero ahora son Adolfo y Benito.» Le pregunté que desde cuándo. «Desde el mismo momento de entrar con vosotros en Getxo», me contestó con un bufido. «Le vi a la cabeza de las tropas gritando ¡Arriba España! con todos y sin bajar ese brazo que levantáis como para coger las uvas más altas. Me costó reconocerle. Cuando los tuyos se cansaban de gritar y callaban, y se cansaban de tener el brazo arriba y lo bajaban, él seguía como si le hubieran dado cuerda... ¡Tenías que haberle conocido antes de toda esta romería! ¡Si te digo que quería amontonarse conmigo por detrás de la Iglesia...! Pero no soltaré mi lengua por ahí para que no me lo "afusiléis". ¡Mi Benito, alcalde de Franco! ¡Él, que con sólo dos chiquitos soltaba trapo por la boca contra Hitler y Mussolini!... Pero, chitón. No por ti, Rogelio, que eres pan bendito.»

—¿Eso cree que soy yo? —me preocupé.

—¿Quién iba a pensar que mi Benito cambiaría de piel en la oficina de ese Goicoechea? ¡Pues cambió! A veces, parece que la Virgen se ha vuelto loca plantando a la gente en unos sitios... Y a ti también te ha plantado en uno de esos sitios. Pero no te preocupes.

—No me preocupo. Estoy salvando a España.

—Me sé de memoria vuestros sermones de tanto oírselos a mis tres hombres. ¡Mis hijos han dejado de ser míos, ahora son sólo de su padre! ¡Cómo cantan a coro los tres el *Cara al sol!*... Oye, Rogelio: ¿qué marejada os traéis con las camisas nuevas y las viejas?

—No estoy enfermo, soy un traidor.
—¿Recuerdas dónde tienes la linterna?
—Sí.
—Muy bien.
—¿Por qué lo hace?
—Un asesino menos —me dice Cipriana.

Salto de la cama cuando oigo el coche alejarse en la noche de la calle. Cipriana me abre la puerta de la casa:

—Querían que el padre los llevase también a ellos... Sí, los gemelos, no me mires con esa cara. Ya son azules hasta en el color de su sangre.

—Que se conformen con estar en Flechas y Pelayos.

Cruzo el umbral y ella empuja suavemente la puerta hasta el encuentro con la cerradura.

—La Virgen de los Mares también guía de noche a los marinos descarriados —me dice.

Durante el día he pensado tantas veces en la ruta de anoche que ahora la recorro sin una duda. El palo de ayer sobre la tumba no estaba allí porque un viento lo llevara: la luz de mi linterna alumbra otro palo. Idéntico. Tan descaradamente vertical como el otro. Apago la linterna y me siento en el suelo medio seco. Una hora después aún no he podido convencerme de que no es obra del maldito chico. Me levanto, arranco el palo y lo tiro lejos. ¿Qué le mueve a clavarlo? ¿Acaso señalar esa tumba, que también es obra suya? Lloverá mucho antes de que el tiempo la mezcle y la convierta en paisaje. Además, el chico ha de tener grabado a fuego en sus ojos su posición exacta; no vive lejos y los accidentes de este escenario los conocerá al dedillo. ¿Por qué he mencionado sus ojos si necesito olvidarme de ellos?

Empujo la puerta de casa y entro sin hacer ruido.

—Tienes suerte, aún no han llegado —oigo a Cipriana, sin que ella aparezca—. ¿Quieres algo caliente?

—¿Por qué se preocupa de mí? —le susurro, y espero que no me haya oído.

—Porque hoy tampoco has salido a matar.

Tardo mucho en coger el sueño. Los ojos del chico, su mirada. Sabe quién arrancó el primer palo. Cuando vea que no está el segundo y clave un tercero, es que me estará diciendo que no olvide su mirada.

Oigo abajo las pisadas de mis compañeros.

No me despierta la entrada de Cipriana en el cuarto, estaba desvelado mucho antes.

—Esta mañana dormías, así que te perdiste el café con leche —me dice—. Te traigo este cocido de garbanzos, con su carne, el chori y el toci que no veíamos desde que empezó la guerra. Grasa que se pega al riñón. Un lujo.

Cuando me siento, Cipriana pone una almohada en mi espalda. Y, un segundo después, al oírse unos pasos, mete un termómetro en mi boca. Es Luis Ceberio.

—¡El rey de la casa! —exclama. Se sienta a los pies de la cama—. Yo también enfermaría con una señora tan amable. ¿Contamos contigo esta noche?

—Aún está larri —se apresura a diagnosticar Cipriana.

—¿Larri? —repite Luis.

—Pachucho. Trancazo.

—A ver el termómetro —dice Luis.

Se levanta y llega a mi cabecera, pero la mano de Cipriana se le adelanta.

—Treinta y nueve —miente.

En vez de devolver el termómetro al platillo de la mesilla se lo guarda en un bolsillo y repite a Luis:

—Larri, larri.

Dispongo, pues, de otra noche libre, pero a los garbanzos les cuesta bajar por mi garganta. Estoy engañando a mis compañeros..., aunque me gustaría saber por qué lo hago. La verdad es que a lo mejor lo sé. ¿Por qué regreso a ese lugar al que nadie me llama? ¿Nadie?

—Contad conmigo —aseguro a Luis Ceberio apurando los últimos garbanzos.

—Las gripes no se van en un soplo —dice Cipriana.

—Rogelio es falangista —replica Luis.

—Mi Benito también, pero en la cama no le noto ninguna mejora —gruñe Cipriana.

Recoge la bandeja, anuncia a Luis que pronto se servirá abajo la comida y desaparece en el pasillo.

—Lo de esta noche va a ser de órdago —sonríe Luis, sentándose otra vez en la cama—. El tal Joseba Ermo de la otra noche nos va a guiar a un caserío donde se esconde un soldado nacionalista en un agujero de su cuadra. ¿Te das cuenta lo rápidos que andan estos vascos para salvar el pellejo? ¡En sólo una semana han hecho ese agujero! ¿Y para qué? Lo sacaremos de su madriguera como a una rata.

—¿Y cómo se ha enterado ese Ermo?

—Al parecer, a un niño de la familia se le escapó un comentario entre sus amigos y alguno de éstos habló y Joseba Ermo lo cazó, vete a saber cómo. Aunque vasco, es un buen español.

—O quiere ser premiado con otro caserío.

—Su acción es patriótica y eso basta.

Se abre la puerta y entran Fructuoso, Eduardo y Salvador.

—¡Qué bañeras hay en esta casa! —exclama Eduardo—. ¡Puedes nadar!

—Yo me quedo con una de las dos criaditas que andan por aquí —dice Salvador—. ¡Es una pena que no haya botines de guerra!

—Veo a Rogelio con mejor cara —dice Fructuoso.
Echo a un lado la manta y dejo la cama.
—Sí, estoy bien, esta noche me tenéis con vosotros —digo.
—No se quiere perder la película —dice Luis.
—¿Ya le has contado? —pregunta Eduardo—. ¡La caza de esta noche será más emocionante!
Empiezo a ponerme la camisa azul.
—¿Te ha dado permiso la mujer del alcalde? —pregunta Luis—. La tiene enamorada.
—No es mal botín de guerra —dice Salvador.
Fructuoso Ordóñez llega hasta él y le hunde un dedo en el estómago.
—No me gusta eso de botín de guerra —gruñe—. No somos vikingos. Con nosotros va el orden.
—Ya hemos empezado a ver que algunos no se conforman con medallas —dice Salvador Fernández.
—La Falange acabará imponiendo su mensaje.
Entra Pedro Alberto y me pilla en calzoncillos.
—Veo que nuestro equipo estará completo esta noche —comenta, y en su rostro guapo con el bigotito se dibuja la satisfacción—. Esperadme abajo.
Se ha dirigido a los demás, que saludan con el brazo y se retiran. Pedro Alberto pasea por la habitación, dando tiempo a que acabe de vestirme. Estoy sentado en la cama luchando con las polainas cuando se detiene ante mí y me pregunta:
—¿Problemas?
—¿Eh?
—No te preocupes, no a todos ha dado Dios un estómago que lo aguante. Ni siquiera nos salva una gran ideología como la nuestra. Aunque sean rojos y se lo merezcan, ¿verdad? —Me mira, escudriña en mi rostro—. ¿O se trata de otra cosa?
He acabado con mis polainas, pero no me pongo en pie.
—Os tenía que haber acompañado, incluso con fiebre.
—No es fácil matar a un semejante, matar a uno cada no-

che. Ni yo estaba seguro de la resistencia de mi estómago. No, no es fácil. Pero España nos lo pide.

—Ya pasó.

—¿A qué te refieres?

—Que ya podéis contar conmigo.

—No somos de piedra, ¿verdad? —se acerca a la ventana, la abre de par en par y se queda mirando al exterior—. No, ni yo mismo estaba seguro. Creí que sería una continuación de los disparos desde mi buhardilla. Los que yo abatí eran soldados con sus armas aún calientes de los combates. Habrían disparado contra mí de haberme descubierto. Se retiraban, huían. ¿Era el fin de la guerra? La misión que ahora tenemos entre manos pertenece a la misma guerra. ¿Cómo olvidarnos en la retaguardia de tanto enemigo armado con ideologías ateas, marxistas, nacionalistas, cargadas de odio?... Parece otra guerra, menos ruidosa, casi un deporte. Podemos detenernos a contemplar su cara, su miedo, escuchar sus penosas palabras o su silencio. Descubrimos que bajo tanto error hay una persona como nosotros. —Por fin se vuelve para mirarme—. Pero sólo lo parece. ¿Eran personas las que asaltaron el barco-prisión y asesinaron a mi padre? ¿Lo eran, amigo Rogelio?

Desciendo las escaleras al piso de abajo. Pedro Alberto me echa un brazo por los hombros y me dice:

—No se trata de otra cosa, ¿verdad? Claro que no. Tu falangismo no se tambalea, lo llevas metido en los huesos. Si se te rebela de nuevo el estómago, piensa que no asesinamos sino que purgamos. Es una purificación.

La sonrisa bajo su bigotito en línea puede ganar a cualquiera, lo que ocurre es que yo estoy en otra cosa.

Mis cuatro compañeros ya están en el comedor, sentados a una gran mesa presidida por un alcalde que no calla. Recuerdo la otra mesa, la del palacio de los Echabarri, y la que ahora tengo delante sólo se parece a ella en el tamaño; no entiendo de mesas acicaladas, pero creo que las dos criadas que van y vienen de la cocina nunca sabrán componer una como aquélla; es que doña Blanca estaba allí, o doña Elisa, cuando le corresponda reinar en una casa.

Hasta el propio alcalde se queja de las dos criadas:

—¿De dónde has sacado a estas dos mandingas? —grita a su mujer—. ¡Míralas, parece que en vez de bandejas llevan calabazas de la huerta! ¡Y sus cofias parecen coliflores pochas!

A una de las muchachas se le cae continuamente la vajilla de las manos; la otra es más fresca, le resbalan las críticas y se mueve con la cabeza alta y en su expresión se lee: «¡Anda y que te zurzan!».

Pedro Alberto no se queda a comer, confiesa tener deberes fuera —seguramente, altos compromisos— y concluye diciendo:

—Esta noche es especial: ¡un pájaro en su jaula! —Saluda brazo en alto y se despide con un «¡Arriba España!» vibrante.

Mis cuatro compañeros y el alcalde se ponen en pie como un solo hombre, volcando tres sillas —yo aún no me he sentado—, nuestros tacones golpean el suelo al unísono y nuestros brazos se clavan en el techo y seis gargantas prorrumpen en un trueno inquebrantable: «¡Arriba España!».

La criada a la que se le cae la vajilla ahoga un gemido y sale corriendo entre sollozos, y la otra se nos queda mirando con la boca abierta. Las tres sillas caídas pertenecen a Luis, a Eduardo y al alcalde, y cuando Eduardo se dispone a recoger la suya, el alcalde lo detiene:

—¡Quieto!... ¡Cipriana! —llama a su mujer—. ¡A ver si tus dos inútiles saben levantar estas sillas!

—¿No tienen manos tus amigos? —se oye a Cipriana.

—Asunto liquidado —dice Eduardo poniendo en pie su silla y sentándose en ella. Luis y el alcalde hacen lo mismo. El alcalde gruñe:

—Esto lo he de arreglar yo y pronto.

—¿Se les sirve el primer plato a los señoritos? —se oye otra vez a Cipriana.

—¡Sí! —vocifera el alcalde con la cara roja.

—Ahí os va Pancha —se oye a Cipriana, y aparece la criada que ha roto media vajilla con la gran sopera del cocido humeante.

—¿Y los entremeses? —vocifera el alcalde—. ¿Cuándo se ha visto en una mesa de calidad empezar a comer sin entremeses? ¡Tenías que haber servido en Neguri en vez de vender chicharros por las calles de Getxo!

—Bien que te gustaba mi olor a marisco cuando me ponías las manos encima —se oye a Cipriana.

Luis, Eduardo, Fructuoso y Salvador no paran de reírse.

—La mujer del anfitrión también debe sentarse con los invitados —dice Eduardo—. ¡Señora! —llama. Coge de un brazo a la criada que no es Pancha y que está abriendo una botella de vino—. Di a tu señora que no empezaremos sin ella.

—¿Señora? —arruga la frente la criada que no se llama Pancha.

Entonces aparece Cipriana y dice:

—Yo ya he comido.

—Pues la queremos ver mañana en esta mesa —dice Eduardo.

—Mañana me toca ayuno —dice Cipriana pasando la mirada por todos nosotros, sobre todo por nuestras camisas azules. El desaire no ha podido molestar al alcalde, que no la quiere en la mesa, y, en cuanto a mis compañeros, la miran ofendidos, aunque no se dirigen al alcalde exigiéndole que haga de aquella roja una sumisa mujer española, y yo ni siquiera busco la razón, pues ahora estoy recogiendo la mirada de Cipriana, que no la aparta de mí.

Precedidos de un alboroto aparecen Adolfo y Benito, los hijos del matrimonio. Visten ya el uniforme azul de los Flechas y Pelayos. No saludan a nadie y se pegan por una silla habiendo varias libres.

—¿Qué se dice al entrar? —les pregunta su padre.

La pareja sigue enzarzada. El alcalde nos previene con una señal confidencial antes de lanzar con calor:

—¡Franco, Franco, Franco!

Los mocitos se paran, se ponen firmes, dos brazos se levantan con una energía que conmueve y suenan dos vocecitas capaces de mover al más tibio espíritu patriótico:

—¡Viva Franco! ¡Arriba España!

Pero mis ojos vuelven a Cipriana, a su mirada. Dice el alcalde:

—Han llegado tarde por las clases intensivas de falangismo juvenil que recibe un grupito de elegidos. ¡Hay que recuperar el tiempo perdido! Sus uniformes de Flechas y Pelayos se han cortado y cosido en veinticuatro horas.

La mirada de Cipriana me está trasmitiendo que no me preocupe. Su cocido de garbanzos tiene tan buena aceptación que muchos repiten, y cuando ella pregunta: «¿Quiénes quieren los sacramentos?», todos nos quedamos suspensos, excepto el alcalde, sus hijos y las dos criadas.

—Se refiere a los tropiezos —se apresura a decir el alcalde.

Los tropiezos resultan ser las costillas, la morcilla, el tocino, el chorizo, el jamón y más ingredientes que en esta tierra de rojos llaman sacramentos, una herejía que por sí sola justificaría la guerra.

—Son cosas de los tripones que andan por ahí —bromea el alcalde.

—Si lo vuelvo a oír fuera de esta casa, al cabrón que lo diga le pego un tiro —asegura Luis Ceberio.

Lo conozco y lo haría.

El alcalde arroja un buen trozo de pan a su mujer con innecesaria violencia.

—Y tú, olvida tus palabrotas del Puerto Viejo, las cosas han cambiado —le dice.

—Tú también saliste de ese Puerto Viejo, donde hablamos bien clarito. Tú mismo decías ¡hostias! y ¡mecagüen Dios! hasta antesdeayer —le replica Cipriana, y menos mal que a los míos les da por reírse. Aunque Eduardo García, nuestro subjefe, advierte:

—Habrá que hacer una visita a ese Puerto Viejo. Contigo, Benito, que conocerás a todos.

El alcalde asiente y su mujer le sopla al oído algo que nos llega:

—Dile «¡A la orden!».

Ha sido una sobremesa larga: tute, dominó, coñac, anís y vodka ruso traído de fuera, puros y café, palabrería cada vez más ruidosa, y yo, intentando que todo ello me apartara de un único pensamiento. Cuando este pensamiento mojaba de sudor mis manos, mis ojos se dirigían a Cipriana y siempre encontraba su mirada.

Poco antes de las siete, el alcalde anunció que le reclamaban deberes municipales, y Eduardo García añadió que teníamos asamblea informal con otros compañeros de escuadra en la comisaría, y que como estaba en el Ayuntamiento, iríamos todos juntos. Esta vez, las manos se me encharcaron. Ni siquiera la certeza de que nada me libraría de formar parte del grupo acallaba mi conciencia, pues mi inquietud cuando Cipriana desaparecía de mi vista no dejaba lugar al engaño. Habíamos agotado todas las posibilidades que nos ofrecía, de momento, la casa del alcalde, estábamos abocados directamente a la noche. Un salto a nuestras habitaciones para recoger alguna prenda podría haberme proporcionado la ocasión de un gesto sin apenas decisión previa, maquinal, como el de meterme en la cama, pero la tarde era calurosa, saldríamos en camisa, y perdí esa ocasión.

—Volvemos a trabajar juntos —me dijo Luis golpeándome la espalda.

¿Por qué me agobió un ataque de tos? ¿Fue una invocación desesperada a la mujer del alcalde? Sobró, porque estaba a mi lado sin que yo lo hubiera advertido. No sé de dónde sacó un

termómetro para metérmelo en la boca. El grupo se paró, expectante. Cipriana recuperó el tubito de cristal y, sin apenas mirarlo, sentenció:
—Recaída.

He observado la más obligada regla de un enfermo, que es meterse en la cama. No lo he hecho por Cipriana sino por mí, y la verdad es que me he sentido mejor.
—Eres un panoli —me ha dicho ella—. Las chicas están limpiando los suelos de abajo, así que no tienes que hacer comedia, estás solo.

Pero no me he levantado en varias horas, hasta más de las doce. En el recibidor me espera Cipriana con la linterna y un jersey.
—Póntelo, refrescará —me dice.
—Ellos fueron en camisa.
—Pero ellos son muy machos, muy azules, y tú eres normal.
—¿Qué me quiere decir usted?
—Que tú vas a una cita con la Virgen y debes ir decentemente vestido.

No sé por qué me asombra que me vea diferente si yo también me veo; me ha sacado del grupo y puesto en otra estantería. Está dando cuerpo a algo que, sin ella, sólo sería un mal sueño. ¿Acaso conoce al chico y sabe...? ¿Por qué no? Son del mismo pueblo y las noticias vuelan. ¿Qué noticia? El propio chico, con sus diez años, no puede ser consciente de cómo son capaces de mirar sus ojos. Esta misma noche pondré fin a la pesadilla; no yo, que no soy de fiar, sino el palo sobre la tumba, el palo que no veré porque no estará; suponiendo que fuera el chico quien lo pusiera las dos veces anteriores, no lo pondrá la tercera; pues una cosa repetida una o dos veces no sólo tiene un valor inferior a tres veces sino que es de otra naturaleza, el chico nunca pasaría de esas una o dos veces a tres, porque tres veces entrañaría un significado, cosa lo más alejada de una mente de diez años. Otra explicación que abonaría la presencia del palo sería la casualidad; en efecto, una casualidad puede provocar un hecho, incluso este mismo hecho puede repetirse debido a una segunda casualidad, pero si el hecho insiste una tercera vez ya no hay casualidad que valga y llegaríamos al significado. Esta noche acabarán los laberintos de mi pesadilla.

La misma Cipriana me mete el jersey por la cabeza y me abre la puerta.

—A la Virgen del Carmen no le gustará verte con ese pistolón —me dice.

Saco mi arma de la cartuchera y me vuelvo para subirla a mi cuarto, pero Cipriana me la quita de las manos con dos dedos, como si quemara.

—Te la dejaré en la mesilla, dentro del cajón, para que la olvides.

Y me entrega la linterna.

La ruta ha dejado de tener secretos. No tardaré en preocuparme de mi mala conciencia por mis tres deserciones, en cuanto me libre de esta nube de verano. Ahí está la casa: oscuridad, silencio. ¿Nadie les previno de a lo que se exponían pensando en rojo como piensan? Somos el brazo de la justicia, el camino hacia la nueva España no está libre de dolor. Esta población se llama Getxo y aún la habita mucha gente, más numerosa que nosotros, así que debemos recurrir al miedo. Y en esa casa se huele el miedo. Deseo regresar con los míos y decirles: «No ha sido nada, ya pasó, os eché de menos». Demostraré a Pedro Alberto que no ha de dudar más de mi espíritu falangista, de mi estómago. Confío en él para...

Ahí está el palo.

La luz de la linterna me lo hace ver antes que la propia tumba. Dos pasos más. Sobresale de la tierra medio metro. Como los anteriores. Uno. Dos. Tres. Tres casualidades seguidas. ¿Por qué no? La ley de probabilidades lo aceptará así con toda seguridad. Y, si lo acepta, ¿tendré que ponerme a esperar si se produce la cuarta? Pues, bien: esperaré yo y esperarán todos: Pedro Alberto, Luis, Eduardo, Fruct...

Ahí está el chico.

Advierto su presencia antes de tenerlo en el haz de luz, para lo que tendría que girar la linterna unos noventa grados. No la muevo. Su bulto está en negro, inmóvil, una estatua. Bien, ahora que tanto él como yo hemos llegado al final, que he descubierto que ni los dos palos primeros ni éste llegaron ahí por casualidad, sólo me resta arrancar este tercero y arrojarlo lejos, a los infiernos. El destino me ha traído frente al chico para librarme de esta maldita nube de verano. Sabrá el mocoso con quién se las gasta. Despojada la tumba del palo ante sus propias narices, superada la prueba, ya no vacilaré en girar la linterna para alumbrar sus ojos, y cuando los cierre y se retire, enviaré a su espalda el rasgo de magnanimidad que debe caracterizar a todo gran triunfador: «Tuvimos que hacerlo, chico, el tiempo calmará tu dolor».

Me aproximo a la tumba y me inclino. El bulto no se ha movido, se limita a esperar, me ha cedido la iniciativa. Entre mi mano y la tumba se interpone de pronto una regadera. Estoy seguro de que no estaba hace un momento. A un metro de la regadera está el chico, mirándome. Es lo que imagino. Me incorporo y, quizá con el último resto de la perdida seguridad, desvío la linterna y enfoco su rostro. Sus ojos negros, ni muy abiertos ni muy cerrados, me miran con la dureza de pedernal de la primera vez, con la misma inflexibilidad.

Él rompe la escena petrificada, da un paso adelante, toma el mango de la regadera con ambas manos —y así sé que está llena, de agua, claro, él sólo tiene diez años–, la deja junto a mi pie y luego regresa a su posición cortando el haz de mi linterna, pues yo no la he movido. Su figura se recorta contra la única luz de la noche. Sus ojos me hablan y yo traduzco su mensaje. Así que le pregunto:

—Me matarás, ¿verdad?

Ni siquiera parpadea.

—¿Cuándo?

Ni siquiera lo sabrá, ni siquiera habrá pensado en un detalle tan pequeño.

—Dentro de seis años, cuando tengas dieciséis. Suponiendo que ahora tengas diez. ¿Cuantos años tienes?

Yo soy el que necesita de sus palabras, que me confirme lo que ya sé. Pero la única voz que suena inútilmente es la mía.

—¿Recordarás después, tan vívidamente como ahora, la tragedia? Claro que sí, no lo dudo. ¿Debo aceptar, de una vez por todas y para siempre que estoy en tus manos?

Parece no importarle que le hable y me pregunto si me entiende, si mis palabras se hermanan con su pensamiento.

—Será como digo, ¿verdad?

¿Por qué no retiro la luz de esa mirada para que se pierda en la noche?

—¿Cómo lo harás?, ¿cómo matáis los de Getxo? Aún no has elegido arma, sólo tienes diez años. ¿Tienes diez años?

Un chico de su edad no presumiría de tan infernal solidez si esa mirada no alimentara tanto odio.

—Sólo sabes que lo harás. Que es mucho, por supuesto, y yo tendré que vivir con ello.

No se mueve, y cuando pienso que está saboreando un anticipo de su venganza y espera que yo no siga hablando mucho tiempo, vuelve a su regadera. Levanta un pie y la toca, produciendo un sonido muerto.

—Sí, ya he visto tu regadera. ¿Qué vas a regar a estas horas y lejos de tus huertas?

Por segunda vez, su pie la golpea, la empuja. Creo que me la está pasando. Más bien divertido, le pregunto:

—¿Qué quieres que riegue?

Se acerca a la tumba, se agacha y sus dedos amontonan tierra al pie del palo, la moldean y aplastan, y finalmente los retira después de, sí, acariciar el palo en toda su longitud en una especie de despedida.

—¿Quieres que riegue un palo? ¿Para qué? Seguramente no se trata de un simple palo, sino de una señal para marcar la tumba.

No sé por qué le estoy siguiendo el juego. ¿Por qué he de regarle eso, sea lo que sea?

—¿Por qué no lo riegas tú? ¿No tienes manos?

Es una protesta muy floja, muy lejos de una negativa. Y al final del haz de luz, inamovible, está la mirada que me traspasa.

Toca con su pie la regadera por tercera vez. No es una orden sino un ruego. Después de la violencia contra los suyos necesita de mí no una señal de arrepentimiento sino una señal de que, ahora, al término de todo, este enemigo reconozca, al menos, que sus víctimas eran seres humanos.

Levanto la regadera hasta verter los hilos de agua sobre la tierra de la base del palo. Ha de empaparse bien, hay sequía, a un solo día de lluvia siguen muchos de fuerte sol, los menos apropiados para que broten raíces de algo. Pongo en la tarea todo mi empeño, y mi espíritu, curiosamente, se sosiega. Vuelvo la cabeza esperando encontrar una expresión amable, pero ahí sigue la misma sentencia de muerte en los pequeños ojos negros que no parpadean. He depositado la regadera en el suelo con demasiada delicadeza y me enfurezco conmigo mismo. Cierro un momento los ojos y, cuando los abro, el chico ha desaparecido.

A mis pies ha quedado la regadera. Quiero decir que él me la ha pasado.

Se abre la puerta y entra Cipriana. Sin llamar, como siempre; se diría que para esta mujer la vida no debería guardar secretos, y si los guarda no le preocupan. Es mediodía y me trae comida en una bandeja: un guisado de ternera humeante, pastel, queso, pan y fruta. Pero encuentra al enfermo levantado y vestido.

—Coño —exclama.

—Comeré abajo, con todos —le anuncio—. Siento que se haya molestado.

—Puede seguir funcionando lo del termómetro. Y has amanecido con una cara tan jodida que no haríamos ninguna comedia. ¡Vaya ojeras!

—No he pegado ojo en toda la noche, pensando. Me avergüenzo de mis engaños, ya no les mentiré más.

—La Virgen del Carmen no se quedará de brazos cruzados.

—No es eso, en esto nada tiene que ver la Virgen.

—Quiá, es Ella la que te lleva por otro camino.

—La que me lleva es una regadera.

—¿Una regadera?

—Podré regar y salir con mis amigos por las noches. Podré hacer las dos cosas.

—¿Qué demonios tienes que regar?

—No sé, un palo metido en la tierra.

—¿Tú lo has metido?

—No. Tampoco la Virgen del Carmen. —La miro; no puedo dejar de soltarlo y lo suelto—: Un chico de diez años.

—Querrá que prenda. —Ahora es ella la que me mira de modo raro—. De noche. Hay que regar de noche. Regando con este sol, la planta se quema.

Lo primero que hice al levantarme fue abrir la ventana y mirar el cielo: azul, sin una nube, y el sol calentando de firme.

Salgo del cuarto precediendo a Cipriana con su bandeja. La oigo comentar:

—Esa regadera es cosa de la Virgen del Carmen.

Es que no se le ha escapado que mi pistola sigue en la mesilla, no la he cogido.

El grupo de compañeros está fuera, en el jardín, sentados con el alcalde en tumbonas y sillas de paja alrededor de una mesita de hierro pintada de blanco con vasos de vermouth y platillos con aceitunas y filetes de anchoas. Se alegran de verme sano, especialmente Pedro Alberto, que hoy comerá con nosotros. Se levanta y me susurra:

—¿Lo ha superado tu estómago?

Para no seguir mintiéndoles habré de revelarles la verdad... ¿Qué verdad, si ni la sé yo mismo? Hay un chico que me ha pasado una regadera y con ella he heredado lo que él necesitaba regar. Y, ahora, esa regadera ha quedado a mi cargo.

Pedro Alberto me toma del brazo y me conduce a un extremo del pequeño jardín, bajo una parra.

—No era eso —le digo—. Tengo otra cosa que hacer por las noches. —Simplemente, espera a que acabe—. Regar. Un esqueje. Regar con una regadera.

Sabe esconder su asombro.

—No sabía que te gustara la jardinería.

—No es cosa mía. —Y añado antes de que me lo pregunte—: El chico.

Esta vez sí que no oculta su asombro.

—¿El que te llenó de pánico? Creí que estaba olvidado... Te pilló con las defensas bajas... Nada, nada, a olvidarlo, carece de importancia. Me preocuparía, aunque sólo un poco, si lo que no pudieras olvidar fuera otra mirada, la de cualquiera de los ejecutados. Son miradas especiales, y a veces se cruzan con la tuya, y algunos de nosotros deben contrarrestarlas con la verdad de nuestra Cruzada; otros, con el odio... ¿Qué tiene que ver todo esto con la mirada de un niño? ¡Un niño!

—Me miró, no apartó sus ojos de mí. ¡La suya sí que fue una mirada especial!

—¡Nos miró a todos! ¿Acaso los demás no le veíamos? ¡Claro que le veíamos! Te lo podría describir: un mocoso de diez años..., sí, seguramente, diez años..., con camisa arrugada, pantalones cortos y sucios de tierra, y alpargatas...

—¡Yo no recuerdo de él más que sus ojos, su mirada, que sólo era para mí!

—Eran unos ojos negros. Ya ves que me fijé, porque a mí también me miró.

—¡Me miraron sólo a mí, me eligió entre todos vosotros!

—Suponiendo que fuera así, ¿qué importa? A alguien tenía que mirar.

—¡Es que a mí no solamente me miró, sino que esa mirada me habló!

—Escucha, Rogelio, escucha... Cálmate. El mocoso nos miró a todos, también a mí, pero a ninguno se nos ha ocurrido imaginar que...

—¡Si os hubiera hablado sí que lo imaginaríais, porque era un mensaje de muerte!

Callamos los dos. Pedro Alberto vuelve la cabeza y me dice:

—La mujer del alcalde nos llama para comer. ¿No la has oído?

No la he oído. Es que sorprendo a Pedro Alberto riendo con disimulo.

¿Por qué saca el tema en la mesa? «Nuestro querido compañero es muy impresionable... ¿Puedo contarlo?» Le contesto afirmando con la cabeza y él les cuenta lo que sabe. «El terrible problema se reduce a una regadera que Rogelio tiene que usar», concluye.

—Puesta por la Virgen —dice Cipriana, que pasaba cerca con la fuente de cordero.

—¿Una regadera? —repite Eduardo—. Los tiempos no están para regaderas.

—¿Por qué no dejas el trabajo a las chicas? —dice el alcalde a su mujer—. Para eso cobran.

—¿Y yo qué hago, me siento con vosotros? —pregunta Cipriana.

El alcalde abre la boca pero no dice nada. Creo que, por un lado, quiere que ella se comporte como una señora, aunque, por otro, no la quiere sentada a una mesa en la que todos somos hombres. El alcalde le apunta con el dedo. «Tú a vigilarlas», le ordena, y así cree haber resuelto el conflicto.

—¿Cómo les voy a pedir que os sirvan si me lloran que les pellizcáis el culo? —protesta Cipriana, levantando carcajadas. Ella siempre suele decir la última palabra.

Estoy a punto de recriminarles que «eso no se hace, no somos rojos», cuando parece que Salvador Fernández me lo lee en la cara y dice:

—En una guerra, los guerreros hacen cosas que no hacen en la paz. ¿Quién puede escandalizarse si pellizcamos a una mujer... siempre que no sea tu madre o tu hermana?

—O no sean rojas —dice Luis Ceberio—, y éstas lo son. Y contentas que no las violemos.

La fuente del cordero aún sigue en manos de Cipriana, quien exclama:

—¡A ver quién se atreve a tocarme a mí el culo!

Se oyen risas, aunque no muchas ni fuertes, hasta que Pedro Alberto recuerda:

—Somos caballeros falangistas.

Es una admonición con un calor suave, y suena muy bien en su boca, porque es un Echabarri, la familia que encarna los valores por los que luchamos.

—¡A la cocina! —vocifera el alcalde, levantándose y marcando a su mujer el camino de la cocina con el brazo extendido.

Todos miramos a Cipriana, aguardando su infalible réplica.

—Los que quieran zampar y soplar que se pasen por la cocina —dice, cerrando de golpe la puerta de sus dominios.

El alcalde se desinfla.

—Algún día sacaré el Puerto Viejo de su cabezota y le meteré la nueva España —gruñe.

Pero se dirige a la cocina. En la mesa se cruzan apuestas. Ganan los que se inclinaron por el regreso de la alcaldesa; además, le siguen las dos muchachas.

Las lenguas se sueltan a los postres, el alcalde saca champán «para celebrar la gran noche», dice, y se refiere a la última, y Luis Ceberio se repantiga en la silla con la copa en la mano y se pone a contar:

—¡Por el Ermo —brinda—, que dio con el agujero de la sabandija! —Los demás levantamos nuestras copas, incluso yo. Me mira—. Tenías que haber estado allí, Rogelio... ¿Por qué no estuviste? Ah, sí, la gripe...

—No es eso..., la gripe, no —digo sin voz, y los ojos de Pedro Alberto no sé qué me quieren decir.

—¿Os fijasteis en la mujer, qué bien aprendido tenía su papel...? «¿Mi marido? ¡Uff!, lleva meses desaparecido hasta para nosotros. Huido. ¿Adónde? ¿A Francia? ¿Quién lo sabe? Estamos sin noticias. A lo mejor ha muerto...» Y sacó un pañuelo para sonarse y secarse unas lágrimas que nadie vio... Entonces Pedro Alberto la desbordó y recorrió el pasillo camino de la cuadra, y todos detrás... «¿Qué hacen?» La mujer había perdido los papeles en un momento. Nos siguió, y al llegar a la puerta de la cuadra se nos puso delante. Pedro Alberto la apartó y es entonces cuando la mujer lanzó el grito que nos confirmó que el Ermo no se había equivocado. Y como nos había detallado bien en qué rincón estaba el refugio, pues fue coser y cantar... ¡Tengo la boca seca y la copa vacía!

Pedro Alberto toma de la mesa una botella, el corcho sale disparado y luego la pone en mis manos, mirándome extrañamente, y yo me levanto para llenar la copa de Luis y alguna otra.

—Lo está contando para ti —me dice Pedro Alberto.

Es el único que sabe que no fallé por la gripe. ¿Me tengo que excusar?

—¿Por qué íbamos a sudar nosotros para quitar aquel muro de tablones? —prosigue Luis.

—¡Claro, puñetas!, teniendo a unos pasos, mirándonos como tontos, al abuelo y a la abuela, a otra mujer y a un mocito —dice Salvador.

—Les ordené que lo echaran abajo —dice Eduardo.

—¡Eh, eh, fui yo! —exclama Fructuoso.

—Quienquiera que fuese, le obedecieron —dice Pedro Alberto—. El terror se les salía por los ojos.

—¿Un niño? —se me escapa.

—Con trece años no se deja de ser niño —dice Luis.

—No tenía diez años —dice Pedro Alberto sin dejar de mirarme.

—¿Y cómo miraba? —pregunto.

—¿Cómo? ¡Él también con miedo! —exclama Luis.

—¿Acaso no observasteis que...? —Y añado—: ¿O es que tuvisteis la suerte de que no...?

—¡Sigue! —ordena Pedro Alberto a Luis.

—Se pusieron a trabajar todos como cuises, y lo hacían bien porque ellos mismos habían levantado el parapeto. Eran maderos de la playa. Esta gente de la costa arrambla con todo lo que les regala el mar... Tardaron una hora en desmontarlo, tablón a tablón. Quedó al descubierto la madriguera, como nos aseguró el Ermo...

—¡Un chivato de primera! —exclama Salvador.

—Y allí estaba el topo, sentado en un taburete de cocina, las dos manos agarrando su cabeza y gimiendo: «Es imposible, lo habíamos organizado muy bien, ninguna pista, ninguna madera fuera de su sitio, un rincón tan sucio y abandonado como los demás de la cuadra... ¿Dónde ha estado el fallo?». Era lo único que le preocupaba. Lo sacamos y nos miraba sin pizca de miedo. «Habéis entrado en la cuadra y ni un segundo habéis tardado en dar con el sitio. ¿Qué os llamó la atención en las maderas, alguna demasiado bien puesta, demasiado bien encajada? Ya me cansé de decirles: ¡Ponedlas según caen, sin cuidado, al tun tun!» Se dejó llevar fuera de la cuadra y de la casa, no callaba, preguntaba lo mismo a los suyos una y otra vez, y la familia detrás de nosotros preguntándonos qué le íbamos a hacer.

—¿Y el chico? —pregunto.

—¿Eh?

—No hablaría, sólo os miraría...

—¿Quién sabe si abrió la boca?

—No diría nada, sólo miraría. ¿A quién de vosotros miró? Que hable quien sintió sus ojos encima...

—¡Sigue contando! —ordena Pedro Alberto con violencia.

—El hombre seguía repitiendo: «¿Qué ha fallado en un trabajo tan bueno?» —dice Luis, muy divertido, muy en su salsa—. Era la primera vez que nos pasaba... ¡No iba cagado! Entonces Salva dijo: «¡Yo te lo diré, cabrón! ¡A ver si te callas de una puta vez!».

—Sí, eso le dije..., ¡me estaba tocando los cojones! —dice Salvador.

—Pero, ¡qué coño!, no se merecía que le ayudásemos a morir en paz, no íbamos a revelarle que los tablones se pusieron muy bien, que la culpa era del chivato de Ermo —dice Luis. Vacía su copa de otro trago y suelta una carcajada—. ¿Pero cómo consiguió este tipo la información? Sólo sabíamos que estuvo en ese caserío un par de días antes, con algún pretexto, como un buitre oliendo carroña. Husmeó, ¿llegaría a entrar en la cuadra? Sin duda, aunque fuera unos segundos, y vería alguna precipitación que no estaba hoy en el muro de tablones, y silbó para sus adentros... Si hubiéramos contado esto al puto rojo, le habríamos tranquilizado, pero se largó de este mundo con el cabreo de haber dirigido mal desde dentro el montaje del muro, su gran obra final. ¡Le jodimos bien!

El alcalde manotea en el aire, marcando a su mujer y a las dos criadas que escuchan desde la puerta abierta de la cocina, que se metan. Pero Cipriana no le hace el menor caso. Ha seguido las palabras de Luis Ceberio con gran atención.

—Como en el Oeste —dice.

La miran con más asombro que indignación.

—¡A tu agujero, mujer! —le chilla el alcalde.

Cipriana mete a empujones a las dos criadas en la cocina y cierra la puerta, quedando ella fuera.

—Habéis matado a otro hombre —dice, no puesta en jarras, como acostumbra, sino con los brazos caídos—. ¿Cuántos van en Getxo?

—Esta mujer está haciendo oposiciones —oigo a Luis Ceberio.

—Es de ellos —dice Eduardo Fernández rascándose las viruelas.

—¿A quién le toca esta noche? —insiste Cipriana.

En ningún momento me mira, sólo a mis compañeros, a todos, uno a uno. ¿Tan alejado de ellos me ve? Sigo siendo el mismo, estoy seguro.

Ninguno se mueve hasta que lo hace el alcalde: se levanta con pesadez, las venas marcadas en su carnoso cuello hinchado y rojo, y pone su rostro a un centímetro del de su mujer, pues no es más alto que ella.

—¡En España ha entrado la autoridad y también en esta casa! —grita—. Hacía falta esta guerra para que algunas se enteren de quién manda... ¡A la cocina!

Son las propias criadas las que toman de los brazos a Cipriana y la refugian en la cocina, no sin que antes a ella se la oiga:

—¿Ésta es vuestra nueva España?

Nunca nos han lanzado a la cara cosas semejantes.

—Es una buena mujer —digo—, sólo algo asustada.

—¿Asustada? —estalla Luis Ceberio—. ¿Asustada? ¡Si estuviera asustada sería por el miedo y no abriría la boca!

—No quise decir asustada sino... nerviosa, atolondrada —digo.

—¿Nerviosa? ¿Atolondrada?

Luis Ceberio se ha puesto en pie y echa chispas por los ojos. A los demás también les quema un fuego por dentro, los conozco bien, poco les falta para ir en busca de Cipriana.

—Antes no era así, no sé qué le pasa —dice el alcalde, sentándose y restregando su cara con la mano abierta.

—Y tú, ¿cómo eras antes? —le pregunta de pronto Pedro Alberto y al alcalde se le va el color.

—Antes, ella mandaba en casa, las mujeres del Puerto Viejo son así —logra musitar—. Pero desde la guerra han cambiado las cosas entre ella y yo. Me gustaría haber visto su cara cuando me pasé con los planos a Franco. Fue una putada para el enemigo, ¿no es verdad? Os he oído hablar de que la guerra se estaba decidiendo en el norte... ¡Y yo hice fosfatina el Cinturón de Hierro! Les aticé en el centro de sus cojones, ¿no os parece?

—¿Qué piensas hacer con ella? —quiere saber Pedro Alberto.

—¿Hacer? —repite el alcalde. Parpadea y tose—. Ahora que sabe quién manda no tendrá más remedio que cambiar. Con mis hijos, somos tres contra ella. Le ataremos la lengua. Cambiará.

—¿Y si no cambia? —pregunta Eduardo García.

—Yo, antes, no era nada, un pobre hombre. Vuestro Movimiento..., ejem..., nuestro Movimiento, lo que lleva dentro, ha hecho de mí un hombre. Antes, en medio de nacionalistas y socialistas..., ¡yo era una mierda! Y hoy, ¡luchando por la nueva España!... Ella, sí, claro que cambiará..., ¡ahora en casa mando yo!

—Alguien equivocado también puede ser buena persona —digo—, y ella lo es. Pronto veremos a otra Cipriana.

—¿Y si antes nos envenena con la comida? —dice Luis Ceberio, y la gente se ríe.

—Alcalde, no la cambies tanto que se te fugue con nuestro Rogelio —dice Luis, y hay más carcajadas.

—¿Eh? —exclama el alcalde.
—Son uña y carne —dice Luis.
—¿Eh? —exclama el alcalde.

No hay más remedio que reírse ante esa boca abierta, incluso Pedro Alberto lo hace. Ahora, el alcalde me mira de arriba abajo, me estudia, mis ojos, mi rostro, me mira por dentro, y ha de pensar que de un tipo tan insignificante como yo...

Creo que ninguno de ellos piensa ya en cometer con Cipriana alguna barbaridad. ¿Matarla? Lo habrían hecho de no ser una mujer. ¿De parte de quién me habría puesto yo? Mi única diferencia con ellos es que yo he recibido una ayuda inapreciable de ella. Sí, yo habría tratado de impedir que la mataran. ¿Sólo porque me ha sido dado descubrir que es una buena mujer? ¿Es que la vida de una persona pende de si alguien ha llegado a conocer su bondad? ¿Qué hacemos desde hace meses matando a tanta gente desconocida?

El Ayuntamiento se levanta entre los barrios del Algorta y Neguri. No nos ven igual en los dos. En Neguri, nos sonríen y se paran para hablarnos. En Algorta, la presencia de nuestros uniformes agría las expresiones; los ojos rehúyen nuestras miradas, hay cambios de acera y una coraza de miedo nos impide ver el odio.

El alcalde nos ilustra de que el presidente del efímero Gobierno vasco —es decir, Aguirrechu, huido con el rabo entre piernas— fue el primer alcalde que alojó aquel edificio estrenado hace ocho años.

Existe en la costa un barrio rural, San Baskardo, cuyos aldeanos, encerrados en sus viejos caseríos, procuran no tropezar con el peligro azul y negro.

En la comisaría, mientras un policía municipal pone en contacto a Pedro Alberto con dos patriotas delatores que nos esperaban, Salvador, Fructuoso y Eduardo echan una cabezadita en una batería de catres desnudos. El alcalde ha subido a su despacho. Luis me lleva junto a Pedro Alberto. De nada me sirvió decirle: «Está hablando con ésos, no nos ha llamado».

—¿Viven lejos nuestros rojos? —les está preguntando Pedro Alberto.

—En Getxo no hay distancias —explica uno de ellos, un rubio con mucho pelo y de unos cuarenta años.

—¿Claramente desafectos?

—Hasta las cachas.

—¿Los dos?

—Respondo por mi vecino —dice el rubio.

Pedro Alberto se vuelve al otro, que es de más edad y nunca mira a la cara.

—También hasta las cachas —asegura el tipo.

—Contadme algo más. ¿Afiliados a algún partido?

—El mío, al socialista.

—El mío, al nacionalista.

—¿Con carné?

—Con carné.

—Sí, con carné.

—Sin embargo, no han huido, se quedaron.

—Los dos habían quemado sus carnés, las fotos de sus políticos, los libros comprometidos, las insignias, las banderas. Estarán limpios, por eso se han quedado.

—Y aquí entráis vosotros.

La sonrisa que ha llenado la cara de los dos se esfuma cuando Pedro Alberto les lanza:

—Y vosotros, ¿también os habéis limpiado?

Luis Ceberio hunde su dedo índice en los dos vientres que se han quedado sin respiración.

—No pasa nada. Tranquilos —les dice.

A los hombres aún no se les ha pasado el susto cuando Pedro Alberto quiere saber:

—Carnés, fotos... ¿Se los visteis?
—Pues... no.
—No. Son cosas que se tienen en casa.
—Pero algo veríais.
—¡Ya lo creo que veía yo! —exclama el rubio—. Era mi vecino, compartíamos un jardín, un pequeño trozo de tierra. La mitad cada uno... Esto habría sido lo justo. Pero no, sacó lo de inquilino más antiguo y se quedó con todo. El dueño era su amigo y me obligaron a firmar mi renuncia bajo amenaza de despido.
—De modo que ahora te quedarás con el jardín entero.
El rubio nos mira a los tres. Pedro Alberto se vuelve al otro.
—Yo sólo saco el gusto de haber puesto un grano de arena por la patria.
—¿Sólo eso?
—¿Que... si... es... sólo... eso...?
El hombre traga saliva. El codo de Luis se clava en mis riñones. El hombre reacciona:
—¡Es un nacionalista de los de Sabino! Lo sé bien, le oía hablar en las tascas.
—Hablas de Sabino Arana con mucha familiaridad —le dice Pedro Alberto.
—¡Con esos nacionalistas teníamos todos los días a su santo hasta en la sopa!
Ha sido una explosión casi desesperada. ¿Por qué no le preguntamos si ese rojo era buena o mala persona? La frente del hombre suda copiosamente.
—Soy de los vuestros, de verdad, siempre lo he sido. —Su mirada se arrastra por los tres rostros que tiene delante—. Lo juro —casi lloriquea. Y repite, temiendo que le haya salido únicamente un soplo muerto—: ¡Lo juro!
—Bien, bien, ¿quién te ha pedido que lo jures? —dice Pedro Alberto.
—Tranquilo —dice Luis.
Pedro Alberto se dirige a mí:

—Y tú, ¿no le dices nada?

¿Están jugando con el hombre y quieren que me sume a la broma? Que lo maten de una vez, que es lo nuestro.

—Di «Arriba España».

El «Arriba España» de Pedro Alberto ha sido lo menos parecido a un grito, las dos palabras han sonado lánguidas.

—¿Arriba España?

—Arriba España —confirma Luis.

—Sólo si lo sientes —dice Pedro Alberto.

El hombre traga otra vez saliva y se aclara la garganta. Está convencido de que en la adecuada emisión de sus dos próximas palabras se juega el pellejo. Aspira hondo.

—¡Arriba España!

Ha sido más bien un relincho desquiciado. Enmudecen las voces que nos llegaban de todas las dependencias de la comisaría. Después, el bullicio se recupera. El hombre nos ha ofrecido, además, un saludo fascista que ni el propio Mussolini. Si ha dejado bastante que desear su representación debe atribuirse a los nulos ensayos en la zona roja. Tampoco sería justo exigir al hombre el fervor patriótico de los que llevamos meses o años en Falange. Nuestros «¡Arriba España!» son desgarrados, potentes, algunos dicen que rabiosos, el enemigo los califica de ladridos. Y creo que es verdad: son como proyectiles lanzados contra alguien. La parte negra de España debe saber que nos hemos puesto en marcha y que nadie detendrá a unos españoles sin miedo que avanzan con la camisa azul muy abierta, ofreciendo su pecho generoso. Este hombre no ha sido tocado, como yo, por los ardientes discursos de José Antonio. Bastante hace con buscarnos. Sólo está un poco fuera de tono.

Su grito deja al hombre agotado. Pedro Alberto le da unas palmaditas en la espalda, y él y yo observamos su reacción cuando nos llegan los alaridos de alguien a quien están trabajando en los sótanos. No se inmuta.

—Te lo entrego, Rogelio. Será tu ahijado. Le enseñas, le inscribes en nuestra milicia, vendrá con nosotros a partir de hoy.

¿Ha olvidado Pedro Alberto que no iré con ellos esta noche, ni ninguna más? Se lo expresé claramente. Supongo que le cuesta creerlo o no quiere darse por enterado.

—Tengo que ir a otro sitio —le recuerdo.

Lo que más deseo en el mundo es no tener que sostener esa mirada; no sería de más cabreo si perdiera la guerra. Sale de la comisaría sin una palabra y sube a las dependencias del alcalde.

Nos sentamos con un grupo que está comparando a Franco con José Antonio.

—Lo único que justifica a Franco como jefe supremo de la guerra, ahora, y de la paz, después, es que está vivo —dice uno.

—Sí, el hombre perfecto hubiera sido José Antonio —dice otro—. Franco tiene en sus manos todo el poder: Ejército, Iglesia, gran capital, Falange, Comunión Tradicionalista... Algún día terminará la guerra y entonces...

—Entonces, ¿qué? —interviene Luis Ceberio.

—¿Quién será la oposición? —pregunta el que hablaba.

—Deja de beber y no digas más tonterías —dice Luis Ceberio.

—¿Quién de todos esos socios quiere una revolución? ¡Sólo nosotros!

—La mano izquierda de Franco hará que todos seamos necesarios —dice Eduardo García.

—Bien, pero espero no echar nunca en falta a José Antonio.

Mi grupo no se pondrá en marcha hasta después de las doce, como de costumbre. Ahora son las nueve y veo salir a tres compañeros vestidos de civiles; su misión de esta noche la realizarán sin uniforme, visitando tabernas para sorprender conversaciones y dar palizas allí mismo o llevarse al culpable para darle su merecido en alguna cuneta.

—Quizá necesiten ayuda los compañeros que están trabajando ahí dentro —me dice Luis—. ¿Vienes conmigo?

No voy y él se aleja por un pasillo hacia donde salen los gritos.

Podría abandonar la comisaría sin despedirme de nadie, pero no quiero que Pedro Alberto piense que lo evito. Si yo dijera que deseo que comprenda que no puedo dejar de hacer lo que hago, más que una broma sería un sinsentido, pues ni yo mismo me comprendo. Además, prefiero ir a la cita —¿por qué hablo de cita?— con la noche más avanzada, por si nuestros encuentros anteriores sólo fueron casuales y él me convence de que su única cita la tiene con el palo y a una hora temprana y más propia de un chico de su edad. Si me centrara más en la edad de ese chico, si alcanzara a pensar que ni una guerra tan dura como la nuestra puede crear enemigos de diez años...

—Es la hora, Rogelio. Vamos.

Despierto y veo ante mí a Pedro Alberto. Están con él Fructuoso, Salvador, Luis y Eduardo, nuestro equipo. Y el hombre que nos guiará esta noche. En la comisaría sólo hay media docena de guardias municipales.

—No voy —digo, poniéndome en pie—. Yo también saldré, pero más tarde.

—Más tarde... —silba Pedro Alberto. Sus ojos me atraviesan, y esta vez estalla—: ¡¿Pero qué coño te pasa?!, ¡¿qué coño te pasa?!

No tengo palabras. Lo único que siento es la seguridad de que ninguna presión que venga de fuera me desviará de mi pequeño viaje en solitario. Quizá sea el último.

—¿Qué pensáis de este cobarde? —pregunta Pedro Alberto al grupo—. He conocido cobardes, pero ninguno a quien le asustara un niño de diez años.

—¡Y a lo mejor sólo tenía nueve! —ríe Salvador Fernández y ríen todos menos Luis Ceberio, quien dice:

—Se le pasará pronto, ya lo veréis.
—Le concedemos hasta mañana —dice Pedro Alberto con desprecio.
Se van. Al pasar a mi lado, Luis me acaricia el pelo.

Primero veo al chico y después la regadera llena de agua. El chico está sentado en una piedra, de espaldas, y la regadera descansa junto a él. La espalda no se mueve, aunque me está esperando y ha tenido que oír mis pasos y ver el haz de la linterna. Me acerco por el otro lado de la tumba, convencido de lo que espera de mí, cosa que me tranquiliza mucho, no sé por qué... Pero lo sé antes de dar otro paso: no recibiré ninguna orden. Una orden es algo que se lanza contra alguien, y él ya me ha enseñado que no lo quiere así. Si pone esa distancia porque le repugna tratar conmigo —y lo comprendo—, que no me espere, que no me cite, que no se me imponga como lo hace. La luz de mi linterna también alumbra el débil palo de medio metro clavado en el centro de la tumba.

Cojo la regadera —¿lo advierte el chico? Claro que sí, a pesar de que parece una estatua de piedra— y vierto el agua lentamente en la base del palo... ¡Ah!, pero son dos palos, muy juntos, casi pegado el uno al otro, pero no iguales: uno está partido y su mitad cuelga de su propia corteza.

Mis botas pisan tierra removida, tierra de la tumba, aunque apenas de su borde, por lo que mi cintura ha de doblarse más. Estoy seguro de que, en la base de la vertical, lo que mis suelas aplastan es simple tierra, sin nada especial debajo. Y el chico ha de valorar mi delicadeza. Rodeo la tumba con la regadera vacía para depositarla junto a él. Ni siquiera ha girado un poco el cuello durante toda la operación. Me tiene por un muñeco al extremo de su vara de mando... ¡y sólo tiene diez años!

Bueno, y ahora ¿qué? He venido, me esperaba con la regadera llena de agua para regar ese palo, para que lo hiciera yo mientras él permanecía sentado y miraba o, al menos, sabía que lo hacía. ¿Qué más? Supongo que el riego ha sido más que suficiente para un simple palito de medio metro, pero yo no entiendo de agricultura, ni siquiera de tiestos de flores. El chico sigue sin moverse. Quizá se retire con la regadera para traérmela llena y ver –sentir– cómo procede su mandado a un segundo riego. Quizá esté tomándole gusto a verme –sentirme– trabajar tan dócilmente. Aunque imagino que un exceso de agua empaparía demasiado la tierra del palo y se filtraría hasta alcanzar los cuerpos de sus parientes, y un hijo y hermano no puede desearles eso... El chico lo tiene que saber y no se arriesgaría. Es lo que parece, dada su inmovilidad. Y entonces, ¿qué más?

No puedo marcharme mientras él no lo haga. Transcurren los minutos y nada cambia, él sentado y yo de pie, y a un lado la tumba, mirándonos. ¿Es que disfruta teniéndome así plantado, como un pino? ¿Es otra forma de vengarse? ¿Se llamará venganza lo que hace conmigo?

Mueve la cabeza, no a izquierda y derecha, como buscándome a mí –aunque sabe perfectamente dónde estoy–, sino arriba y abajo. ¿Busca estrellas en el cielo o pedruscos en la tierra? Son movimientos pesados, como si prefiriera no hacerlos. De pronto, se pone en pie y se aleja con pasos seguros. ¿Y la regadera? ¿Se trata de una argucia para retenerme aquí hasta que al mocito se le ocurra regresar a buscarla? Su pequeña figura desaparece en la oscuridad. «Tú ya no pintas nada aquí», me viene a decir la regadera vacía. Oh, sí, he cumplido por esta noche. Y como mi paciencia tiene un límite, pues...

Presiento a la pequeña figura antes de que emerja del todo de la oscuridad. Trae algo en los brazos. Al llegar al borde de la tumba deja caer al suelo un manojo de palos, más largos que el que riego. Es tanta mi curiosidad por saber qué va a hacer con ellos que me atrevo a encender de nuevo la linterna. No son palos sino cañas. Sin mirarme, como si estuviera solo, el chico dobla su cintura y arranca de la tumba el palo quebrado, dejando el otro, y lo arroja a mis pies. Como no se ha vuelto a mirarme, yo podría pensar que ha sido un azar el que ahora yo tenga el palo sobre el empeine de mi bota derecha. Pero no hay tal, él nunca da puntada sin hilo. Me agacho a recoger el palo cascado por la mitad, los dos trocitos unidos por una bisagra de corteza, y él ya está trajinando con las cañas: en un suspiro levanta con ellas una rústica valla protegiendo un largo de la tumba; demuestra estar muy familiarizado con ese material: a la media docena de cañas de a metro hundidas en la tierra les ha practicado un corte en el extremo superior, con algo duro y afilado, y en esas pinzas mete la caña larga y horizontal. No ha sido una técnica improvisada sobre la marcha. ¿Qué ha podido ser eso duro y afilado?, ¿un cuchillo, una navajita? ¿Van armados los niños de Getxo? Es un supuesto inquietante para quien se considera una especie de rehén amenazado.

También los otros tres lados de la tumba tienen pronto sus correspondientes vallas, y yo he debido de dar un par de pasos atrás para no estorbar su tarea.

Sí, una hermosa obra, muy propia de un familiar respetuoso. Su abuela, su madre y su hermana se sentirán muy felices cuando la vean... Pero no pienso en ellas, tampoco en el chico, pero a éste lo tengo ante mí fijándome a esta tumba con órdenes mudas. No dejo de preguntarme qué ha querido transmitirme con estas cuatro vallas. Dirijo el haz al palo roto que sostengo en mi mano izquierda. No está seco, como las cañas, hay rastro de humedad —imagino que savia medio seca, por ser éste un verano caliente— en las partes que puso al aire la quebradura. Lo dejo caer al suelo, él también lo hizo, y advierto que el otro palo, el que sigue en la tumba, es de la misma naturaleza. Y, ahora, la valla para protegerlo y que no le ocurra lo que al otro. Protegerle ¿de quién? El chico rodea la tumba sin dejar de tocar la valla, deslizando la mano abierta por las cañas largas, acariciándolas más bien. Al concluir su recorrido, se detiene, y quedamos él y yo con la tumba de por medio y ambos como estatuas. Desde que empecé todo esto nunca me he sentido más ridículo. ¿Qué hago aquí, a merced de este mocoso? Siento arder mi rostro al recordar con qué desprecio me miraban Pedro Alberto y los demás; he quedado ante ellos como un despreciable cobarde. ¿Qué me pudo pasar para creer que este crío me asesinaría con el tiempo? He venido, sí, pero se trata de compasión, el dolor obliga al pobrecito a hacer algo por sus seres queridos, atender su tumba, estar cerca de ella, adecentarla, y, en cierto modo, es lógico que requiera la ayuda de uno de los verdugos; me miró a mí como pudo haber mirado a cualquiera de mis compañeros. Me eligió. Eso es todo. Pero ya llevo hecho mucho por él, cualquiera de mis compañeros se habría prestado, tenemos humanidad, somos sensibles a la compasión; lo que ocurre es que estamos en guerra.

No tengo que despedirme del mocoso; simplemente, apagaré la linterna, daré la vuelta y me iré. Ahí lo dejo con su querida tumba bien mimada y regada, y ese palo adornándola como un florero...

¿Qué hace ahora? A patadas está derribando la valla recién levantada. Las cañas verticales y horizontales se cascan con ruido seco y sus trozos quedan desperdigados alrededor de la tumba. No contento con eso, ahora los recoge uno a uno, y cuando tiene la brazada completa, la arroja lejos por el aire, y como sigo la operación con mi linterna, veo el vuelo de los fragmentos y su caída.

¿Está loco? Ha vuelto a su inmovilidad. No, él no está loco. En ningún momento de la noche me ha mirado, lo que no quiere decir que no lo esté haciendo ahora. ¿Qué orden me acaba de enviar con esa valla destrozada? Me está mirando, sé que ahora es así. Pero el haz de luz lo había detenido yo en sus viejas alpargatas. «Márchate, márchate», me digo. Pero hago que la luz ascienda por su cuerpo, sus rodillas desnudas, sus pantalones cortos, su cinturón de cuerda, su gastada camisa blanca sin mangas, y llega a su cara y a sus ojos: abiertos y fijos en mí. El maldito chico.

Estoy a dos metros de él y la luz le da de lleno. Su mirada es tan dura que le impide parpadear, se impone al intenso foco de luz. Ignoro cómo sería ese rostro antes de la guerra, su expresión; la de ahora es de odio. He de mantenerme alerta, al menor descuido puede venir sobre mí esgrimiendo el pequeño cuchillo o lo que fuera con que abrió las cañas. Que yo sepa, es la primera vez que está armado ante mí; no debo darle la espalda. La frase me proporciona tanto sosiego que me la repito varias veces. ¿Pero cómo vigilarle años y años, hasta que alcance los dieciséis e intente matarme? Aunque, ¿quién vigila a quién? Lleva días obligándome a venir aquí, citándome, esperándome, y yo no puedo zafarme de su juego, porque es un niño y nosotros no matamos niños. ¡Ojalá aquel día hubiera tenido dieciséis años, como su hermano! Juega con ventaja. Esta vigilancia mutua ha sido cosa de él, no mía. Pero ¿se puede llamar vigilancia a lo suyo? Más parece que quiere conservarme en salmuera hasta que llegue su hora, es decir, la mía. Vivimos encadenados a un mismo destino.

No puedo apartar mi luz de esos ojos. Es tan dura su mirada que me pregunto cómo puede brotar de un criajo como él. Me clava al suelo, creo que no podría despegar un pie en el caso de que me atreviera a intentarlo. Me está ordenando algo, no sé qué. Recapitulemos: lo nuevo de esta noche han sido dos cosas: el palo repuesto y la valla, ambas luego destruidas; con esta destrucción, serían tres cosas. El chico encontró roto el palo y lo restituyó por otro, aunque sin tocar el primero; él ya lo había visto, pero necesitaba que yo también lo viera. Un mensaje: alguien rompió el palo. Luego viene la valla, y su eliminación. La valla es el segundo mensaje, y su eliminación, el tercero. Veamos: con la valla, la tumba habría estado defendida de intrusos, bien animales, cabras o burros, o humanos, chiquillos endemoniados. Mensaje: protección; el palo coronando la tumba ha de estar protegido. Entonces, ¿por qué derribar la valla? Tercer mensaje: protección insuficiente.

Pienso: «¿Qué pretende ahora de mí, que me aposte día y noche en su maldita tumba?». Pero cuando mi mirada choca contra la suya, se desploma; la mía, claro. ¡Y si, al menos, fuera la tumba de sus parientes lo que me ordena defender! ¡Ah, no!, se trata del palitroque. ¿Tan pronto aprenden en Getxo a humillar? Su mirada me atraviesa. Me envía: «Mataste a los míos y yo te mataré. Estás en mis manos y tú lo sabes. Creceré cerca de ti, y a partir de mis dieciséis años empezará mi dieciocho de julio».

La tumba y yo. La tumba, el palitroque y yo. Estoy sentado sobre la piedra en la que se sentó el chico hace unas horas. Desapareció en la noche sabiendo que yo me quedaría. Es irritante: me gustaría hacer cualquier cosa que él no tenga prevista. Por mucho que se empeñe en meterme esa tumba por los ojos, no me arrepentiré de haber matado a sus parientes. Aunque me apiade de su dolor, la guerra tiene sus leyes.

Oigo pasos. No es el chico, los suyos nunca los oigo. Podría encender la linterna, pero no lo hago; confío en que, quien sea, pase de largo sin verme. Lo que nos traemos el chico y yo es cosa nuestra.

–Hola –oigo.

Transcurren unos segundos hasta que emerge un bulto de la noche. Se para.

–¿Tomando el fresco? –oigo.

Si no le contesto, comprenderá que no es bienvenido y se marchará.

—¿Qué haces aquí? —oigo.

¿A él qué le importa, sea quien sea?

—Bueno, estos terrenos son municipales y puede estar cualquiera —oigo.

Y se acerca más.

—¿Te han echado de casa? —oigo.

—¿A ti qué te importa? —le suelto por fin.

Ahora tengo su cara a dos palmos de la mía.

—¡Hostias, si eres...! —dice.

Tarda en reponerse de la sorpresa. ¿De qué sorpresa?

—Os he sentido estas noches —añade—. Al chaval y a ti. Sólo sabía que era el chaval y ahora sé que también eres tú. ¿Qué negocio os traéis entre manos?

Enciendo la linterna y le apunto a la cara. Es el vecino que nos condujo a la casa... Sí, a la casa del chico.

—Te llamas Ermo —digo.

—El mismo —dice—. ¿Sabes que estás sentado casi encima de una tumba..., de esa tumba?

—¿No ves que estoy en el borde? Yo no me sentaría encima de ninguna tumba.

—Y menos de ésa, ¿verdad? ¿Te está convenciendo para que le ayudes a desenterrarlos, o para qué te está convenciendo? Creo que es un chaval que maneja bien la lengua.

—No tiene lengua.

—¿Sabes que él los enterró? Y si ahora quiere que los saquéis entre los dos es que está loco... ¿Me has oído? Él los enterró, él solito. Podía haber pedido ayuda a las mujeres, pero no lo hizo. Se las arregló solo.

Este Ermo los delató y nosotros los ejecutamos. Es lo corriente en las guerras, y más en ésta, que es entre vecinos. Pero no me gustan los chivatos. El tipo tiene nariz afilada y boca pequeña de labios azules que apenas mueve al hablar.

—Eran su padre y su hermano —prosigue—, dos cuerpos de hombre que el enano arrastró de los pies hasta la fosa. Le costó lo suyo. Los metió en el agujero que también sudó para abrir... Cuando pasé por aquí aquella noche acababa de traer de su casa la pala y el pico. Cinco horas de trabajo... ¿Sabes que sólo tiene diez años?

«Sí, diez años», pienso. Y le digo:

—Y tú, mirando.

—Aunque no era asunto mío, sentí curiosidad... Por esta parte, la tierra es más bien blanda, ¡pero eran dos cuerpos los que tenía que meter! Y lo hizo sin luz, amanecía cuando tuvo todo listo... Luego se quedó mirando a los suyos, mirando al uno y al otro. Así estuvo mucho rato. ¿Sabes por qué? ¿A quién pondría debajo y a quién encima? Es que la anchura del agujero que había hecho no daba para más.

Ha mantenido los ojos cerrados desde que mi luz le dio en su rostro pálido, pero ahora los semiabre para comprobar si sus explicaciones han despertado en mí algún interés: hasta un pancista como él ha caído en semejante flaqueza.

—Su padre difunto habría estado de acuerdo —añade en el tono de las grandes revelaciones—: ponerse debajo. El chaval puso a su hermano encima. Luego se sentó al borde del agujero para mirarles. Luego se levantó para traer de su casa una pequeña manta, y los cubrió.

—¿A qué distancia se encuentra su casa?

—Lo tienes que recordar, es la distancia que recorrimos todos en el coche. —Le gusta recordarme que él y yo estuvimos en la misma tarea—. Echó la manta sobre ellos, sin mirarles por última vez la cara. Y creí que lo haría: quien se toma tanto trabajo no sólo por enterrar a su gente sino hacerlo lo mejor posible... —Se detiene y creo que me mira fijamente con sus ojillos escondidos—. Te cuento todo esto porque parece que el chaval y tú...

—¿El chaval y yo?

—Vienes mucho por aquí y supongo que deberías estar con los tuyos...

Apago la linterna para no verle la cara.

—Y parece que tú tampoco faltas por aquí —digo—. Y tan silencioso como una culebra.

—Bueno, no quería molestar.

—A nadie le gusta que le espíen.

—¿Hablas también por boca del chaval?

—Él va por su lado. Será mejor que te marches.

Tarda en hablar. Yo me encuentro mejor en la oscuridad.

—Claro, claro, me largo a escape, nunca me quedo donde no me quieren. Y como es muy tarde y supongo que tú también te marcharás, podemos levantar juntos el campo.

—No te cansas de husmear, ¿verdad?

Su risa es desagradable.

—No husmeo, esto me vino a las manos. Desde aquella noche. Me gusta darme una vueltecita por esta zona. La casa, ¿sabes?, el caserío del chaval, el que ellos habrán de desalojar de un momento a otro, en cuanto reciban la orden de la autoridad militar. Me gusta ver las tejas que pronto serán mías, con sus tierras, claro. No muchas, la verdad. Me paso la noche mirándolo todo, me sienta bien. Así me enteré de que aquí, no lejos, en la tumba, estaba ocurriendo algo. Era de lo más raro, mis ojos veían cosas que no podían creer. Eso de venir todas las noches a regar un esqueje...

—Un... ¿qué?

—Esqueje.

—Un palo. El chico señala la tumba con un palo. ¿No sabes ponerte en su lugar? No es mucho, pero es lo único que ya puede hacer por esos suyos.

—Es más que un palo, es un hijuelo de higuera. Ese chaval quiere todo un árbol encima de la tumba, y la cosa no me gusta nada.

—Sólo es un palo —le aseguro—. El chico está viviendo su primer dolor y necesita señalar la tumba para engañarse de que siempre volverá para rezarles. Pero transcurre el tiempo, y el dolor y el recuerdo se adormecen y la vegetación se lo traga todo.

—Por eso quiere algo que sobresalga de la yerba, una higuera.

—¡Qué higuera ni qué cojones! —Enciendo otra vez la linterna para deslumbrarlo y que se calle.

—Le vi arrancar los esquejes de mi propia higuera..., quiero decir, de la que será mía. Es una higuera muy grande, enorme, que está...

Ahora recuerdo.

—Sí, frente a su casa —digo—. Le viste arrancarlos.

—En tres ocasiones. Luego los traía a esta tumba y los metía en la tierra para que los regaras.

De sus labios sin carne sale una risita odiosa. Sus ojillos se defienden muy bien de mi luz semicerrándolos.

—Vete a desgastar esa casa con tu mirada —digo—. No es asunto tuyo lo que pasa aquí.

—¡Sí lo es! —salta con una especie de chillido—. No quiero dejar recordatorios a mis espaldas.

—¿Recordatorios?

—Una higuera sobre esa tumba sería un recordatorio eterno —dice, y es la primera vez que su expresión pierde la compostura—. La gente debe olvidar todo lo que está pasando ahora, y con esa higuera no se olvidaría de ti, de mí y de todos nosotros.

—Así que tú rompiste el... esqueje.

—¡Claro que fui yo! ¡Y romperé todos los que me ponga!

Da un paso, no hacia mí sino hacia la tumba, y suena un ruido seco en la noche: he golpeado su cabeza con la linterna. Soy el primer asombrado de mi gesto. Veo a Ermo detenido, vuelto hacia mí y mirándome.

—¿Vamos a quitarle esto también al chico? —le pregunto con rabia.

Aunque no es ésa la razón. Pedro Alberto me aseguró que cada uno de mis compañeros, incluido él, había recibido aquella mirada del chico, no sólo yo. Si fuera así, yo no habría encajado tan impecablemente en este sitio, el chico habría esperado a un grupo y no a mí solo. Pero me esperaba a mí. Lo demuestra el buen entendimiento entre ambos. Mis sucesivos regresos, el entender sin vacilaciones que debo hacerlo así, incluso la extraña sensación de no desear marcharme, son consecuencias de esta armonía.

Temía la llegada del amanecer porque me preguntaría si me he enterado de que he pasado aquí la noche. Pues claro que me he enterado, soy muy consciente de ello. Y la siguiente pregunta: ¿por qué? Miro a mi alrededor, la gran explanada verdeamarilla con fragmentos de bosque aquí y allá, solitarias casas en la distancia, y, más lejos, pequeños núcleos de ellas, las primeras formas de ese pueblo de Algorta en lo alto, el silencio, la tumba y la piedra de la que no me he movido, y yo mismo, embargado de un sosiego como no sentía en mucho tiempo. He aprendido pocas cosas en esta vida, y una de ellas es que la bendición del alma se encuentra en la armonía. ¿Disfrutaba yo de armonía en Valladolid? Es mal síntoma que me lo pregunte. Sí que la sentía con mi madre, pero, como no me costaba esfuerzo, la ignoraba. Y, bastante, con mi novia, Loreto. Aquí, después de tanto tira y afloja, también la siento. Así lo creo. ¿Qué pensará el chico? Es una suerte que seamos mudos el uno para el otro y estén condenados los sonidos.

Ya sale el sol por encima de las colinas con pinos y algún campanario de iglesia. Descubro a lo lejos media docena de vacas paciendo; y, más cerca, a dos burros. La primera persona que veo es una mujer con mantilla negra en la cabeza. Viene por el camino y me ha tenido que ver desde hace rato. Al llegar a mi altura hace esfuerzos por no volver la cabeza para mirarme, pero la vuelve no más de un segundo o dos. Nos separan algo más de doscientos metros, nos miramos, y ella desea que se la trague la tierra. Se aleja tropezando en las piedras. Ha de pasar frente a la casa del chico.

Ahora veo a un niño y a una niña tomados de la mano; ella es la mayor y lleva en la mano libre una jarra vacía; sin duda, van en busca de leche para el desayuno de la familia. Aflojan el paso al llegar a mi altura y me miran fijamente con el descaro de los niños. Les enviaría un saludo con la mano, pero esto no es Neguri y quizá se asustaran viniendo de un falangista. También han de pasar ante la casa del chico.

Ahora descubro que he pasado la noche en camisa y es cuando siento frío. Es posible que, en compañía de otros, no lo sintiera o no me lo confesara, como mis compañeros tampoco lo harían: la camisa nueva de nuestro *Cara al sol* ha de llevarse abierta y ha traído algunas pulmonías, pero el ardor de los que meamos contra la pared hace que despreciemos las inclemencias, especialmente si nos arropan compañeros. Aunque esta noche me habrían estorbado.

El mundo que me rodea, nuevo para mí, se despierta lentamente, empezando por los ruidos; sobre todo, por ellos. Transcurre el tiempo sin que transiten por este camino otra mujer y otros niños o quienquiera que sea. ¿Por qué los niños no han regresado con su jarra de leche llena? Lo habrán hecho, pero por otro camino, para no verme.

Era casi noche cuando oí el primer convoy del ferrocarril llegando a Algorta, y a medida que transcurren las horas aumenta su frecuencia. Y lo mismo la de motores de coche o cascos de caballerías. Y campanas de iglesias. Es la puesta en marcha de una comunidad. Siento frío y ahora no tengo reparo en abrocharme la camisa hasta el botón del cuello.

Una figura avanza por el camino, aunque en otra dirección. Ha tenido que pasar frente a la casa del chico. Es Luis Ceberio con un bulto bajo el brazo.

—¡Cojones, ya podías haber elegido un hotel más próximo! —me saluda antes de llegar.

Acaba de irrumpir el mundo al que he dado la espalda, y se quiebra la seguridad que he sentido esta noche. Me levanto para entrar mejor en esta otra realidad.

—Traes cara de sueño —le digo. Estoy ronco de no hablar—. Después de una salida hay que dormir por la mañana.

Es una realidad que abandoné hace siglos. Pero aquí está mi compañero Luis como si nada hubiera cambiado... El bulto es una manta; la desenrolla y saca lo que hay dentro.

—La manta no es para que plantes aquí tu campamento —dice—. Ha sido cosa de Cipriana. La tienes en un ay. Te esperaba hoy, como siempre. «Algo serio le ha pasado», me ha dicho. Cuando le dije que venía, me dio la manta y esto.

Es un termo caliente. Lo abro y tomo un trago de café. Lo necesitaba. La manta la dejo sobre la piedra. Luis la recoge y la extiende sobre mis hombros.

—No es para que te abrigue la próxima noche, sino ahora —dice—, porque no habrá próxima noche.

Mis manos cierran la manta sobre mi pecho. La camisa azul de Luis tiene libres tres ojales de arriba.

—Creen que algo te ha bombardeado la cabeza —dice.

—¿Quiénes lo creen?

—Todos, los compañeros, Pedro Alberto.

Me alejo unos pasos y él me sigue.

—No te preocupes, es lo menos que puede pasar en una guerra —dice.

—No me preocupo.

—¡Pues la cosa es para preocuparse mucho!

Ya salió el verdadero Luis.

—Yo estoy bien, muy bien —digo—. Ahora sé todo lo que el chico espera de mí.

—¡No me hables de ese pequeño demonio! ¿Por qué le sigues el juego?, ¿qué juego?

—Me conviene estar a bien con él... Bueno, eso era al principio... La mirada, esa mirada suya...

—¡A ver si despiertas! —exclama—. Sueñas sin dormir, estás viviendo un delirio... ¡Esa mirada la sintió cada uno de nosotros!

—Pero a mí me eligió —le aseguro por enésima vez—. Estoy pagando por todos.

—Es como para reírse. Pedro Alberto se ríe pero está muy cabreado. Está avergonzado. ¿Qué pensarán los jefes militares cuando se enteren de que a un falangista le ha asustado un crío de diez años? Con lo poco que les falta... ¡se descojonarán de la Falange!

No sé cómo explicárselo. Si no se lo explico a él, no podré hacerlo con nadie. No es fácil, tendría que haber sido elegido por la mirada del chico... y en tal caso sobraría toda explicación.

—Me matará cuando crezca.

—¡Qué tontería! —Luis lo está pasando muy mal, se mueve de un lado a otro—. Aunque te lo hubiera dicho no habría que creerle. Será un niño valiente que está jugando a Flash Gordon... ¿Te lo ha dicho?

—Sí.

—¿Con su vocecita de diez años?

—Eso es lo malo, que no me lo ha dicho de palabra, que no puedo discutir con él, hablarle. Pero sé lo que quiere de mí.

—¿Cómo lo sabes si no te dirige la palabra? ¡Mándale a tomar por el culo!

Le pongo una mano en el pecho para detener sus idas y venidas.

—Escucha: al obedecerle, espero calmar su odio, no sea que me ataque en un pronto... ¿Es que tampoco entiendes que le sobran razones para odiarme? ¡Maté a su padre y a su hermano! —Luis interpone: «Matamos todos», pero no le hago caso—. Además, mírame bien..., además no dejaré de estar a su lado. ¿Sabes lo que significa estar a su lado? ¡Vigilarle! Entre un preso y su carcelero, ¿quién vigila a quién?

Luis Ceberio mueve la cabeza, se desprende de mí y ahora sus paseos son más vivos.

—Tendrás que ir al médico... ¿Comprendes lo que pasaría si a Pedro Alberto, a Eduardo, a Salvador y a Fructuoso se les hubiera metido en la cabeza eso mismo cuando el crío les miró? ¡Pues que los críos ganarían la guerra! ¿Qué hace una familia cuando nos llevamos a un tío? ¡Mirarnos! ¡Nos miran hasta los niños de teta! ¡Nos miran a todos, no a uno!

—¡Cuidado, no pises eso! —le grito.

Luis levanta el pie que iba a tocar el suelo y, teniéndolo aún en el aire, vuelve la cabeza.

—¿Qué hay ahí, coños de virgen?

No le contesto y él reanuda su marcha... por otro lado. Al cabo de varias vueltas se detiene en el mismo punto.

—¿Se puede saber qué hay ahí tan valioso?

Espero que sirva para que lo entiendan mejor él y los otros.

—Una tumba. La tumba.

Luis contempla la tierra removida que forma un leve montículo. Sopla.

—Claro, era de noche... ¿Los enterraron... ellos?

—Él solo —preciso, no sin orgullo.

—Había dos mujeres.

—Él solo.

Luis se sienta en mi piedra sin dejar de mirarme.

—De modo que una tumba, la tumba. Y tú vienes todas las noches... ¿A qué vienes?, ¿a rezar por esos muertos?

Cada hora que pasa creo más en lo que tengo entre manos. Luis Ceberio es mi amigo.

—¿Ves ese palo ahí clavado? Pues no es un palo, es un esqueje. —Me interroga con la frente arrugada—. Y hay que regarlo.

—Un árbol —se dice a sí mismo.

—Una higuera.

—Una higuera —repite con cara de asombro—. A las tumbas

se les ponen flores, pero no plantadas encima sino en ramos cortados... ¿No puede regarla él?

—Sí, pero quiere que lo haga yo. Trae una regadera llena de agua y me la pone a los pies.

Luis Ceberio se levanta de un salto.

—¿Dónde están tus huevos? ¡Amén amén a un rencoroso vengativo que ni siquiera va armado! Nuestras camisas azules están ganando la guerra y tú... —Cuando sus ojos se cansan de enviarme reproches, gruñe una pregunta—: ¿Por qué?

—No puede vengarse de otra manera.

—¡Una jodida niñería que se arregla con un sopapo!

—Es que es un niño.

—¡Ah, por fin te enteras!

—También es un aviso de que me matará cuando sea mayor... ¿No lo comprendes? Un chico de diez años que hace lo que me está haciendo, ¡qué no será capaz de hacer de mayor!

Luis saca un cigarrillo y una caja de cerillas de un bolsillo de su camisa, lo enciende y fuma, nervioso.

—Riego nocturno. Bien —dice—. Cumplida la orden, ¿por qué no te largas?

—El esqueje es frágil y ya ha sido roto y el chico lo ha tenido que reponer. No fue un accidente; lo hizo aquel miserable que denunció a este padre y a este hijo.

—¿Cómo lo sabes?

—El propio miserable me lo ha contado: es que no quiere una higuera sobre esa tumba.

—¿También te habló por señas, como el otro?

—Éste tiene lengua.

Luis levanta los brazos al cielo.

—¡Al fin tocamos algo sólido! —exclama.

Se agacha para coger el termo que dejé en el suelo, apoyado en la piedra, lo abre y echa un trago. Me lo ofrece y niego con la cabeza.

—El chico quiere ese árbol y quiere que yo vigile —digo.

—¿Noche y día, como un perro guardián?

—Escucha —le pido—: él tiene mucho contra mí y yo no tengo nada contra él, tiene derecho a tomarse una revancha tan infantil. Quizá así vaya esfumándose su odio con el paso del tiempo y no le quede nada al alcanzar los dieciséis años.

—¿Por qué dieciséis años?

—A partir de esa edad, la gente mata, porque también puede ser muerta: nosotros se lo marcamos así. Y cuando el chico tenga dieciséis años o más, su revancha ya no será infantil.

—Faltan seis años. ¿Piensas estar seis años de guardia permanente?

—La higuera peligra de día y de noche. Ese Ermo no la quiere y romperá todos los esquejes que pueda. Y están los críos que corretean por aquí destrozando cosas. Y los animales, burros, caballos, cabras, vacas pisoteándolo todo. Y no te olvides de que alguien tiene que regar.

—Has caído en un pozo de mierda y no sabes cómo salir. Y lo más cojonudo es que a lo mejor no quieres salir... ¿Quieres salir, Rogelio?... Oye, ¡no te habrás enamorado de ese rapaz!

Se ríe, pero cuando me dice adiós y se marcha, creo que no las lleva todas consigo.

A punto de anochecer, regresa Luis Ceberio con dos palmos de chorizo, una hogaza y una botella de vino.

—De puro milagro —dice—. Lo he sacado a escondidas. Fructuoso, Eduardo y Salvador me preguntaban: «¿Pero qué coño le pasa?, ¿qué hace allí?». Y a Pedro Alberto nunca le he visto tan encabronado, y menos mal que escupió el «¡Que se joda!» al volverse antes de que yo pasara cerca de él con estas cosas. ¡Me habría prohibido traértelas!... Así está el patio por allá arriba.

Me encuentra como me dejó, sentado en la piedra y envuelto en la manta; el resto del día —sol y calor— descansé en el suelo. Nadie se ha acercado; quiero decir, que ninguno de los peligros que han merodeado en la distancia se ha desviado hacia aquí. Dos o tres grupos de chiquillos han correteado en los bosquecillos chapoteando en las tierras húmedas e intentando atrapar pájaros o ranas a pedradas o con tiragomas. El camino se ha visto frecuentado por algunas mujeres y menos hombres, todos desplazándose como si no quisieran ser vistos y un peso gravara sus hombros; les observé cuidadosamente —me sobra el tiempo— y, si me miraron, lo hicieron con especial disimulo. Antes, mencioné burros y vacas, y hay también caballos y cabras; las vacas son media docena y las pastorea un niño más pequeño que el chico: son las que más me preocupan, por el poco respeto que le tienen. ¿Picotearán las aves esquejes tiernos y lechosos? Supongo que no los gorriones y palomas que revolotean sobre mi cabeza, pero sí unos pajarracos negros que se acercan demasiado y no sé lo que harían de no estar yo. También me acompañaron los ruidos, aunque de ellos poco temo: los peligros se acercan en silencio. Ahora, los ruidos de la noche están sustituyendo a los del día, excepto el del suave traqueteo del tren. Es de noche cuando más he de temer el silencio; quedo muy alerta si el amigable croar de las ranas se interrumpe de pronto, sin duda, al advertir alguna aproximación no deseada; me gusta creer que velan igualmente por el esqueje, que me tienen al corriente de la pequeña vida salvaje que me rodea, y al chico le agradaría saberlo.

He partido un trozo de hogaza, abriéndolo para meter el chorizo. Mis dientes arrancan buenos bocados, más bien para contentar a Luis, que sospecho se quedará hasta que lo acabe. Así es.

—¿Estaba bueno? —sonríe—. Tendrías hambre. Es lo único que has comido en todo el día. —¿Por qué no se marcha ya?—. No sé qué me da dejarte otra vez solo.

Le veo echar reojadas al esqueje, y me levanto y me pongo a su lado para expresarle que no le consentiré ninguna tontería.

—Ese chaval es el único que sabe dónde están enterrados —dice.

—Y Ermo.

—Él no cuenta, es de los nuestros y no hablará.

—¿Hablar?

—Contar al mundo que aquí hay una tumba. Aunque éstos son muertos de guerra..., no son exactamente eso. De un muerto sin enterrar no queda nada con el tiempo, incluso los vientos dispersan los huesos que no se han comido los perros. Habrás oído hablar de los antropólogos que sacan huesos de hombres y animales que llevaban enterrados miles de años. ¿Quieres que les facilitemos la búsqueda poniendo un árbol encima?

—Parece que te arrepientes de haberlos matado.

—De ningún modo. Fue un acto patriótico. Y seguiré matando comunistas. Pero no quiero que nadie señale cada tumba con una cruz.

—Piensas como el despreciable Ermo. ¿Qué más da que hable la higuera o que hable el chico?

Luis Ceberio acerca su cara a la mía.

—Ese chaval no hablará y el árbol sí. —Me golpea el pecho con la mano por encima de la manta y repite—: Ese chaval los enterró sin pedir ayuda a las mujeres porque no quiso prolongar su dolor con la macabra tarea... y quién sabe qué razones más. No es tonto.

Si el chico pensara así, no se entendería su terquedad con la higuera. Pero me guardo mucho de comentarlo por no echar más leña al fuego.

Luis no arranca a irse.

—¿Qué les digo? —pregunta.

—No sé.

—Les diré todo lo que me has contado, y no lo entenderán. También a mí me gustaría entenderlo. Esta noche vamos a Larra... Larrabasterra. ¡Qué nombrecitos se traen estos vascos! Espero que en la casa no haya un mocoso parecido... Ah, se me olvidaba.

Y saca un pequeño sobre del bolsillo de su camisa y me lo da.

—Carta de la novia —dice.

Llevo tantas horas sin moverme que no vuelvo a la piedra y me pongo a pasear en círculos alrededor de la tumba, círculos cada vez más amplios, sin despojarme de la manta, pues la noche ha traído una brisa fresca.

La carta de Loreto sigue, sin abrir, en el bolsillo izquierdo de mi camisa. No en el derecho, y es la única concesión que puedo hacerle por ahora. Entre los nueve meses de guerra justiciera y, antes, los tiroteos callejeros en Valladolid contra los izquierdistas, no le he dado a Loreto un buen noviazgo. Si no abro la carta no es porque me sé de memoria lo que pondrá, sino porque ignoro cómo explicarle el nuevo tropiezo. No me costaría confesarle los años que me tendrá que esperar: seis. ¿Pero qué ocurrirá cuando el chico cumpla esos dieciséis y todos admitamos que ya puede matar? Si, llegado ese momento, entre él y yo establecemos un nuevo pacto, bien parecido o de distinta naturaleza, entraremos en una nueva fase, y suponiendo que ella hubiera aguantado hasta entonces, me preguntaría: «¿Cuántos años más?», y yo tampoco le sabría responder. Como en nuestra primera cita, en que me preguntó: «¿A qué te dedicas?», y yo, que ni estudiaba ni trabajaba, eché una moneda al aire, la recogí en el dorso de la mano y le dije: «Tendría que haber caído de canto».

Me escribe cada cinco días y yo ni siquiera cada cinco semanas; es lo natural cuando el novio anda en fregados gordos. Es una muchacha que ni buscada con candil; llevamos saliendo dos años y sólo me deja besarle las mejillas. Yo le pido, insisto, más por saborear el tesoro que tengo que por doblegarla. Su director espiritual se llama don Crespo, y cuando se me olvidan los calentones, le bendigo. Creo que no me la merezco. Se casará y tendrá muchos hijos: así deben ser nuestras mujeres. Y si no me la merezco, esta trampa en que estoy por culpa de la guerra ha de servirme, al menos, para una ruptura airosa. ¿Qué otro futuro mejor puedo desear para ella? Yo no debería pensar así teniendo en el bolsillo esta tierna carta; seguro que es tierna. Soy despreciable.

Si el chico y yo nos comunicáramos con palabras, le revelaría el sacrificio que estoy dispuesto a hacer por él. Sería bueno para mí notificárselo de alguna manera. ¿Cómo? El chico me transmite deseos, órdenes o como se les quiera llamar, valiéndose de ingeniosidades... siempre silenciosas. ¿Tiene algún defecto en la garganta? No, es que siendo tan listo como parece ser, sabe que uno de su edad no debe dar órdenes a un adulto, y, sabiéndolo, se presenta siempre de noche para mostrarse como un fantasma, y no habla, y así evita que yo oiga su voz de niño y acepte sus órdenes sin menoscabo de mi orgullo.

¿Por qué doy tantas vueltas para dorarme a mí mismo la píldora? Sé cuál es la verdad, él no necesita de tapujos: viene de noche porque es la única hora en que puede salir de casa sin que le vean, y no habla porque sería como acercarse a mí, y le doy demasiado asco. La única verdad es su mirada, su maldita mirada, en la que el maldito diablo deposita su maligno poder.

Pisadas. Palpo la linterna en el bolsillo, pero espero que la cosa, animal o persona, pase de largo sin querer acercarse o sin verme. Se me acercan pasos que saben adónde van. De un par de saltos me planto entre la cosa y la tumba.

—¿Otra noche al fresco? —oigo.

Es Ermo, el otro que me visita por las noches.

—Me gusta —le digo—. Y parece que no soy el único.

Presiento que mira tan fijamente a la tumba que no puedo dejar de vigilarle.

—No quiero meterme en vuestros asuntos —dice—, pero me pica la curiosidad por saber qué os tira de este sitio. Aunque sois muy dueños...

—Tú también eres muy dueño de tomar el fresco.

—Te dije que no me canso de mirar la casa que pronto será mía.

—Por si alguien se la lleva bajo el brazo, ¿no?

—El chaval ha entrado de pinche en el ultramarinos de Atano. Pero no sufras: el trabajo es de día y podrá venir de noche.

No veo bien su cara, está cubierta de sombras. Él tampoco la mía, pero ambos sabemos que no nos quitamos ojo.

—No sufro —digo.

—Es la hostia: el chaval y tú, aquí por las noches. Tú, por encargo de tus amigos, lo más seguro. ¿Lo echasteis a suerte y te tocó? ¿Cuándo acaba tu turno y empieza el de otro? Sí, es la hostia... Pero no quiero meterme en vuestros asuntos.

No le importa que me calle y le envíe mi vacío, no se marcha. El silencio dura varios interminables minutos, con tres o cuatro metros entre él y yo.

—Se ha secado —le oigo de pronto—. El esqueje. Mojaste bien la tierra, pero ha pegado bien el sol. Al chaval no le gustará. —Puede dar dos pasos hacia la tumba gracias a un rodeo, antes de que yo acierte a moverme—. Sólo iba a sacarlo para que pongáis otro, para que el chaval meta uno verde... No podéis ver esa tumba sin un adorno encima, ¿verdad? —Ahora estamos más cerca uno de otro. Soporta la situación mejor que yo, los tensos minutos en el nuevo silencio. Es como tener enfrente un muelle a punto de saltar—. Aún no sé para qué queréis un florero tan grande ahí encima. —Su acento es penoso por culpa de no haber desvelado aún el misterio—. Bastaría una cruz, como en todas las tumbas, aunque fuera pequeña y estuviera mal hecha, o un canto de la playa del tamaño de un balón de fútbol. Cualquier cosa sería más propia que una higuera... ¿Qué hay en realidad ahí debajo, aparte de dos muertos? Ha de ser algo de valor que no debe ser desenterrado todavía, sólo cuando todo esto haya pasado y las cosas se calmen y olviden. Mientras, alguien debe vigilar, y espero, por tu bien, que te releven pronto, porque ha de ser cosa de todos vosotros, no de uno solo, y parece que va para largo, porque las higueras viven muchos años, y me pregunto qué cosa tan importante tenéis metida ahí debajo que no puede ser sacada hoy o mañana mismo... Pero no quiero meterme en vuestros asuntos... Aunque me gustaría recordarte que soy vuestro amigo, que hemos hecho juntos una operación en la que yo sólo me he mojado por tratarse de una guerra.

Le doy la espalda y me siento en la piedra.

—¿Por qué te metes en mis asuntos? —le digo.

Transcurre un rato antes de oír sus pisadas retirándose. No muchas pisadas. Se ha detenido y oigo:

—¿Tus asuntos?, ¿sólo tuyos?

Ahora se trata de otras pisadas, tienen que ser las del chico. No se producen inmediatamente después, no ha mediado espera, entre unas y otras han transcurrido no menos de tres horas, a juzgar por el recorrido de la luna. Es la primera vez en mi vida que leo en el cielo.

¿Acierto al pensar que el chico se mueve con desparpajo? Lo primero que hace al salir de la noche es dirigirse a mí con algo en las manos. Algo no pequeño. Me pongo en pie en el momento en que lo deja en el suelo, frente a mí. Creo que nunca he tenido al chico tan cerca. Es una silla de respaldo bajo, sin barnizar ni pintar, de color madera. Se distingue bien porque es madera blanca.

Ahora llega a la tumba, en su mano aparece un esqueje sacado de no sé dónde, y arranca el viejo... Ermo no me mintió, estaba seco. ¿Cómo lo sabía? ¿Y cómo lo sabía el chico? Ninguno de los dos se ha acercado a él lo suficiente. A estos pueblerinos, al parecer, les habla la naturaleza. El chico hunde el nuevo en la tierra con delicadeza. Sólo entonces reacciono y enciendo la linterna, aunque no sé qué alumbrar, tengo miedo de intervenir con mi luz en los movimientos del chico, él hace y deshace, como de costumbre, y temo que la luz le sobresalte y estropee la sencillez con que nos entendemos.

Ahora se mete de nuevo en la noche y yo pienso «Adiós», pero no ha terminado, regresa —¿cómo no lo he esperado?— con la regadera, la pone a mis pies y retrocede, y yo la levanto con la mano libre de la linterna —el chico necesitó de las dos manos— y la vacío sobre el esqueje, dejando bien empapada la tierra. Y ahora soy yo quien se la deja a sus pies.

Al chico le ha sobrado mi linterna para hacer lo que ha venido a hacer, y en este momento se retira con la regadera vacía. Sin una palabra, que cada vez echo menos en falta, y que así ha de ser. Me ha transmitido con transparencia su pensamiento. De las tres razones que ha tenido para venir, una era el esqueje; la otra, la silla, con su mensaje, entre conmovedor y encadenante; y la tercera, la regadera. No sé si me gustaría decirle de palabra: «Sí, pequeño, está muy claro. Por si hacía falta un documento confirmando que exiges mi presencia continuada aquí, lo acabo de recibir y es de lo más expresivo. Empezaré a darle vueltas a la cabeza cómo te envío el mudo "recibí" con mi visto bueno».

He pasado el resto de la noche y comienzo de la mañana durmiendo hecho un ovillo en la silla, envuelto en la manta. Dos vacas y tres cabras levantan sus cabezotas de la yerba y se alejan al advertir que me muevo. A cien metros hay un pequeño cañaveral, muy espeso, que visito nuevamente. Supongo que a los curiosos del camino no les habrá gustado la aparición de la silla: comprenderán que han de ir acostumbrándose a mí.

Paseo alrededor de la tumba para desentumecerme. Sé que debería asombrarme mi acomodación a paraje tan desolado y desconocido de este pueblo, pero no es así. Es que vivo en el futuro, no en el presente; lo que me ocurrirá está en el futuro. Y el chico también vive el presente tan desvinculado como yo. Sus atenciones a la tumba están en función de ese futuro planeado impecablemente por él mismo desde el preciso instante en que sus ojos buscaron entre todos los del grupo y me eligieron a mí.

No obstante pertenecer la silla al presente, nada me ha costado reconocer que duermo bien en ella. Desearía decirle al chico la próxima noche: «Aunque hubieras podido traer una cama con su colchón –a los diez años no se puede todo–, no habría dormido mejor que en tu silla. Gracias». Pero no se lo diré, no debo saltarme sus leyes, no debo atentar contra esta armonía que nos protege.

Echo la memoria atrás y sólo encuentro desgracia o felicidad, a partes iguales en el mejor de los casos, y que nunca tienen sus piezas ajustadas. Leí en algún sitio que sólo conseguimos sobrevivir a la desgracia si comprendemos que es tan falsa como la felicidad. Con lo que me ha envuelto el chico me siento más feliz que desgraciado..., si no olvido que puedo no sobrevivir a mi propio futuro. ¡Me siento tan a gusto en esta armonía con todas sus piezas ajustadas...! Alguien, igualmente, dijo que las palabras no comunicaban sino que enturbiaban. Nunca lo creí hasta hoy.

La llegada de Cipriana la acusa mi estómago y ella parece recibir el mensaje.

—¡Claro que tendrás hambre! —exclama, y no tiene nada que ver con un saludo. Carga con una bolsa de compra, un abrigo y un paraguas. Deja todo en el suelo y su mirada escruta el sitio–. La Virgen del Carmen no podía olvidarse de que alguien te trajera, al menos, una triste silla. Algo más te hace falta y yo me encargaré. Sabrás que la Virgen te ha hecho ermitaño para perdonarte tus pecados. Lo mismo tendría que hacer con tus amigotes y el puñetero del alcalde. Lo pagarán algún día. Ha empezado por ti poniéndote en este purgatorio.

Lleva un escueto vestido negro, un jersey marrón abierto, y el pelo, también negro, recogido en un moño en lo alto de la cabeza.

–Yo rezaba a la Virgen por ti, pero tú también la buscabas por las noches. Entre tú y yo hemos hecho un buen trabajo.

La veo tan feliz que me cuesta decirle:

–No es eso.

–¿Qué no es qué? A los ermitaños no os gusta presumir, pero la Virgen del Carmen ha bajado sobre ti y no sobre otros pecadores. Su dedo divino te ha señalado. Algo ya hice yo también: te hablaba de Ella y tú te acercabas de noche a la mar.

–No es eso. No me acercaba al mar, venía aquí.

–¿Por qué no me preguntaste por dónde caía la mar? Eres un poco lelo. ¡Mírate, vaya ermitaño que estás hecho, ni siquiera te has buscado cueva! Todos lo hacen. Menos mal que Cipriana está en todo y te ha traído un paraguas y este abrigo militar del alcalde. Y esto. –Saca de la bolsa algo alargado y de un palmo, le quita el pañuelo que lo envuelve y aparece una figurita–. Lo menos que puedes hacer es rezarle –y se dirige a la piedra y, durante dos o tres minutos, se afana con paciencia por dejar bien asentada su Virgen. Se retira un paso para contemplar su obra–. ¿No es guapa? –dice, emocionada. Se precipita de nuevo a su estatuilla para afirmarla mejor en su pedestal–. Traeré cola de carpintero... Te ha elegido y debes rezarle a diario. Por las almas de tus amigotes y del alcalde no doy un ondaquín.

–¿Un ondaquín?... Bueno, ¿cómo están?

—Matando.

—¿Qué dicen de mí?

—Tú eres justo y te atacan como a los justos. Te llaman «falangista de mierda». Menos mal que, desde ayer, he dejado de verles la cara. A todos, menos al alcalde. Los han cambiado de casa, ahora están servidos por lo que llaman Sección Femenina... ¿Qué es eso? A las mujeres de Getxo no nos ponen en secciones... Allí duermen y allí comen, y ya no tengo que limpiarles los mocos. Pero no me extrañaría que me volvieran todos: los guisos de Cipriana no se olvidan así como así. Me cuentan que las de esa sección son todas jóvenes, así que no me extrañaría que fuera una casa de putas. —Calla y suspira porque se le ha cruzado otro pensamiento—. ¡Y cómo matan los tuyos a pobres hombres! ¡Todas las noches! Y también todas las noches fusilan en las cárceles. Nos están dejando sin hombres. —Como sigue frente a su Virgen, parece dirigirle unas palabras y se santigua—. Sólo Ella nos puede salvar.

—Las muchachas de la Sección Femenina no son putas sino todo lo contrario —le digo—. Son la semilla de la nueva mujer española, mujeres entregadas a su hogar y a sus hijos, como las quiere Dios y Franco.

—Las putas somos las demás.

Sus ojos echan chispas y su cuello se ha estirado y veo en él tendones marcados como cuerdas.

—No es eso —digo.

—No sabes más que decir «no es eso», «no es eso», crees que no digo más que tonterías, ¿verdad?... Mira: estamos metidos en una borrasca de mil pares de puñetas y te quiero ayudar porque tú mismo te quieres ayudar. Ya pedías sopitas antes de que yo me arremangara. Entre la Virgen del Carmen y una servidora haremos de ti un ermitaño como Dios manda. ¿Y cuándo se ha visto que un ermitaño se ponga a dormir al relente una noche sí y otra también? Dios les da una cueva. En nuestra playa tenemos dos.

¿No será esta mujer una enviada de Pedro Alberto y los otros para sacarme de aquí? ¿O de Ermo?

—Estoy bien donde estoy —le aseguro.

—No es un sitio de fuste. Ningún ermitaño lo elegiría teniendo a mano dos cuevas hermosas.

—No quiero ser un ermitaño, no tengo pecados que purgar.

—¿Que no? —casi grita Cipriana alzando los brazos—. ¡Por san Periquito! ¿Que no? ¡Tú matabas con ellos hasta hace poco! Tendrás la pistola aún caliente.

—En las guerras se mata. Yo he matado y no me arrepiento porque...

—¿Es que no sabes, coitao, que ya te estás arrepintiendo? —exclama ella.

—Lo de ermitaño se lo ha inventado usted.

—Yo y la Virgen del Carmen... Tú, Rogelio, ya estás en otra cosa...

—Sí, ya estoy en otra cosa, puede usted jurarlo.

Su rostro se anima.

—Entonces, vamos de la misma a elegir una de esas cuevas de la playa. En media hora nos plantamos allí.

Me siento en la silla y cuando vuelvo a la mujer los ojos creo que le sonrío. ¿Cuándo he sonreído la última vez? Cipriana parece comprender: sólo gestos, movimientos, nada de palabras.

—Esta tierra no es tan seca como la ves ahora —murmura—. ¡Espera a que caigan chuzos de punta! Menos mal que te he traído un paraguas y un abrigo del alcalde... Mientras, hablaré con don Eulogio para que baje a la playa a bendecir la cueva que yo elija hoy mismo para ti.

—¿Quién es don Eulogio?

—El párroco de Getxo... No he dicho «nuestro» párroco, para la mayor parte del pueblo no es su párroco. Pero ahí está. Es un carlistón de tomo y lomo. Sólo que, como es cura, no mata con arma.

—¿Qué ha dicho usted?

—Que es un carlistón.
—No, que no mata.
—Los curas no matan. Y en el caso de don Eulogio está el rabo de su nombre: del Pesebre del Niño Jesús. Si Patxi se apellidara «del Pesebre del Niño Jesús», a lo mejor tampoco mataría.
—¿Quién es Patxi?
—Franco.

Sobre un gran papel de estraza que Cipriana extendió en el suelo, fue repartiendo su carga: una grasienta tortilla de patatas, bajo una capa de pimientos verdes fritos, dentro de un gran pan redondo abierto por la mitad; un bizcocho con pasas; seis manzanas y una bolsa de ciruelas rojas; dos botellas de agua y una de vino. El pan era blanco; me dijo Cipriana que lo hacen para los mandos. «Al pueblo le disteis blanco los primeros tres días de vuestra liberación. Luego, vuelta al negro y sólo un chusquito por cabeza», me dijo.

Sentado en la silla, no me canso de mirar la tumba y el esqueje sobre ella. Es pronto para saber si ha prendido. Le he oído a Ermo que no es época de trasplantes. El chico puede estar equivocado. Este posible fallo suyo no me hace dudar de sus capacidades; por el contrario, me habla de su evidente condición humana.

A primera hora de la tarde, un grupo de chiquillos se acerca lo bastante para apedrearme. Me cubro la cabeza con los brazos cruzados; desearía que el ataque fuera contemplado por el chico. Pero recuerdo que ha empezado a trabajar de pinche de ultramarinos y andará por el pueblo repartiendo comestibles. No tiene más que diez años y no podrá con mucha carga. Pero, ahí está el pequeño gran responsable, llevando a su abuela, a su madre y a su hermana el único sueldo que entra en la familia.

Es de sospechar que el grupo de chiquillos conoce el riesgo de apedrear a un falangista; les tentará el peligro. Me pongo en pie esgrimiendo la silla y dando un grito y huyen a la desbandada. Qué destrozo no habrían hecho de no estar yo de guardia.

Cipriana me ha revelado que los curas no matan.

Conozco los pasos felinos de Ermo en la oscuridad. Llega hasta mí, que ni me he vuelto.

—Sois muy espabilados —empieza—, y estáis en vuestro derecho. Pero un socio merece cierta consideración.

No sé a qué se refiere ni me importa.

—Bien, bien... Así que ésa era la madre del cordero —sigue—. Me vino de golpe ayer tarde. Que os aproveche. Sólo una queja: que os lo guardarais. Yo también estaba allí, era uno de vosotros. No contasteis conmigo. Sí, me ha dolido, pero no me quejo. Será una consecuencia de que estáis ganando la guerra... Me refiero al orgullo, a que os creéis los amos del mundo y no hay que dar cuenta a nadie de lo que se hace... Esto no es malo, lo digo de verdad: lo habéis ganado con vuestros buenos cojones... Lo único, que... Oye, por curiosidad: ¿quién fue el primero en verlo? Y otra cosa: ¿por qué no les sacasteis los billetes de los bolsillos en vez de enterrarlos con ellos? Ninguno de vosotros tendría que estar aquí de guardia.

Aún no sé lo que me está diciendo. Con las últimas palabras se ha ido acercando a la tumba. Me levanto para cerrarle el paso y se me caen las dos mantas.

—No te asustes. ¿Con qué los iba a desenterrar, con las manos?... Por cierto, ¿cuándo veré por aquí una cara nueva que te releve?

—¿Cómo está el esqueje? —le pregunto.

—¡Una hostia el esqueje! —exclama—. ¿Cuánto dinero era?... De acuerdo, de acuerdo, no lo contasteis porque a ninguno se le ocurrió sacárselo de los bolsillos, así que fue enterrado con todos los billetes. ¿Por qué? No lo entiendo... o lo entiendo demasiado bien. Puede ocurrir que sólo algunos de vosotros lo sepan. ¿Cuántos lo saben? Tú, por supuesto, por eso no pierdes de vista el cajón. No me extrañaría que ninguno más... No me mires con esa cara... Aquella noche, con nosotros aporreando la puerta de la casa, al padre no se le ocurrió otra cosa que coger los billetes de sus ahorros y metérselos en los bolsillos, creyendo que también entraríamos a robar y que más seguros estarían con él, y que los suyos los cogerían cuando salieran a desenterrar su cuerpo... Bien, ¿y cuántos de vosotros lo sabíais?, ¿contó a los demás el primero que vio los billetes? No lo contó, no lo contaste, y ahora vigilas que nadie abra la tumba. Nadie te ayuda, todas las guardias te las comes tú. Estarás muy cansado, echarás en falta una buena cama. No me importaría relevarte. No te pediré mucho, no la mitad, como sería lo justo. Sólo un tercio.

—¿Cómo está el esqueje? —le pregunto.

Estoy pensando en que los curas no matan.

Es una noche clara de luna. Primero, el chico deja la regadera a mis pies y se va a la tumba a ver su esqueje. Lo mira bien y lo toca, acariciándolo. Luego se aparta, esperando, inmóvil. Esperando a que yo entre en acción. Levanto la regadera, doy los cuatro pasos y empapo la tierra del esqueje. Él también podría hacerlo, pues, aunque la regadera pesa bastante, ha sido capaz de traerla desde su casa.

Y, a propósito: ¿dónde cogerá agua cuando echen a su familia de allí? ¿Le permitirá Ermo seguir llenando la regadera?

Ermo regresa por segunda vez esta noche para traerme un

colchón. Aparece cinco minutos después de la marcha del chico con su regadera vacía; le vigilaba. El lugar ha sufrido un cambio a peor de personas. Ermo rompe a hablar, y a cualquier otro solitario como yo le vendría bien contestarle para iniciar cualquier hueca cháchara. No es éste mi caso. Me siento cada vez más cerca de la mudez del chico. Sus modos y maneras me atan tanto que no se va mi asombro. Cuanto procede de él, incluso su terrible mirada, es tan limpio e ingenuo, que pienso que su sentencia de muerte es de lo más lógico que pueda darse en nuestro caso.

—No consiento que un amigo mío duerma en una puta silla —dice Ermo, dejando el colchón sobre la yerba seca, después de buscar con la mirada otro sitio mejor. Está cerca de mí, ha pronunciado lo de «amigo» sin alterar la dura piel de su cara.

—¿Sabes de algún cura que haya matado? —le pregunto.

Se me queda mirando con la boca abierta.

—Al menos, en Getxo, no —dice.

No he dormido en el colchón. La mitad del resto de la noche he velado sobre la silla, dándole vueltas a si el chico tendría algo contra el colchón, ya que, al no haberlo traído él, podría estorbar su modo de hacer las cosas.

Despierto con la mañana muy avanzada, el cuerpo tronchado, y giro una visita al cañaveral.

No sé qué día es de la semana ni me importa. Otra cosa serán los años, no míos sino del chico. Podría ocurrir que me adormeciera en esta monotonía y él creciera sin yo advertirlo apenas. Y así podrían llegar esos malditos dieciséis años y el estruendo del disparo. ¿Será con pistola?, ¿será en la nuca, como los nuestros? Supongo que sí, estoy seguro de que sí; el chico hace las cosas a su manera, pero respetando ciertas leyes, como la de esos malditos dieciséis años, que nosotros respetamos y él también está dispuesto a respetar, según lo demuestra su voluntad de mantenerme aquí clavado hasta entonces. Este asentamiento, conmigo en él, ni siquiera habría empezado si los falangistas matáramos a niños, pues entonces le habríamos matado también a él. Pero, no: la ley de esa frontera de los dieciséis años la seguíamos ya nosotros meses atrás, la trajimos a este municipio de Getxo, la obedecimos estrictamente, y el chico, al comprender al punto que lo calificábamos de niño, concibió en aquel mismo instante una ley propia, tanto para morir como para matar, una ley marcada por esa maldita raya de los dieciséis años.

Me lavo la cara y las manos como los gatos, con la mitad del agua de la segunda botella. Miro el esqueje, flotando en el charco que formé con la abundante agua de la regadera. Tomo asiento y enseguida me vuelvo al oír pasos en el camino. Es una pareja de la Guardia Civil. No me quitan ojo y, al llegar a mi altura, se detienen. Uno de ellos sale del camino y el otro se queda. Aquél salva la distancia hasta la silla.

—¿Qué hace usted aquí? —me pregunta agriamente—. Márchese ahora mismo, son terrenos del Ayuntamiento.

Al ponerme en pie, cae la manta al suelo y descubre cómo visto. Me cuadro, saludo brazo en alto y lanzo de corrido:

—¡Franco, Franco, Franco, arriba España!

El guardia se precipita a cuadrarse, a poner el brazo más tieso que el mío y a gritar también:

—¡Franco, Franco, Franco, arriba España!

Se produce un eco:

—¡Franco, Franco, Franco, arriba España!

Es el guardia del camino. Prosiguen ambos su patrulla, y confío en que nadie ponga en duda mi derecho a quedarme aquí.

Veo a Cipriana en la distancia haciendo gestos con un brazo y diciendo más alto de lo que yo desearía:

—¡Nada, nada! ¡No quiere! ¡El muy...!

Cuando llega a mi lado, no le pregunto quién no quiere el qué, pero ella me lo dice:

—Don Eulogio se niega a bendecir tu cueva de la playa. Le dije: «Tenemos en Getxo a un ermitaño que así quiere purgar sus pecados cometidos en esta guerra y nosotros debemos ayudarle y ponerle una cueva». «¿Quién es ese sujeto?, ¿es de los blancos o de los negros?», me preguntó. «Es falangista», le dije. «Blanco», dijo don Eulogio, «y los blancos no tenemos necesidad de purgar nada, porque no cometemos pecado en esta guerra santa. Que ese falangista deje de hacer el imbécil y se reincorpore a su batallón.» Yo le dije que no podías regresar porque la Virgen del Carmen te había puesto donde estabas. «¿Dónde?», preguntó él. «En la vega de Fadura», le dije yo. «¿Y qué tiene que ver la Virgen en esta locura?», preguntó él. Yo me puse seria y le juré que tú a la Señora la habías buscado por las noches porque no te dejaba vivir la mala conciencia por los asesinatos que cometías, y don Eulogio me cortó de mala leche: «Los blancos no cometemos asesinatos. Que ese falangista hable conmigo y yo le quitaré de su cabeza de chorlito lo de ser eremita». Yo le repetí que era cosa de la Virgen del Carmen y que los ermitaños viven siempre en cuevas. Y entonces don Eulogio pegó un puñetazo sobre la mesa de la sacristía y gritó: «¡En Getxo mando yo, a esa Virgen del Carmen me la conozco bien, sólo es una Virgen de pescadores! Que ese mastuerzo venga a verme sin falta». ¿Cómo me iba yo a callar? Le solté que nunca salías de aquí, que era como si ya vivieras en una cueva, y que, con cueva o sin cueva, tú ya eras un ermitaño, y que si quería hablar contigo, tendría que darse un paseo. Al principio no le gustó la idea, pero...

—Que venga —le pido a Cipriana.

Le he cortado cuando tenía la boca abierta, y así se queda. Sigue en pie, aún sin soltar la cesta que traía en una mano, con la otra ha reforzado su discurso agitándola en el aire.

—¿De verdad quieres que venga? Te machacará, y si no te

convence, te arrastrará lejos aunque tenga que llamar al ejército. No quiere ermitaños en Getxo.

—Sí, que venga.

De pronto su rostro se ilumina.

—¿Por qué no? ¿Y si le convences tú a él? Ya está chocho... y la Virgen del Carmen está contigo. ¡Que no se te olvide hablarle de la cueva!

—¿Qué cueva?

No se merece mi desatención. Como su rostro se avieja de pronto cien años, me esfuerzo por repasar los últimos minutos de mi vida.

—¡Ah, sí, la cueva! —exclamo, incorporándome a su ilusión.

Suspira.

—Bueno —dice—, acabó pidiéndome que le guiara a la casa... «¿Casa?», le dije. «¡Vive al fresco! Por eso quiere una cueva.» Creo, Rogelio, que al fin podrás salir de aquí, como quieres.

—No quiero, no es eso —murmuro.

Pero Cipriana se acaba de fijar en el colchón.

—¿De dónde has sacado esta porquería? —exclama, dejando la cesta en el suelo y alzando con sus manos una punta del colchón—. Te lo habrá traído alguien que no te quiere bien. ¡No se habrá arruinado el angelito! ¡Ni un trapero lo querría!... Es una señal de que empiezas a ser famoso en el pueblo. Pronto vendrán a que les hagas milagros.

—¿Milagros?

—No pongas esa cara. Y yo seré la primera en venir, porque un milagro hará falta para salvar a mis dos hijos de la diarrea fascista del alcalde. Están en los Flechas y Pelayos y no quiero que se les quede el brazo como un pararrayos. No quiero que se hagan falangistas y que maten. Tú eres un caso especial: matabas y te has arrepentido...

—Yo no me arrepiento de haber ejecutado. Es una guerra por la nueva España.

—¡Por san Periquito, cuánta falta te hace la cueva!

Se calma ella sola y empieza a sacar cosas de la cesta: otro pan blanco y, dentro, filetes de carne albardados, todo envuelto en una servilleta blanca; dos manzanas y dos peras, cinco botellas de agua y una tableta de chocolate Chobil; me explica que parte del agua es para lavarme. Es una buena mujer y no puedo dejar de ser sincero con ella:

—No es eso —le digo.

Hasta seis días después no viene Luis Ceberio. Me encuentra circulando alrededor de la tumba. Saluda ¡hola!, me dedica un simple gesto con el brazo y se sienta en la silla. Como es casi mediodía y hace calor, se quita la boina roja y el cinturón negro con la cartuchera; mira a su alrededor y, al no encontrar donde colgarlos, los deja en el suelo. En el suelo también hunde su mirada, mientras el interior de sus labios cerrados frota incesantemente sus dientes. Su presencia, ni me alegra ni me disgusta, no estoy para estas cosas; me daría igual que permaneciera ahí el resto del día.

—¿Hasta cuándo? —le oigo.

Podría contestarle que me he tomado unas vacaciones para cambiar de aires, pero no.

—No sé —le digo.

Mis paseos circulares no son intensos, aunque el sol aprieta y sudo. Cuando me tiendo a descansar por las noches en el colchón, me cubro con una de las mantas, nunca con las dos, y a veces sobra; he dormido en él todas las noches, no obstante ser una mala funda apolillada reventada de protuberancias de guata. Ermo, que no falta una sola noche, lo primero que suelta es una sentencia: «Donde esté un buen colchón que se quiten todas las sillas», y se despide con la misma.

—Están cabreados —oigo a Luis—. Pero, más que cabreados, no saben qué pensar. Y yo estoy como ellos. Pedro Alberto lo toma como una traición, y a veces piensa que eres un espía que ha fracasado de puro miedo y que habría que fusilarte. Así que ándate con cuidado.

—Y tú ¿cómo lo tomas? —Clava sus ojos en el suelo, sin contestarme—. Os hablé del chico de la mirada. No soy un espía, con miedo o sin miedo. Quien ha recibido una mirada como aquélla sufre otra clase de miedo... Formábamos un buen grupo, pero ahora estoy en otra cosa que me ata. Llevo una semana dándole vueltas a una solución. Debo hablar con una persona. Si sale bien la cosa, regresaré con vosotros. Sé que no me entendéis, pero os aseguro que estoy salvando mi vida.

—Escucha —dice Luis—: todos pensamos que has perdido la chaveta. Ese chico nos miró a todos, porque todos estábamos allí. —Me da la impresión de que le aburren sus propias palabras; supongo que, últimamente, es el gran tema entre ellos.

—Me eligió a mí. Es un chico muy especial, no nos habríamos compenetrado tanto en dos semanas si no hubiera sido yo el elegido.

—Por todas las putas del mundo, ¡calla, calla, Rogelio! —Y añade—: En cualquier momento los tienes aquí a todos.

El chico tampoco falta todos los días, es decir, todas las noches, con la regadera llena; la sustitución de sus manos —emplea las dos para transportarla— por la mía se produce sin que medie apenas tiempo, tampoco con precipitación, los nuestros son movimientos, sí, armoniosos, como si lleváramos años de ensayo. Sólo en el cuarto día depositó la regadera en el suelo y no la soltó; así que contuve mi mano y me atreví a mirarle el rostro, sus ojos, cosa que evito, y miraban la tumba, y cuando se dirigió a ella y arrancó el esqueje, comprendí que miraban a éste. Se había secado. No tuvo que darme orden alguna sobre la regadera cuando dio la vuelta para regresar a su casa con el esqueje. Tardó casi un par de horas en regresar con otro —Ermo me aclararía a la noche siguiente que no era esqueje sino hijuelo; ¡eran tan iguales para un profano como yo!–, que plantó en la tierra de la tumba tras haber agrandado el hueco dejado por su hermano o hermanastro, a falta de ciertas raicillas que poseía el segundo –informe que recibiría también de Ermo–. Hecha la sustitución, el chico retrocedió unos pasos y esperó, y yo tomé la regadera e hice mi trabajo.

En su momento, sentí curiosidad por conocer la opinión del chico sobre el colchón. Ningún reparo. El aceptar aquel equipamiento no aportado por él, indicaba que en su plan no había ensañamiento, que en el proceso que culminaría en sus dieciséis años, el falangista –¿qué nombre o calificativo empleará para designarme?– debería limitarse a estar, sin más agresiones.

La misma opinión le merecerán las vituallas, o sus restos, que ha de ver por fuerza; no he recibido de él ninguna queja: hasta el más desalmado falangista debe comer si se le quiere mantener vivo hasta...

—¿Qué comes, Rogelio? —me pregunta Luis.

—Lo que me trae Cipriana.

—Ah, Cipriana... La echamos de menos, era buena cocinera. Ahora hemos de tragar los comistrajos de las purísimas tontuscas de la Sección Femenina. Pedro Alberto ha dado la orden de que a ninguna de ellas se le ocurra, por compasión, traerte ni un cacho de pan. Y lo mismo rige para nosotros. Está de muy mala leche... Esto es lo que hay por allá arriba, Rogelio. Ten cuidado, amigo.

Al principio, nada quería saber del paso de los días que me acercaban a los dieciséis años del chico, pero ahora que ansío la visita de don Eulogio, no me canso de preguntar a Cipriana: «¿A cuántos estamos? ¿No sabe ese cura que alguien le está esperando y no duerme?», y ella me contesta: «Hoy es siete, hoy ocho, hoy diez, hoy doce...», pues no viene todos los días, a veces se salta tres o cuatro. «¿De qué mes?», le pregunto. «De julio. A este paso se acabará el mes sin que le veamos el pelo a ese carlistón», suspira ella.

Al que tengo que vigilar de cerca es al miserable de Ermo. Él sí que no falta ni una sola noche. No soporto sus miradas hambrientas a la tumba. Ignora la verdadera razón de mi presencia, pero está convencido de que ha de haber una y muy fuerte, y cree haberla descubierto. Me sonríe con sus dientes negros en su flaco rostro sin afeitar, y le adivino el pensamiento: «Ah, cabrón, querías quedarte con todos los billetes. Tranquilo, nunca se lo contaré a tus compañeros. Haremos un bonito reparto entre los dos». Si yo no estuviera, ya habría profanado la tumba y registrado los bolsillos de los cadáveres. Confío en que, algún día, el chico llegue a conocer esta otra misión que desempeño y que redondea la impuesta por él; espero que esta buena disposición mía enfríe su odio cuando a sus dieciséis años... Pero es más corto el camino de la libertad que puede regalarme don Eulogio del Pesebre del Niño Jesús.

Últimamente, Cipriana no viene sola. Un día, me presentó a la mujer que le acompañaba. «Se llama Cándida. Quiere ver a un ermitaño de cerca.» No sé si la tal Cándida llegaría a enterarse de algo, pues en ningún momento la sorprendí mirándome —aunque lo haría a hurtadillas—; se arrodilló ante mí y se puso a rezar con la cabeza inclinada. Hice señas a Cipriana para que la pusiera en pie, pero ella me hizo un guiño: «Cosas así han de ser vistas por don Eulogio».

Era raro el día en que a Cipriana no le acompañaba alguien, un grupito de mujeres, cuatro o cinco, que se me acercaban dando tropiezos y santiguándose. «Aquí lo tenéis», me presentaba ella, «va camino de los altares, la Virgen del Carmen lo ha recogido bajo su manto y su primer milagro lo ha hecho con él mismo: abandonar una vida de crímenes que le serán perdonados en este destierro.» Yo le dejo con lo suyo y me limito a preguntarle: «¿Qué día es hoy?, ¿cuándo viene ese cura?».

Bueno, el caso es que soy contemplado todas las tardes por mujeres vestidas de negro que, de pie, arrodilladas o sentadas en el suelo —según el cansancio las iba rindiendo—, convencidas de estar ante un santo o, al menos, una criatura muy por encima de los quebrantos de esta tierra. Yo no me había afeitado desde mi instalación aquí, semanas antes, de modo que supongo que mi aspecto era parecido al de las estatuas celestiales de sus iglesias. Por suerte para esas mujerucas, mi uniforme falangista estaba tan sucio y poco presentable que sólo verían un mal buzo azul de obrero.

¿Hombres? No, apenas tres o cuatro: vecinos de más de setenta años, a salvo de cárceles, fusilamientos o «paseos» por haber vivido y no vivido la guerra, en busca de un nuevo santo que les traiga cosas mejores que las ya vistas. No venían solos, siempre con alguna mujer, seguramente obligados por ellas. Si alguno, con mejor vista o mejores gafas, descubría debajo a la Falange, creía hallarse ante el más acabado milagro.

Todo esto, a la luz del día. Por las noches, nada cambia: el chico, puntualmente con su regadera y su reemplazo de hijuelos —ya nunca más esquejes— cuando se secan; Ermo —el pegote, el que sobra—, igualmente puntual, a la caza de un descuido o de una ausencia por mi parte para convertirse en violador de tumbas; y Cipriana, la cantinera.

Hoy es uno de agosto, Cipriana me lo ha dicho antes de preguntárselo:

—Mañana te viene don Eulogio. —Es una mujer feliz—. Me acaba de mandar un recado. Iré a San Baskardo y te lo traeré. Ponte guapo... ¡No, por san Periquito, nada de guapo! ¡Feo! No te toques, quédate como estás, si das asco a don Eulogio nos saldremos con la nuestra.

Ha llovido fuerte los días 15 y 17 de julio y, por primera vez, he abierto el paraguas de Cipriana. A pesar del riego natural, el chico no ha faltado con su regadera. Podría haberse limitado a venir sin ella, sólo a comprobar si yo seguía en mi puesto. Pero, no: apareció con su regadera en el momento en que más llovía; sin paraguas, ni chubasquero, ni un gorro de lana para su cabeza. Se diría que es impermeable, no sólo al agua sino a las alteraciones lógicas en todo proceso en marcha, lo que no es una buena noticia para mí.

En las dos últimas semanas ha vuelto el sol y el calor. Don Eulogio del Pesebre del Niño Jesús es un hombre alto, a pesar de sus cien años justos —Cipriana—, y el vientre abultado y bajo de los que no han dado golpe en su vida. Permanezco sentado en la silla hasta que lo tengo a dos pasos, con la intención de levantarme y cedérsela, a fin de mostrarle así mi deferencia y empezar con buen pie la entrevista, de la que tanto espero conseguir. Él acepta el asiento sin la menor duda de que tiene derecho a él.

Primero vi el coche negro acercarse por el tortuoso camino de tierra, y detenerse, posiblemente, en el mismo punto en que lo hizo aquella noche el nuestro con los dos ciudadanos ahora dentro de esa tumba. Se abrió la puerta delantera y salió Cipriana, chocando primero contra ella y luego contra la posterior recién abierta por el acólito, que había viajado junto a don Eulogio, quien bajó torpemente y se dirigió hacia mi campamento, sostenido por el chófer y el acólito y precedidos por Cipriana en el último tramo, como guía.

—Esto es las Quimbambas —protesta don Eulogio, secándose la cara con un pañuelo y echando una mirada a su alrededor—. De modo que tú eres el falangista loco. ¿Qué haces aquí, si puede saberse?... ¡No, no me digas que eres un eremita o quieres serlo o alguien te quiere hacer! Me han llegado noticias de peregrinaciones a este mismo agujero del demonio. ¿Y qué veo?

Una silla vieja, un colchón de mala muerte en el suelo, papeles y restos de comida aquí y allá, y un sujeto tan sucio y desarrapado que nadie diría que fue un bravo soldado de Dios. Estoy aquí para terminar con tu chifladura.

—Usted ha venido porque este muchacho me pidió que le dijera a usted que viniera para decirle algo —oigo a Cipriana.

La mano de don Eulogio hace señas a Cipriana para que se aleje de nosotros. Yo estoy ante la silla y tardo en encontrar las palabras:

—Agradezco su presencia, don Eulogio. Sí, quiero hablarle.

—Veo que es cierto que deseabas verme —dice el cura—. Esa mujer me ha mareado los últimos días y no la creía.

—Usted quiere que me marche, pero le aseguro que yo lo quiero más que usted. Quiero salir de aquí y dejar todo esto.

Don Eulogio se palmea sonoramente una rodilla y exclama:

—¿Y por qué no te vas, hijo mío?

—No puedo.

—¿Quién te agarra? —y don Eulogio mira a derecha e izquierda buscando carceleros.

—Es largo de contar. Sólo le diré que de usted depende todo.

—¡Vais a volverme loco entre los dos!

—Ella no tiene nada que ver, el asunto es entre usted y yo.

Creo que le pica tanto la curiosidad y me ve tan acongojado, que nuevamente recurre a su mano para alejar, ahora, al acólito y al chófer, que no se le habían separado.

—Bien —dice—, si es para cerrar este circo, te escucho. Hay personas de tu cuerda que ya han pedido mi intervención en este caso, y si ahora me aseguras que te quieres ir, pues no entiendo nada. Empieza a soltar antes de que pierda la poca paciencia que me queda.

—Hay un chico de diez años que se ha quedado sin padre y su familia perderá en breve la casa. La Iglesia ayuda a estas gentes proporcionando a uno o más de sus hijos alimento y enseñanza, comida decente y una carrera, la eclesiástica. Esto siempre se ha hecho así, no hace falta que estemos en guerra.

Don Eulogio me mira fijamente, la mano que estrujaba el pañuelo ha quedado quieta. Está tenso.

—¿Nada más? —susurra, incrédulo.

—Nada más. Sólo el seminario.

—Sólo meter a un niño en un seminario.

—Sí.

Don Eulogio mueve la cabeza, pensando.

—Si yo ahora te pregunto qué hay detrás de esta petición, no me contestarías con sinceridad. ¿Me equivoco?

—¿Para qué vamos a perder el tiempo hablando usted y yo si lo importante es que el seminario lo arreglaría todo de un plumazo?

De pronto, una especie de fuego me baja de la cabeza a los pies y deja mis piernas temblando. Es miedo. La pregunta brota de mis labios con una calma engañosa:

—¿Usted ha matado alguna vez, padre?

—¿Qué es esto? —medio estalla—. ¿Te envía el obispo? ¡A ver si le mando otro policía a él! —Nos miramos—. No, no he matado nunca... y no por falta de ganas.

—No ha matado porque era sacerdote, se lo impidió la sotana. ¿Es así?

—A veces, una sotana impide hacer justicia por tu propia mano. —Hasta él advierte mi agitación—. ¿Qué te pasa?

—En tal caso, ¿qué hacen ustedes los curas cuando tienen ganas de matar? —logro decir.

—Traer una guerra para que otros maten por ti. Tú eres uno de esos otros. ¿Por qué, si no, crees que me molesto en ayudaros? Os debemos mucho.

—¿Ayudarnos?

—Es un buen combatiente por la causa de Dios el primogénito de los Echabarri de Neguri. Estaba muy preocupado por ti, por esta situación tan rara. «Hay que sacarlo de esa trampa como sea», me pidió. Luego vino esa histérica con que tú también me reclamabas aquí, y sospeché que lo de Echabarri y lo tuyo eran lo mismo. Bueno, y por no hablar de la cueva de la playa para el eremita... —Se le encienden los ojos—. Oye, ¿no será todo esto una carambola que os traéis los tres para...?

Le aseguro fervientemente que no. El aspecto que debo ofrecer le obliga a intentar levantarse de la silla, diciendo:

—Siéntate, hijo mío, que lo necesitas más que yo.

Pero no puede, y yo me apresuro a empujarlo hacia abajo. Respira varias veces, reponiéndose, y murmura roncamente:

—Todo sea por Dios, por la Patria y el rey.

—¿Lo hará? —le acoso.

—Hacer ¿qué?... Ah, el seminarista... ¿Dónde vive esa gente? Espero que no sea lejos.

—A un paso —y con el brazo extendido le señalo la casa en la distancia.

—¿Quiénes viven ahí? —quiere saber.

—Los Gurbieta —interviene Cipriana, y su conocimiento parece darle derecho a salvar la distancia que le separa de nosotros. ¿Le ha llegado también nuestra conversación?—. Abuela, madre, un hijo de diez y una hija de siete. El padre y otro hijo, muertos, asesinados hace unos días, hace unas noches.

Don Eulogio se vuelve a mí y yo le sostengo simplemente la mirada.

—Voy comprendiendo —dice—. Una obra de caridad con el vencido. No tengo nada contra las obras de caridad.

—Será mejor que los visite usted antes del mediodía —digo—, antes de que el chico regrese del trabajo a comer. Quiero decir, ahora.

—¿Trabaja con diez años? —se extraña el cura.

—En el ultramarinos de Atano, de pinche —detalla Cipriana.

—¿Con diez años?

—Es un chico especial —aseguro.

Pero don Eulogio considera que ha viajado lo suficiente por hoy y lo deja para otro día.

—Yo le acompañaré cuando usted me diga —se ofrece Cipriana.

—Tú has de estar metida en todas las salsas —denuncia don Eulogio. Pero le parece bien.

Mientras el chófer y el acólito lo mueven, Cipriana me dice en un aparte:

—Y de la cueva, ¿qué?

Puedo responderle lo que ya sabe, que este cura no quiere ver ermitaños en cuevas de Getxo, aunque no le privaré de la falsa esperanza de tener a uno en este mismo vertedero.

Empujo al acólito para reemplazarle en la conducción de don Eulogio y acerco mi boca a su oreja.

—¿Habrá otra guerra en el futuro?

—¿Otra guerra? ¡Quiá! No quedará un rojo vivo después de ésta, hijo mío.

—Y si, dentro de años, un sacerdote quiere matar y no puede porque se lo impide la sotana, ¿qué hace?

—Como no dispondrá de una guerra, pedir a Dios que se le pasen las ganas... Oye, ¿le ha sentado mal este sitio a tu cabeza? ¿Por qué no vas a que te vea un médico?

Han transcurrido quince días y nada. Sí que Cipriana me tiene informado, pero es que don Eulogio no la llama.

—¿Y si ha cambiado de idea y no quiere que le acompañes en la visita? —le pregunto.

—Lo retrasa porque en el fondo es un cobardón, prefiere no ver a esa familia.

Todo sigue igual: ella me trae comida, Ermo se pasa a diario para comprobar que nadie abra la tumba, y el chico surge en la noche con la puntualidad de la luna, echa un vistazo al hijuelo —ya lo ha sustituido dos veces— y contempla mi operación con la regadera.

Hasta que, hoy, Cipriana llega a mí con la lengua fuera y me anuncia:

—¡Mañana!

—Ya estuvimos, pues —empieza Cipriana—. ¡Pobres mujeres! ¡Y pobre niñita!... Don Eulogio no quería que el niño estuviera presente... ¡y es el centro de la salsa!

—Son los mayores los que tienen que decidir, y si el chico está presente y no le gusta la idea de ir a un seminario, pues protestaría, todos se pondrían a discutir y don Eulogio no tendría ocasión de exponer serenamente las ventajas de que el chico deje de ser una carga para la familia, una boca menos, ya sabe usted, y la Iglesia lo convierta en un sacerdote culto, con prestigio social y el futuro resuelto. Es mejor que no esté.

—¿Sabes lo que te digo, Rogelio? Que eres una buena persona, a pesar de ser falangista y de haber destrozado una familia. Por eso tienes la conciencia negra y la quieres limpiar con una buena obra. —Voy a hablar, pero ella me corta—: Y no me digas otra vez que no es eso. Me sé muy bien el sapo que llevas dentro... Calla y escucha: allí estaba don Eulogio, sentado en el comedor, y, a su lado, ese pulpo de negro manoseándole...

—El acólito.

—... y enfrente, la abuela, la madre y la hija pequeñita, las tres con los ojos rojos de llorar. Y don Eulogio que dice ¡ejem! y empieza: «La Iglesia vela por sus ovejas...». Ellas no sabían de qué les iba a hablar. Para mí, que creían que les venía con el pésame. Estaban tan perdidas por el dolor que ni siquiera les habían ofrecido café con leche. «Los tiempos son duros y sois cuatro bocas», dice don Eulogio. «Ese pequeño de diez años que tenéis come más de lo que puede traer a casa. Me he tomado el esfuerzo de venir hasta aquí para hablaros de la ventaja de llevar al niño a un seminario de la Iglesia y hacer de él un santo sacerdote. Buen trato, disciplina, buena comida y cama..., todo pagado, naturalmente. Estaría a salvo de influjos peligrosos porque le protegerían hombres de Dios.»

—¿Les gustó la idea a ellas?

—¿Ellas? No se enteraban de nada, le miraban sin parpadear, calladas, allí de pie como tres estatuas de sal. Don Eulogio había empezado a ponerse nervioso. Les dijo: «Es costumbre de la Iglesia acudir con generosidad en ayuda de gente humilde como vosotras». Estuvo a punto de decir «como vosotros», pero yo le había contado que ya no tenían hombres y cambió a tiempo. «Vamos, vamos, ¿qué decís?», les metió prisa. Yo, que estaba con la visita, cambié y me puse con las de la casa y le dije a don Eulogio: «Deles tiempo para pensarlo». Y él, que no podía quedarse allí todo el día. «Pues tendrá que quedarse, porque usted les está hablando de quitarles otro hijo», le dije. Entonces oí al que estaba junto al cura: «Modere sus palabras, señora». No le hice caso y acerqué tres sillas para que se sentaran las tres, poniéndoselas detrás de las piernas. La abuela y la madre se sentaron solas, a la niña la ayudé. «Es demasiado pronto», dijo al fin la madre. «¿Eh?», dijo don Eulogio. Y yo le dije: «Que es demasiado pronto, que sólo hace semanas que les mataron al padre y al hijo y que no quieren perder tan pronto a otro ser querido. ¿No lo comprende usted?». A don Eulogio le costaba no perder del todo la paciencia, y era de agradecer. «No lo perderían sino que lo ganarían, lo ganarían para Dios, lo que no ocurriría quedándose aquí, creciendo en esta atmósfera poco recomendable», dijo. «Nuestro Gabino trabaja», dijo la madre, y...

—Así que se llama Gabino —me oigo. Ahora que lo sé, me

pregunto si cambiará algo entre nosotros. Los nombres son ruido, espero que él nunca conozca el mío.

—Sí, Gabino, un nombre serio y de hombre, que le cae muy bien... Don Eulogio dijo que estudiaría en el seminario, que los que estudian siempre mandan a los que trabajan, y entonces la abuela metió baza y dijo que el propio Gabino se fue a hablar él solito con Atano para trabajar en su ultramarinos, y don Eulogio, que era un niño con gran iniciativa y que llegaría a obispo.

—¿Y qué?, ¿y qué? ¿Les convenció? —pregunté.

—Tranquilo, que todo lleva su tiempo y aquello también lo llevó... El que más hablaba era el cura, ellas sólo metían alguna palabra de vez en cuando. Creo que ya se habían enterado de la embajada, pero no decían ni sí ni no, no querían sin preguntar al niño. Al parecer, le tienen mucho respeto, cuentan con él. Un poco raro, ¿no? Un mocoso de diez años...

—No es nada raro. A veces, se tiene más seso a esa edad que cuando se peinan canas.

—¿Le conoces? Se habrá dado alguna vuelta por aquí, a ver al ermitaño de Getxo para tirarle piedras, como sé que hacen otros... ¡Pues que yo no les pille!

—Le conozco de lejos.

—Tengo hambre. ¿Te sobró algo?

Es la tarde y Cipriana está sentada en la silla. Parece cansada. Si encuentra comida en la cesta del suelo será la que ella me trajo ayer. Hay pan, dos raciones de tortilla y fruta. Con el pequeño cuchillo de cocina le preparo un bocadillo.

—Y te diré algo más sobre ese Gabino. —Cipriana come a dos carrillos y sus palabras salen entre la tortilla—. ¡Riquísima! Se conserva bien de un día para otro porque la hago grasienta. ¡Es que tengo ahora en la cocina tanto aceite de Franco!... Escucha: don Eulogio se despidió pasado el mediodía, pero yo no me fui con él, quería hablar a solas con aquella pobre familia. Pasamos a la cocina y Gabino cogió platos del armario y los puso en la mesa...

—¿Ya estaba allí? ¿Le importaría contármelo por orden? ¿Le preguntaron y qué contestó? ¿Qué contestó?

—Espera..., sí, había llegado antes, cuando todavía estaba don Eulogio... Sólo estuve cinco minutos en aquella cocina pero fueron cinco minutos que nunca olvidaré. La abuela recalentaba la purrusalda en la chapa y yo quería saber qué habían hecho con los cuerpos, pero no me atrevía. En medio del silencio, la abuela dio la espalda al puchero y dijo: «Él lo arregló todo. Cuando salimos a buscarlos, ya no estaban. Seguimos en la tierra las huellas del coche, las últimas. Habían pasado horas y amanecía. Había luz. Pero no estaban. Entonces salió Gabino de no sé dónde. Habíamos estado buscando sin él. Nos dijo que volviéramos a casa, que todo estaba arreglado»... Y Gabino, con la boca cerrada... ¿Qué piensas tú, Rogelio? ¿Los enterró? ¡Un niño de diez años cargando solo con aquel terrible trabajo! Porque no se trata únicamente de la poca fuerza de sus bracines...

—Me da que lo hizo —declaro sin voz—. No encontraron nada.

El cerebro del chico es el de un viejo que se las sabe todas: la tumba sin montículo...

—¡Es imposible! —exclama Cipriana—. Y lo otro que hacía falta: la entereza, el carácter... ¡A los diez años!

—No es cuestión de años, se tiene o no se tiene. La próxima vez se fija usted en su mirada.

El resto de la tortilla desaparece en silencio. Cipriana debería saber que estoy a punto de agarrarla por las ropas y sacudirla.

—Bueno, oímos pasos en el portal y entró el niño en el comedor. —Cipriana me ve hacer gestos de desagrado—. Sí, tienes razón, todo se fue al garete, don Eulogio no pudo irse con el sí de las mujeres sino con el no del niño.

«El no», pienso. «No.»

—La verdad es que no estuvo muy claro —continúa Cipriana sacudiéndose las migas de la ropa–. Don Eulogio repitió para Gabino lo del seminario en un tono que saltaba las lágrimas. Fue como cuando, hace tiempo, nos sermoneaba en el púlpito sobre el fin del mundo. Al principio, las mujeres callaban, dejando el campo libre al cura, con sus ojos en el niño, a ver por dónde salía... No es muy guapo de cara ese crío, pero tiene algo con lo que se llevará algún día a todas las mozas del pueblo...

–¿Cuál fue su respuesta? Dice usted que no estuvo muy clara...

Cipriana se pone en pie con energía y empieza a dar pasos.

–Y, esta vez sí, a don Eulogio se le había acabado la paciencia. Hizo señas al niño para que se le acercase, pero Gabino ni por ésas. Luego se acordó de la artimaña que usaba en la catequesis y sacó de su bolsillo una barrita de regaliz y se la ofreció al tozudo...

–¿Hizo eso? ¿Recurrió al regaliz?

Río por dentro. ¡Regaliz al chico de la tumba!

–De nada le sirvió, y entonces sí que no le quedó más paciencia. «¿Seminario o no seminario?», reventó. «Ten en cuenta, pequeño, que si rechazas esta oportunidad tú también pasarás hambre.» Vino un silencio, todos mirando a Gabino, y yo vi lágrimas en sus ojos...

–¿Lágrimas?

–Sí, lloraba quieto, sin aspavientos. Luego se acercó a su madre, cogió su mano y la besó, y lo mismo hizo con la mano de la abuela. A su hermanita la besó en la frente. Luego dijo: «No puedo ahora».

A finales de agosto se ejecutó la orden militar de desalojo, y la abuela, la madre, el chico y la niña abandonaron la vivienda heredada de sus antepasados –sí, Cipriana–. Se llama Gurbietaena porque el apellido Gurbieta la levantó y habitó durante casi dos siglos. Fue un domingo, así que el chico no tuvo que pedir permiso en la tienda para ayudar a cargar la carreta de bueyes alquilada con los muebles y trastos. Cipriana me tuvo bien informado de todo. Días antes, le pregunté adónde irían a vivir. «A una destartalada casita mucho más pequeña en la calle Abasota, cerca de la playa. Sin tierras», me dijo. «¿Más o menos lejos de aquí?» Me contestó que mucho más lejos, y al punto me asaltó el problema del agua para el riego.

De modo que agarro a Ermo por las solapas al verle llegar por la noche.

—Queremos el agua de esa casa que ya es tuya —le digo—. Abres el grifo, llenas la regadera y me la traes.

—No hay grifo —dice él—, hay pozo.

—Todas las noches, porque el chico ya no podrá. ¿Entendido? Desde esta misma noche.

—Sí.

—Falta una sola noche y te pego un tiro.

Se me derrumba de rodillas jurando que lo hará.

He proporcionado a Ermo una regadera, una mayor que la usada por el chico. Encargué a Cipriana su compra.

—¿Una regadera? —exclamó—. ¿Dónde está el jardín?

Se lo tuve que explicar.

—Acompáñeme —le pedí.

La llevé a la tumba que, en sólo dos meses, había dejado de destacarse, formaba ya un todo con el entorno, la tierra oscura y los yerbajos. Nos detuvimos en un punto que Cipriana no pudo sospechar que era el borde de una tumba.

—Creo que los ermitaños suelen cuidar de alguna planta que tengan a mano, alguna flor, incluso un arbolillo que, a falta de calendario, le irá marcando el paso del tiempo, el árbol y el ermitaño crecerán juntos. Éste es mi árbol.

El hijuelo se erguía sobre la tumba inimaginable en el centro de un círculo pelado de medio metro de radio. Cipriana se había conmovido.

—¡Es la primera vez que te llamas ermitaño! —exclamó.

—No sé lo que soy, pero esto de vivir aquí como un memo tendrá un nombre, y si no lo tiene habrá que inventarlo.

—Ya está inventado..., ¡ermitaño!

El chico, Ermo y yo somos los únicos que conocemos la existencia de la tumba; mis compañeros falangistas no podrían ya dar con ella. Y, de los tres, sólo para el chico parece tener el hijuelo algún sentido. Está empeñado en que prenda y, supongo, se haga más grande. ¿Cómo de grande?... Es que, vamos a ver, nunca lo había pensado: él, el chico, ha colaborado con la naturaleza en no impedir que la tumba llegara a fundirse con la vegetación; empezó por cuidar que la tierra sobre ella no formara el montículo habitual; lo quiso así desde un principio. Y esto contradice cuanto se entiende sobre tumbas, que es mantenerlas bien a la vista para cuando los deudos las visiten con flores. Es como si el chico jugara con dos barajas: señalando la tumba con el hijuelo —que se hará arbusto, árbol o lo que cojones acabe siendo—, y, al mismo tiempo, borrando todo rastro de ella. Es el enrevesado plan que siempre ha tenido en la cabeza; no es normal que una criatura de diez años maneje con tanto cálculo cosas de mayores.

En cualquier caso, me encuentro aquí provisionalmente, lo supe, incluso, en los momentos de más confusión; y más ahora que el chico no dio un no rotundo. ¿Qué dijo en realidad? «No puedo ahora.» Tres palabras que se me grabaron al ser pronunciadas por Cipriana. ¿El qué no puede ahora? Sin duda, el ingreso en el seminario, que ésa era la cuestión. Y, si no podía entonces, quiso anunciar que sí podría más adelante. Es decir..., ¡aceptaba el seminario! Mi idea de acudir a don Eulogio no había resultado descabellada. Bien es verdad que no puso fecha y, en realidad, todo seguirá como antes. Pero no me alarmo, sé que puedo confiar en la seriedad del chico.

Es como si él hubiera sabido desde el principio que al falangista se le ocurriría la artimaña del seminario para alejarlo de la tumba, y como ésta no podía quedarse sola, me «educó» para sustituirle en su mantenimiento. Pero ¿qué mantenimiento si la había hecho desaparecer para el mundo? No totalmente, no su olvido absoluto, pues quedaría la señal que no sólo marcaría el lugar, sino que el insignificante esqueje —ahora hijuelo y luego arbusto, árbol o lo que cojones acabe siendo— se convertiría en el más estruendoso emblema. Y, para atenderlo —regarlo y demás— estaba yo, no sustituyendo a un jardinero a quien el destino le llevaría lejos, sino obligado a seguir con la tarea que quedaba huérfana. ¡Desde el principio supo el pequeño lince que así ocurriría!

Sí, un chico en extremo suficiente, que alguna vez ha de tropezar con la pared que desbarate su determinación, no porque tal sea el destino de cualquier empresa, sino porque el motor de todo ello sólo tiene diez años.

Estoy esperando a Ermo, que ayer tomó posesión de Gurbietaena, ya vacía de sus antiguos habitantes. ¿Legítimos habitantes? Vivimos una guerra y ellos son nuestros enemigos. Un miembro de esa familia, el chico, es mi mayor amenaza, mi mayor enemigo; los suyos lo conformaron así, el padre ejecutado y la madre y la abuela. ¡Tanta República, tanto nacionalismo, tanto rojerío y ateísmo! No es que lamente no haberlas ejecutado a ellas también; nosotros no matamos mujeres. Pero el haber respetado su vida no significa que no sean culpables, y la pérdida de su casa sería un justo castigo, por demás generoso.

La regadera que mandé comprar a Cipriana descansa, vacía, junto a mi pierna. Es de mayor capacidad que la otra. «Tráigame la más grande que encuentre», le pedí.

El chico faltó ayer noche por primera vez a su cita. Lo atribuí a los trabajos de traslado y asentamiento en la nueva casa. Sin embargo, ¿cómo ha sido capaz de traicionarse a sí mismo abandonando a su querido hijuelo?, ¿ni a última hora se le ha ocurrido algo que lo remedie? Lo esperé toda la noche. Creo que Ermo también estuvo esperando, para venir después, como acostumbra, y así no tropezarse con él. Apareció poco antes de amanecer, supongo que al convencerse de que el otro no vendría. Es cuando le ordené que regara de inmediato. Regresó con mi regadera a la que ya era su casa, y media hora después llegó con la regadera del chico. Se la quité de las manos, estaba llena.

—Es la misma de siempre, la conozco bien —le dije—. ¿Estaba en la casa?

—Sí —contestó Ermo.

—¿Olvidada por él?

—No sé.

Yo sí lo supe al instante: el chico la había dejado para provocar la escena que entonces estaba teniendo lugar... u otra de parecidas consecuencias.

—Es una regadera pequeña, propia de un niño —dije.

—No sé.

—¡Sí sabes! Dejaste la grande. Un hombre puede cargar con más agua. Y no me digas no sé. —Calló. Retrocedió un paso, dejándome con la regadera. La deposité en el suelo, junto a sus piernas—. Úsala esta noche, mañana vienes con la grande. Úsala, ya sabes lo que tienes que regar. Cógela, que no quema.

Por fin, la cogió. En mi vida vi un riego más torpe y desganado.

—Supongo que no tengo que ordenarte que vengas también mañana.

—No.

—Con la regadera mayor.

Sospecho que el chico no llegó a temer que el sistema que puso en marcha no funcionara sin él. Echó la responsabilidad sobre mis espaldas y creo que no le fallé. Aunque nunca dejó de hacer acto de presencia: giraba sus visitas de inspección por la noche, como siempre, si bien procuraba no ser visto, o eso me pareció. A lo largo de septiembre y octubre, el hijuelo fue reemplazado en no menos de tres ocasiones, y muchas veces sabía yo de la presencia del chico sólo al descubrir el nuevo hijuelo, fresco, por la mañana.

Hace una semana jarreó y ayer cayó una tormenta con furiosos rayos. Lo aguanté todo encogido en la silla y bajo el paraguas. Pero Cipriana me dijo:

—Se echa el invierno encima y aquí hay que hacer algo.

Y, al día siguiente, se presentó con cinco mujeres y un hombre de los que suelen venir a rezar ante el ermitaño. Yo les dejé hacer, por no disgustar a la buena de Cipriana y tener el convencimiento de que esto toca a su fin. A todas horas del día y de la noche recuerdo las tres palabras del chico: «No puedo ahora», que remiten a una cuarta: «Luego». O a dos: «Luego, sí». El tiempo que encierran no me atormenta demasiado, por ser palabras procedentes del chico, sonidos de su boca, algo escandalosamente tangible en nuestro mundo de silencios. Esta locura tiene fecha de caducidad.

Las cinco mujeres y el hombre no traían flores o algún alimento —cosa de agradecer, por la penuria que ellos mismos sufren—, como otras veces, sino tablas y una lona, ellas, y tres metros de uralita, él. Levantaron la tejavana donde solía estar la silla. Tardaron un día en fijar al suelo y entre sí las tablas verticales y el techo de uralita sobre ellas, empleando clavos y alambres; la lona la colgaron del techo y haría de puerta. Cipriana les ayudó, a mí no me lo permitieron.

—Pude traer a un buen carpintero y mejores materiales, y te habría quedado una borda más lucida —me dijo Cipriana—, pero a la Virgen del Carmen no le gustan los lujos, y menos en los ermitaños.

Metieron el colchón, Cipriana me sentó a la puerta y los siete se quedaron contemplándome con arrobo.

Oigo un «¡Ah de la casa!», despierto de la siesta y asomo la cabeza: es Luis Ceberio.

—¡Cojones! —exclama—. ¡No se lo van a creer cuando lo cuente!

Salgo, me enderezo y nos abrazamos.

—¿Cómo está el loco? —ríe, mirándome de arriba abajo—. ¿Vistes de falangista porque aún lo sigues siendo o porque no tienes otra ropa? Pedro Alberto te desnudaría a zarpazos.

Me habla de ese mundo tan remoto ahora para mí que casi no existe. Pero me alegro mucho de ver a Luis.

—Luis..., Luis... —me esfuerzo por regresar a él—. Vienes a verme, eres una buena persona... El asunto está camino de solucionarse.

—¿Qué asunto? —Abarco con el brazo el escenario, incluyéndome yo—. ¡Ah!, sí, entiendo... ¿De veras solucionarse? ¿Necesitas ayuda? Soy tu amigo y... Mira, Rogelio, no sabes lo que me preocupa verte aquí enterrado en vida.

—No estoy enterrado ni preso, no hay muros ni rejas. —Trato de sonreír.

—Ésas suelen ser las peores cárceles... ¿Qué coño te han hecho, amigo? La culpa la tiene ese crío de los cojones. Me gustaría cogerle por mi cuenta.

—Un momento —le digo. Cojo la vara larga que uso para

estas ocasiones y echo una pequeña carrera para espantar a tres vacas que se habían acercado demasiado. Regreso a donde Luis–. La solución está cada vez más cerca. El tiempo juega a mi favor. Un poco de paciencia.

–¿Qué miras?

–Nada.

Es mentira. Estoy mirando el palito que sale de la tumba, el hijuelo. ¿Cómo no había caído? Tiempo... Primero el esqueje, ahora el hijuelo, luego... Tiempo.

–¿En qué estás pensando? –oigo–. Mírame, Rogelio... ¿Sabes el remedio que yo te aplicaría? Traerte un par de buenas tías... ¡Eh, se me olvidaba! Cartas de la novia. Siete. ¿Ya le contestas? No. Necesitarías una mesa, pluma, papel, sobre, sellos... y ganas, y aquí no tienes nada de eso. ¡Estás perdido en el Sahara!

–¿Qué me decías?

He tomado el atadillo de cartas cuando Luis me lo dejó en la palma de la mano y yo la cerré.

–Se te echará otro novio... Y no olvides que Pedro Alberto está que le echan humo los huevos y que cualquier día se te presenta con varios cargadores del nueve. Y ya le conoces cómo las gasta.

Todo necesita tiempo, en particular las cosas de la naturaleza. Al alcance de mis ojos estuvo siempre el reloj que marcaba el tiempo de ambos, el del chico y el mío; el tiempo suyo medido por el prendimiento del esqueje, ahora hijuelo, y su crecimiento posterior hasta convertirse en arbusto, árbol o en lo que ignoro qué espera él al final de ese tiempo y por qué me obliga a ser testigo inmóvil de este proceso; y ese otro tiempo, el que corre actualmente para los dos y aún en la fase de prendimiento, que concluirá cuando la tierra acepte al hijuelo y nos libere

—y esto es lo que acabo de descubrir— al chico y a mí. Sólo tengo que acercar los ojos a lo que siempre tuvieron a su alcance y no vieron, para conocer cuánto tiempo nos falta a los dos.

Está seco el manto vegetal que cubre la tumba, no así el círculo de tierra limpia de maleza, que recibió anoche tanta agua que es un charquito. Es de noche y estoy arrodillado y, antes de doblar el cuerpo, pienso que la vegetación no conseguirá esconder la tumba al recuerdo de las gentes futuras, pues ahí estará, señalándola como una bandera, el arbusto, el árbol o en lo que cojones acabe convirtiéndose. Inclino la cara y enciendo la linterna. Aunque el hijuelo, de medio metro, ha chupado cuanta agua quiso, no acierto a saber si ha prendido. ¿Qué señales ha de mostrar? Se mantiene tieso y en su corteza dominan los tonos verdes, aunque esquejes e hijuelos así fueron retirados por el chico. Quizá conviniera librarle de tierra para alcanzar sus raíces, pero la idea me parece peligrosa para un lego como yo.

Espero a Ermo a la puerta de mi tejavana, y es el chico el que al final aparece. No, como antes, cruzando abiertamente mi pequeño territorio: lo bordea, llega a la tumba, se agacha, observa y se retira recorriendo su itinerario al revés. No ha arrancado el hijuelo: quizá no ha prendido, pero, al menos, no se ha secado. Aunque no tiene que cargar con la nueva regadera llena de agua —la suya también pesaba mucho para él—, su caminata nocturna desde su nueva casa en los altos de la playa ha de agotarle después de una jornada recorriendo el pueblo con paquetes de ultramarinos. Al parecer, también se las ingenia para salir sin que se entere la familia. En estas visitas recibo su confianza en mí, como lo prueba su dejación absoluta de los riegos, por no hablar de las otras vigilancias. Esto, y la identificación de nuestros tiempos, hacen que nunca me haya sentido tan cerca del chico.

Oigo los pasos reconocibles de Ermo y me hago el dormido sobre su colchón. La oscuridad oculta mis ojos abiertos y veo cómo la sombra de su cabeza se asoma a la entrada. Contiene su respiración para escuchar la mía y respiro fragorosamente, como los dormidos. Sus pasos se alejan para vaciar la regadera sobre el hijuelo. El que la operación lleve más tiempo, por mover más agua, no explica la alarmante permanencia de Ermo ante la tumba. Sé lo que le bulle siempre en la cabeza. Me incorporo y asomo con la linterna a punto. Adivino los esfuerzos del tipo por no lanzarse a escarbar la tierra con las manos, sin importarle la agresión al hijuelo, lo que truncaría la buena marcha de la hermandad entre el chico y yo, regalo que me conmueve. Le concedo un minuto más al pirata antes de asaltarle y, quizá, pegarle un tiro. Pero se incorpora y regresa con la regadera vacía y yo me reintegro al colchón. No pasa de largo ante la tejavana. Le oigo detenerse y ahogar todo ruido de pisadas y roces de ropa. Y cuando empiezo a creer que me he equivocado y ya se fue, oigo el cauteloso crujido de una de las tablas al ser desprendida de su clavo, y mi paciencia estalla:

—¡Cabrón, deja en paz mi casa! ¿Quieres llevártela también, como la otra?

Salgo corriendo, le lanzo el rayo y lo paralizo. Sus piernas le sostienen mal cuando descubre la pistola en mi mano.

—Sólo quería cobrarme algo de lo que ese crío me quita —tartamudea.

Me olvido de la pistola, de la linterna y de mí mismo.

—Explícate. Ese chico no roba a nadie, esta guerra más bien le está robando a él, y qué tiene que ver con esa cosa que tú me quieres robar. ¡Estoy por pegarte un tiro aquí mismo!

Traga saliva y sus brazos cuelgan sin sangre.

—Antes fueron los esquejes y ahora son los hijuelos —dice—. Pero no cuento los esquejes porque entonces la higuera aún no era mía. Y, además, para separar los hijuelos del tronco...

—¿Higuera? ¿Qué higuera?

—La mía, la que está delante de mi casa.

—El árbol que yo vi aquella vez, ¿es una higuera?

—La casa y el árbol son ahora míos.

―Higuera.

―Sí, higuera.

―De modo que el árbol que habrá encima de esa... ¡Vamos, pronuncia la palabra, atrévete! ―y le encañono.

―Tumba ―dice.

―Sobre esa tumba tendremos una higuera... ¿Sabe el chico de qué árbol obtuvo el hijuelo?

―Tiene que saberlo. Antes, el árbol era suyo.

Me pregunto si el deseo del chico será que su padre y su hermano dispongan de un árbol..., una higuera como la que tuvieron en casa. Tenía que haber una razón para tanto esfuerzo y comprometer a un mandado, y ésta es tan buena como cualquier otra, o acaso mejor. Un sentimentalismo conmovedor.

―Oye, Ermo ―digo, bajando la pistola―: ¿tienen las higueras alguna significación especial en esta tierra vuestra?

―¿Significación? No, que yo sepa. Lo único que tiene la higuera es que da higos.

Se ha tranquilizado. Yo, también.

―¿Has dicho higos? Claro, las higueras..., higos. Tú, que denunciaste a los que están en esa tumba y, por tanto, tenías que conocerlos bien..., ¿sabes si les gustaban los higos?

Me mira como si tuviera delante a un chiflado. Sin embargo, mis palabras no dejan de tener sentido: los higos maduran y se desprenden de la rama, y si debajo tienen una tumba, pues caen sobre ella, sobre una tierra que cubre unos cuerpos, y se mezcla con ella y puede llegar a empaparla de un sabor dulzón ―¿de su espíritu?, ¿de un viejo y añorado espíritu dejado atrás y que un hijo-hermano se lo devuelve?― que se filtra hacia abajo... ¿Por qué todo esto me resulta tan consolador? Discurriendo de este modo, mi presencia aquí deja de ser una locura, las manías del chico ya no lo son tanto. O no lo son nada. El chico y sus leyes.

―Me gusta pensar que las higueras tienen hijuelos ―digo al asombrado Ermo―. ¿Dónde les salen?

—Abajo, cerca de las raíces, y también tienen raíces los hijuelos. Hay que arrancarlos con cuidado. Ese crío se los lleva sin pedirme permiso. Me los roba. Y yo quería recibir algo a cambio.
—Llevándote una tabla de mi tejavana. O más de una.
—No, sólo una. Con la segunda te despertarías.
—La tejavana con sus tablas no son del chico sino mías. Me robabas a mí.
—Tú y el crío y el crío y tú...
Me toca en lo más vivo y no sé qué decirle.

Es raro el día en que no aparecen por aquí algunas santurronas. Al principio, eran dos o tres, pero el número ya ha subido a doce, y los sábados se duplica. Llegan en procesión por el camino, rezando el rosario o coreando las canciones que cantaron de niñas en escuelas, colegios o catequesis. Hace una semana, un autobús descargó a cuarenta y dos, las plazas completas; eran de fuera de Getxo. Las tengo frente a la tejavana de dos a cuatro horas diarias, y no es raro que al irse un grupo llegue otro. Hombres, pocos, y la mitad de ellos arrastrados por sus mujeres. Yo me siento en mi silla a la puerta de mi castillo y los contemplo sin una expresión especial, como no sea de aburrimiento.

Que nadie piense que con tanta adoración se me han puesto humos. Incluso les sonreiría de vez en cuando si Cipriana no me hubiese advertido que un buen ermitaño debe mostrarse siempre amargado, pues, si no, parecería que es feliz, que no está haciendo penitencia. No me hablan, las únicas palabras que me dirigen son las de las oraciones. Soporto tanto disparate por Cipriana, que ha demostrado tenerme gran afecto; y, especialmente, porque todo esto ha de acabar pronto. «No puedo ahora», dijo el chico. Yo sé cuándo podrá.

Lo único que me da al diablo es que me toquen. Alguna mujer lo intenta, se me acerca demasiado, levanta un brazo y veo venir hacia mí una mano temblorosa; se contentaría con rozarme el sayón, pero cojo la vara que siempre tengo a mano para espantar animales, descargo un golpecito sobre esa mano y todo se arregla.

Sí, porque ahora luzco un sayón o cosa parecida, un invento de Cipriana.

—No recuerdo haber oído a ningún cura que en los Evangelios salga un solo ermitaño con traje de falangista —me dijo—. Si estuvieras de excursión, te traería alguna ropa decente del alcalde, no la que usa ahora, que es como la tuya, sino la decente, la de antes de la guerra. Cogeré una sobrecama oscura y te coseré un vestido como en las películas de romanos. Uno solo, sin quita y pon para lavarlo. El traje que llevas sí que tiene una buena costra de suciedad de ermitaño, y sería buena cosa no quitarla, pero es de Falange. Y como lo que no se ve no mata, te traeré muda nueva para tirar lejos la vieja, que estará para taparse las narices.

El sayón, así lo llama, me cubre de la cabeza a los pies, y saco los brazos por sendos agujeros. Aguantaré por ella así disfrazado los pocos días que me quedan.

Últimamente me traen lisiados y moribundos, esperando de mí un milagro. Los despido escribiendo en el aire una desganada cruz con la mano.

La afluencia de gente no sólo aumenta por sí misma la inseguridad de la tumba y del hijuelo sino que multiplica los peligros habituales: acuden perros y gatos a las sobras de comida de los peregrinos; sus actitudes pacíficas envalentonan a cabras, ovejas y vacas; las bandas de chavales sin escuela apedrean con más entusiasmo mi tejavana, y a mí mismo, al descubrir que es un objetivo sagrado para los adultos. Mi vara no descansa, la vigilancia es agotadora.

Por fin, lo anunciado por Luis Ceberio: la visita de Pedro Alberto y los cuatro. Vinieron con las de Caín, sobre todo el primero. Discutimos, naturalmente. Fue un tira y afloja fuerte. Y lo curioso es que me limité a exponer casi dulcemente mis argumentos, que ya conocen. Todo el ruido se produjo por su parte, los gritos y las malas maneras. Supongo que lo que más les sacaba de quicio era mi tranquilidad, mi indiferencia por el asunto. Era no querer comprender que yo estoy en otra cosa.

Ya muy avanzado octubre, he de aceptar que el chico no irá este curso al seminario, y me resigno a esperar la llegada del siguiente octubre. Un año. ¿Cuánto tardan en prender las plantas?

Ahora estoy arrodillado ante la tumba y el tibio sol de la tarde cae sobre el hijuelo. Me inclino aún más sobre él. ¿Cómo se sabe que ha prendido?, ¿cuáles son las señales?, ¿cómo se sabe que no ha prendido? El chico estuvo anoche, él entiende, y todo sigue igual. Un año.

Viene Cipriana por el camino. Conozco por la velocidad de sus pasos si trae el ánimo alto o bajo, si porta buenas o malas noticias. Hoy, su velocidad es desacostumbrada: buenas noticias.

Va frenando su marcha a medida que se acerca, hasta que sus últimos pasos parece que los da sin moverse. Ya la tengo a un metro, ambos de pie. Su rostro no expresa ni malo ni bueno. Es la primera vez que llega sin algo en la mano.

—¿Qué ocurre? —quiero saber.

Mi pregunta destroza su propósito de retrasar la noticia.

—¡Hay seminario! —estalla.

Cierro los ojos y me siento delante de la tejavana.

—¿No querías eso? ¡Has salvado del hambre a una familia! —Se ha colocado a mi espalda—. Me ha llamado don Eulogio y me ha dicho: «Ha venido el pequeño a decirme que ingresa en el seminario. Le advertí que el curso ya está empezado, y él me replicó que las tripas vacías de los suyos no entienden de cursos. ¡El jodido crío!». Así me lo dijo: «¡El jodido crío!».

—¿Está usted segura de que es eso lo que le ha dicho don Eulogio?

—Palabra por palabra.

—¿Y cuándo se va el chico?

—Pues mañana.

Salto de la silla y casi del mismo impulso me planto en la tumba. De pronto, entiendo de hijuelos.

—¡Ha prendido, no hay más que ver lo hermoso y fresco que está! —exclamo.

Tengo a Cipriana a mi lado.

—¿Qué haces?

—¡Soy libre! ¡Franco, Franco, Franco, arriba España!

No puedo quedarme quieto, regreso a la tejavana, y vuelta a la tumba, y otra vez a la tejavana, y así una y otra vez. Cipriana sigue mi arrebato con la mirada.

—¿Qué viento te ha dado?

—¡Viento de popa! ¿No hablan así ustedes los de la costa?... ¡Me voy, me reintegro a la guerra con mis compañeros!

—Olvídate de la guerra, eres un ermitaño que purga sus crímenes.

—¡Soy un soldado de Franco, Cipriana, y mi único crimen es haberme enterrado aquí!

Y, en mi entusiasmo, le doy un beso en la cara, exclamando:

—¡Gracias, mujer, gracias por todo!

Cuando alguien se marcha de un lugar en el que ha permanecido cuatro meses, mete sus cosas en una maleta o, al menos, hace con ellas un mal paquete, pero yo echo una mirada a mi alrededor y no veo nada digno de ser recogido. Tampoco puedo salir al mundo con este ridículo sayón.

—Un último favor: necesito ropa.

Cipriana ni asiente ni niega, sólo me dice:

—Algo más tengo de don Eulogio: que el chaval puso una condición. «¿Qué condición?», le preguntó don Eulogio. Pero él le miró con la boca cerrada y sólo la abrió para repetirle: «Una condición». Entonces don Eulogio quiso saber quién tenía que cumplir esa condición. No sacó nada del crío... De la sacristía yo pensaba ir a donde Aurore y Antonia, por si necesitaban algo para el viaje de su hijo y nieto, pero lo de esa condición había despertado mi curiosidad... y veo que también ha despertado la tuya, ¡vaya cara que se te ha puesto!... Lo primero que hice en un aparte fue preguntárselo, a él, a Gabino. No me respondió, marchó a otro cuarto en aquella casa donde apenas caben. Y estando yo ofreciendo ayuda a las dos mujeres, nos llegó la voz del crío: «Yo no quiero nada y vosotras tampoco queráis», y las tres nos encogimos de hombros. «Es un raro», dijo la abuela. Y la madre añadió: «Es algo más que un raro, es muy serio, tan serio como su padre». Y me contó que cuando el chaval les dijo que iría al seminario y que marchaba a la sacristía a hablar con don Eulogio, ella intentó tratar directamente con el cura el asunto: «Soy tu madre», le recordó, «y una madre tiene la obligación de manejar el futuro de su hijo, sobre todo cuando es un mocoso». Aurore lanzó un largo suspiro y me contó: «Me convenció sin palabras, con un beso y con la dureza con que se ató las alpargatas».

—¿Una condición? —repito.

Tengo la noche para pensar. Muy alegremente había dispuesto mi abandono del lugar. ¿Qué dejaría a mis espaldas? Un plan que, si no era mío, yo había atendido fielmente y acaso mimado. ¿Qué será de la tumba y del hijuelo si yo deserto? Y no debo olvidar la armonía en que he vivido estos cuatro meses.

Pero, razonando sin sentimentalismos, si el chico tenía realmente un plan, yo tenía otro: el de salvar mi pellejo neutralizando una condena aplazada. Objetivo alcanzado. Los curas no matan... ¿Puede decirse lo mismo del plan del chico? No. Queda en el aire. La tumba será profanada por Ermo para buscar dinero en los bolsillos de los muertos, y ya no habrá un chico que los vuelva a enterrar y modele otra tumba; y el hijuelo será pisoteado y masticado por cabras, ovejas y vacas, o, simplemente, se secará, pues lo último que se le ocurrirá a Ermo será meterlo en la tierra y regarlo. ¿Qué debo hacer, entonces?, ¿mandarlo todo a tomar por el culo?

Ya son más de las doce de la noche y ni siquiera he dejado aún la silla para abandonarme en el colchón. Yo no tenía que estar aquí una vez el chico aceptó el seminario. Aún no es la hora de Ermo..., pero aquí está. ¿Por qué hoy no espera a que pase el chico?, ¿porque sabe que no vendrá? ¿Conoce lo último? Seguro que sí, es un bicho. Mi primer impulso es toser para que se entere de que estoy en mi puesto, pero callo. Cumple su tarea de regar, como siempre, y esta vez no alarga su contemplación de la tumba. Sus pasos se alejan. ¿Por qué no celebro con una definitiva explosión de alegría mi última guardia?

Quisiera dormir hasta que llegue Cipriana trayéndome alguna ropa del alcalde. No es bueno estar pensando en lo mismo tantas horas seguidas; puede ocurrir que uno, de pronto, eche a faltar al chico. Hasta hoy, de él eran todas las iniciativas, y todas fueron excelentes; por eso me resulta difícil creer en la de ahora de sacrificarse por la familia, enterrarse de por vida en el seminario y mandar todo su plan al carajo. Me lo imagino en este momento sin dormir, como yo; demasiada pérdida.

¿Trato de engañarme a mí mismo? El chico guarda esa condición que acaba de sacarse de la manga. Si no se la ha revelado a nadie es porque va dirigida a mí. Pues aquí le espero.

Necesito ir al cañaveral y salgo; mi abono a lo largo de estos cuatro meses lo ha mejorado. Era parte de la armonía general en forma de compensaciones que ha reinado aquí. Voy y vengo alumbrándome con la linterna. Al bordear la tumba descubro al chico. De momento, sólo una sombra a mi izquierda, pero sé que es él. Ya está aquí. Su mirada. Aún no he chocado con ella, aunque no he apagado la linterna. Que no me hable, lo nuestro no es así, espero que lo recuerde. El mensaje que tiene para mí me lo transmitirá con la mirada. Hoy es la última noche. Si mi luz no se elevara hasta su rostro, yo jamás recibiría el mensaje que ya sé. Si el chico diera la vuelta y se retirara de aquí al seminario, no dejaría a sus espaldas nada pendiente. Es la vieja armonía. De modo que si la luz se desliza por la yerba hasta sus pies y trepa por sus piernas, vientre y pecho hasta alcanzar sus ojos, no es por alumbrar algo desconocido. Y ahora, la mirada que pude evitar y no quise: dura, feroz, amenazante, como si no hubiera transcurrido un solo segundo desde aquella primera, única e inextinguible primera vez.

—Mañana es quince de mayo, San Baskardo —me dice Cipriana.
—¿Quién es San Baskardo?
—Nuestro patrón, un santo crucificado por los romanos en el tiempo de Maricastaña. El primer santo vasco. No sé cómo sería de cara, pero en la estatua de la iglesia es feo como un dolor. En el pueblo no hay humor para la fiesta de mañana. ¡Qué bonitas eran las romerías de antes!

Creo que se refiere a las de antes de la guerra; porque hace más de un mes que acabó. El hijuelo tiene año y medio y maravilla verle. Ya no es hijuelo sino árbol, arbolito, higuera.

—¿Qué le parece a usted? —le suelo preguntar a Cipriana.
—Sí, está precioso.

—Gracias.

—¿Pero ya comes mirándolo tanto?

El chico pudo mirarlo en las vacaciones del verano pasado. Yo no lo vi a él, porque sus visitas siguen siendo de noche y no le enfoco la cara con la linterna —Cipriana me abastece de pilas—, pero oí sus pasos y descubrí el bulto de su cuerpo. Efectuada la primera comprobación la primera noche, espació sus visitas. Confió en mí desde el principio y nunca desde entonces le he dado motivo para dudar. Si le fallara, me lo advertiría. ¿Cómo? Él siempre encuentra la manera. Quisiera engañarle alguna vez simulando un descuido, por ejemplo, mi abandono momentáneo de la guardia. Observaría su reacción oculto en las inmediaciones, posiblemente en el cañaveral. ¿Cómo de dura sería su advertencia, su amenaza? La consecuencia de este tonto juego sería la pérdida de la confianza que tanto me ha costado ganar. De lo que no cabe dudar es de su furibunda respuesta a una traición mía: simplemente, abandonaría el seminario para dar con otro que me reemplazara, y, al cumplir los dieciséis años, me buscaría y me mataría. Quizá tardara años en encontrarme, pero un chico tan especial siempre gana.

Si todavía no he querido saber para qué necesita tener esa higuera sobre la tumba, es porque no tengo prisa ante el largo tiempo que me queda por delante para darle vueltas sobre cómo se lo podría preguntar sin palabras.

De vez en cuando llegan hasta aquí ruidos del mundo; los más regulares, los de campanas de iglesias tocando a misa y a rosario. Pero las campanadas de hoy son especialmente alborotadas. Me lo dijo ayer Cipriana: 15 de mayo, San Baskardo. Qué nombrecito.

Pensé que hoy habría peregrinos para rezar ante el santón

de Getxo, mas no apareció ni uno. Su día suele ser los sábados. Aunque si una fiesta religiosa tan sonada como la de hoy no trae más devotos que de costumbre... Cipriana me lo explicó: «Los únicos que irán a nuestra iglesia serán los fachas de tu bando, que en realidad celebran vuestra conquista de Getxo. El pueblo se quedará en casa. ¡Pobre San Baskardo!».

Cuando me dijo un día: «Se ha terminado la guerra», confieso que me cogió de sorpresa, pues en los últimos tiempos no me había acordado de ella, de la guerra, por la que nunca pregunté, que recuerde. Bastante tiene uno con las preocupaciones diarias.

Ahora estoy echando la siesta en el colchón de mi tejavana —que ya no es el de Ermo sino uno mejor que me trajo Cipriana, amén de un somier de patas cortas como base— y oigo un motor en el camino, que no pasa de largo, se detiene. Salgo. Suenan portazos violentos y se acercan cinco de Falange trajeados como maniquíes, cuatro con chaqueta y pantalón negros, correaje, cuello de camisa azul, corbata negra y boina roja; y el quinto, igual, excepto la chaqueta, que es blanca. Todos lucen en el pecho condecoraciones, más numerosas en el de la chaqueta blanca.

Si yo he de esperar a que se acerquen para reconocerlos, ellos también; no para reconocerme sino para digerir mi sayón.

—¡Sí, es él! —exclama Eduardo García.

—¡Cojones con el Rogelio! —ronca Pedro Alberto.

—No me creíais —dice Luis Ceberio.

El de la chaqueta blanca es Pedro Alberto. Me abraza.

—¡Ven a mis brazos, chaval! ¡Te has perdido lo que ya nunca se volverá a ver en la vida!

Me abrazan los otros con entusiasmo, ni siquiera en Pedro Alberto advierto ya señales de recriminación. ¡Milagros del alcohol! Me cuentan que se han dado un gran banquete en La Venta del pueblo después de protagonizar, con otras autoridades, una solemne función religiosa en la iglesia.

—La de San Baskardo —digo.
—¡Tiene huevos, parece que lo suyo es lo de los curas! —dice Luis Ceberio, y me abraza por segunda vez.
Tengo delante la sonrisa de Pedro Alberto.
—De modo que era eso —dice—, la mano de Dios. Te llamó y le seguiste. Pero hay otras formas de servirle menos... indigentes. ¿Tantos son tus pecados, querido Rogelio?
Se echan un poco atrás para contemplar mejor mi aspecto, tocar el sayón e incluso mi barba y mi pelo largo. No, no me molestan, sólo me llega su asombro por ver así a su antiguo compañero Rogelio Cerón. Me sentirán muy lejos, pero estoy seguro de que no tanto como los siento yo a ellos. Me cuentan que abandonaron Getxo siguiendo a las tropas en su imparable avance por el resto de España, combatiendo incluso en batallas, tanto en montes como en ciudades, que formaron lo que llaman retaguardia activa, la que limpiaba de rojos el territorio recién conquistado. Lo mismo que aquí.
—Te perdiste lo mejor de la guerra —dice Salvador Fernández—: el glorioso saneamiento de un país y la victoria final. ¡Franco es único!
—¡Tiene los más cojonudos cojones de España! —dice Eduardo García.
—No sé si es justo llamar Cruzada a esta guerra, pero sí que ha sido una de las gestas más grandes de España —dice Fructuoso Ordóñez—. ¡Arriba España!
—¡Arriba! —truena el coro de los cinco.
—Ha sido Cruzada —asegura Pedro Alberto.
—Entre la espada de Falange y la cruz carlista, me quedo con la espada —dice Fructuoso.
—La espada —dice Luis.
—La espada —dice Eduardo.
Y, tras un silencio:
—La espada —dice Salvador.
—Espada y Cruz... ¡Cruzada! —ríe Pedro Alberto—. Nada se

hace sin las dos, sólo que en la paz continúa la Cruz. ¡Es la hora de los de sotana! La misa y el sermón de ese don Eulogio anunciaban una posguerra inspirada por el Espíritu Santo. ¡Qué golpes de pecho se propinaba con la cruz que le colgaba del cuello! Con sus cien años, estuvo a punto de caerse si no lo sostienen los monaguillos.

—Con Espíritu Santo o sin Espíritu Santo, a la espada le será difícil dejar de matar después de haber matado tanto —dice Fructuoso.

—Pero una paz cambia las formas —dice Pedro Alberto—. Ahora se ejecutará con tribunales, papeles y firmas. Franco nos descargará de esa responsabilidad para echársela sobre sus espaldas. Ya no se ejecutará sin su conocimiento. Todas las sentencias llevarán su firma. Tenemos derecho a administrar justicia por ser los vencedores.

Me aburren entre todos. Mientras hablan, dan pasos a derecha e izquierda y yo no aparto la vista de ellos, no vayan a acercarse demasiado a la tumba y la pisoteen, incluyendo a la incipiente higuera.

—Los que no nos hemos retirado a tiempo, como Rogelio, seguiremos en el baile —dice Fructuoso.

—¿Retirarse éste? ¡Por los cojones! —exclama Luis—. Está en el centro de la salsa..., ¡es la hora de las sotanas!

—¿Dónde puede uno sentarse? —pregunta Eduardo—. Me pesan dentro el marisco, el jamón, la merluza, el chuletón y la leche frita.

Sí, todos están un poco abotargados. Pero no tengo más que una silla.

Se sientan en corro sobre la yerba, desabrochándose las chaquetas y el cinturón y quitándose las boinas. Eduardo y Salvador se tumban de espaldas y echan los brazos hacia atrás en los que apoyar sus cabezas.

—Este jodido no vive mal aquí —dice Salvador cerrando los ojos.

181

—Por lo visto, eres famoso —comenta Pedro Alberto—. Nos cuentan que la gente viene en peregrinación a pedirte milagros.

—Otro Lourdes —ríe Luis.

—¿No ha venido la Iglesia por aquí? —continúa Pedro Alberto—. Vendrá, vendrá... ¿Qué harás si te prohíben «ejercer» por calificarte de fraude?

—Rogelio no engaña a nadie, sólo quiere vivir así —dice Luis—. Es la gente la que le llama santón.

—¿No ha venido don Eulogio por aquí? —insiste Pedro Alberto.

—No —digo.

—¿Sabes, Rogelio, por qué no me gusta que te molesten? Porque me equivoqué contigo. ¿Recuerdas? Creí que tu estómago no soportaba la sangre y te negabas a enfrentar el problema para endurecerte, que rehuías el deber por pura cobardía. Eso es lo que pensaba... Desertabas por las noches, nos preguntábamos adónde ibas. Eras la vergüenza de Falange. Cuando supe que vivías en este retiro como un pordiosero, te llamé cobarde ante todo el mundo y poco faltó para que viniera con la pistola... Pero se aclaró todo. ¿De verdad está aclarado? Porque aún desconocemos la verdadera razón del gran viraje... Lo más sensato habría sido regresar a tu Valladolid, a una actividad donde no vieras sangre... Si no te tocó la mano de Dios, ¿qué te tocó?

Hasta Eduardo y Salvador abren los ojos y quedan suspensos, esperando, como los demás. Por el camino se acerca una figura aún irreconocible; creo que nadie más la ha visto.

—No, tú no darías la espalda a los tuyos sin más ni más —prosigue Pedro Alberto—. ¿Qué te ocurrió? Si prefieres que la cosa no salga de tu intimidad...

—A un hombre no se le puede exigir que lo aguante todo —salta Luis con calor—. A Rogelio le afectan mucho cosas que a otros no.

—Era sólo curiosidad, ahora que acabó todo.

Eduardo y Salvador vuelven a cerrar los ojos.

—Estáis echando la siesta en el mismo sitio. ¿Recordáis? —oímos la voz de Ermo. Aún le queda un buen trozo de camino para llegar.

—¿Quién es ése? —pregunta Pedro Alberto.

Transcurren minutos hasta que lo reconoce. Esta vez, sólo Salvador abre los ojos.

—El chivato —anuncia Fructuoso.

Creo que a ninguno de ellos le produce especial entusiasmo la presencia de Ermo. Yo dudo entre salirle al paso para obligarle a que se vaya por donde ha venido, o... Cada vez tardo más en reaccionar a los accidentes imprevistos. Los pasos de Ermo suenan ya sobre la campa.

—Buena fiesta habéis hecho, San Baskardo estará contento —ríe con sus dientes sucios—. He oído que en La Venta os han tratado como a reyes.

Nadie le contesta, nadie se mueve. Quiero que se marche, le temo, no mueve un dedo si no hay beneficio. Creo saber lo que persigue ahora.

—Hola —le saluda Pedro Alberto—. ¿Te llamas...?

—Ermo —dice Ermo.

—Sí, Ermo... ¿Cómo te ha ido?

—No me quejo, pero hoy podía haberme ido mejor: no he comido como vosotros en La Venta. La familia no me dejó entrar, estábamos muchos.

—¡Claro, los Ermo de La Venta! —exclama Pedro Alberto.

—Ahora vivo en aquella casa —explica Ermo, señalando con el brazo Gurbietaena en la distancia—. ¿Recordáis lo que ocurrió aquí mismo? Sacamos a los dos de esa casa, que entonces aún no era mía. Padre e hijo. ¿Recordáis? Cayeron al suelo un poco más allá, cerca de ese tallo protegido.

¿Qué pretende? Un pensamiento me tranquiliza: es el menos interesado en mencionar la tumba.

Cuando mis antiguos compañeros parece que recuerdan, sus expresiones no cambian. ¿Por qué iban a cambiar?

—Sacaste lo tuyo —le suelta Pedro Alberto.

—Y ahora os toca sacar lo vuestro —se atreve Ermo a decirles—: jefe provincial del Movimiento. —Mira a Pedro Alberto—. También he venido a felicitarte por el cargo.

—No será para siempre. Me faltan tres años para acabar ingeniero en Inglaterra.

—Supongo que, antes de dimitir, enchufarás a tus amigos como se merecen.

Hay un momento en que parece que Pedro Alberto le va a parar los pies, pero opta por soltar una carcajada.

—No te andes con rodeos —le dice—. ¿Quieres otro enchufe con buen sueldo y poco trabajo, camiones de comida para estraperlear, otra casa?

Ermo no es tonto, sabe que no habrá más pagos por sus pasados servicios, incluso que puede perder lo ya recibido si alguien se cabrea. Se sabe al margen del grupo de vencedores y que éstos lo ven como posible delator de ellos mismos. Leo en sus ojos el penoso repliegue de la sabrosa oferta de Pedro Alberto y la recuperación de la seguridad en sí mismo con que se presentó. Aunque tardan en desaparecer las nerviosas pulsaciones arriba y abajo de la campanilla de su garganta al tragar saliva.

Ahora no sólo Salvador y Eduardo están tumbados sino también Luis. Ermo toma de nuevo la palabra:

—No puedo sacarme de la cabeza por qué este pobre amigo vuestro plantó su choza tan cerca de esa tumba pudiendo haber elegido la sombra de algún bosquecillo o cañaveral.

No fue sólo la modorra de la siesta lo que dejó a todos sin voz por unos momentos.

—¿Qué tumba? —pregunta Fructuoso.

—¿Cuál va a ser? La de aquel padre y aquel hijo. ¿No acabo de deciros que estamos pisando sobre...?

—No veo ninguna tumba —asegura Pedro Alberto mirando a su alrededor.

—¿Y qué es esto?

El maldito Ermo ya está al borde de la tumba, señalándola con la punta de su alpargata.

—El padre y el hijo —murmura Pedro Alberto—. A veces los entierran las familias... ¿Se puede saber a qué viene todo esto?

Yo sé a qué viene.

—Le he tomado cariño a este Rogelio —dice Ermo—. Éste no es sitio para él ni para nadie..., aunque no tenga la cabeza perdida. Le vi regresar la noche siguiente. Dejó quehaceres más patrióticos para venir.

—¿La noche siguiente a qué? —exige saber Pedro Alberto.

—Los dos muertos acababan de ser enterrados. Y siguió viniendo las otras noches.

Pedro Alberto me mira. Está recordando, lentamente, recogiendo las piezas una a una.

—De modo que era esto y no tu estómago. ¿Por qué venías? ¿A enterrarlos? Y después había que rezar por las noches ante la tumba, ¿no? Un arrepentimiento fuera de lugar.

—No, no los enterró él —dice Ermo.

Pedro Alberto se le encara con violencia.

—¿Es que lo sabes todo?

—Bueno, me gusta andar por aquí y por allá.

—También de noche.

—Es cuando se ven más cosas.

—¿Quién los enterró?

Joseba Ermo calla. Me mira como pidiéndome permiso para contarlo. Pero no me lo está pidiendo, sabe que estoy en sus manos.

—Un chaval, un niño, hijo y hermano de los muertos.

Pedro Alberto chasquea dos dedos con ruido.

—¡Tate, aquel crío! El que te miró y te cagaste, Rogelio. El que, en realidad, nos miró a todos nosotros... Y, claro, le ayudaste a enterrarlos.

—No, lo hizo él solo, el chaval solito —dice Ermo, disfrutando con su revelación.

—¡Ese crío tiene cojones! —exclama Luis.

Fructuoso, Eduardo y Salvador están sentados, no sé cuándo lo han hecho.

—¿Y qué más, Rogelio? —pregunta Pedro Alberto de malos modos—. Calmada tu mala conciencia, ¿quedaba algo por arreglar?

—No sé qué se traían entre el crío y él. Se olía a distancia. Ermo se lleva todas las miradas.

—¿Rogelio con un crío? ¡No! —exclama Salvador y hay carcajadas.

—Así que maricón, ¿eh? ¡Un falangista maricón! —exclama Fructuoso.

—A cambio, conocemos la razón de sus espantadas —gruñe Pedro Alberto.

—¡Eh, no, cuidado, no es eso! —se precipita Ermo, aunque su tono sigue siendo sibilino—. El chaval se largó al seminario, lleva dos años allí.

—¡Sabía dónde le darían más de lo mismo! —exclama Fructuoso, y las risas crecen.

Cuando se cansan del chiste, Pedro Alberto pregunta suavemente:

—¿Y entonces?

—Había que regar esta higuera —explica Ermo, y la vuelve a señalar, esta vez con el brazo.

Los que estaban sentados se levantan y van todos a contemplar lo que ya es mucho más que hijuelo de higuera. No hablan, no comentan nada entre ellos, no saben qué pensar.

—¿Regar esto? —mormojea Salvador, por fin.

—Sí, regar, regar. Se quedó para regarla, y sigue aquí. Ahí está su premio, esta hermosa higuera —dice Ermo, gesticulando—. Este muchacho ha de ser llevado con urgencia a un manicomio. Se me parte el corazón viéndole gastar su juventud en un trabajo de locos.

Le mataré algún día. Mis viejos compañeros se miran entre

ellos, no sabiendo si reír o llorar. No le creáis, dejad las cosas como están, porque no estoy loco. Jamás os pusisteis en mi lugar cuando os hablé de la mirada del chico. Si queréis encerrar a alguien, que sea al cabrón de Ermo, que hace esta comedia para quedarse a solas con la tumba.

¿Qué significa que Pedro Alberto mueva la cabeza? Se acerca y me abraza con mucha fuerza.

—Rogelio, eres único. Como te sale de los huevos llevar esta vida, pues la llevas. ¡Adelante! Tú también ganaste la guerra y tienes derechos. ¿No necesita España frailes y soldados? ¡Nosotros somos los soldados y tú eres el fraile! Yo haré que el alcalde de Getxo te regale esta parcelita. —Se retira un paso y me saluda brazo en alto—. ¡Arriba España!

Eduardo, Salvador, Fructuoso y Luis se cuadran formando una fila y responden con ardor:

—¡Arriba España!

Meses después, un alguacil me entregó un sobre con un papel dentro: el documento de usufructo por cuarenta años.

Es 1941 y la higuera ha cumplido cuatro años. Da gusto verla con sus dos metros y once ramas de otros tantos metros cada una arrancando desde el tronco a la conquista del mundo. No me canso de mirarla. Desplazo la silla de la tejavana y me siento largas horas a oír su crecimiento. Ella me corresponde regalándome la sombra que desciende de sus primeras pequeñas hojas verdes y ásperas, a partir de marzo, o de su cerrada frondosidad del verano y el otoño, pues ha desbordado los límites de la tumba. Le hablo, todos los vegetales dialogan con quien se dirige a ellos desde la amistad. Aparte de la propia tumba, yo soy lo que tiene más próximo en todas las horas del día y de la noche. Ella también me habla: me refiero no al ridículo murmullo de las hojas agitadas por la brisa, sino a mensajes entrañablemente vegetales procedentes de su interior, de sus partes más tiernas, de su savia..., ¿de su alma?

Estoy esperando al chico, no le veo desde las últimas navidades. Entre nosotros, simplemente el vernos —supongo que él también no sólo será consciente de que me ve, sino de que en alguna ocasión querrá mirarme, necesite mirarme, aunque sólo sea para cerciorarse de que sigo donde me dejó— representa el nivel más alto de la comunicación humana.

Llega la primera noche de cada período vacacional, examina fervorosamente la tumba y la higuera, y se retira. ¿Me ve, me mira? Sí, estoy seguro, es la oscuridad la que me impide corroborarlo. ¿Qué pensará él de mí? Me imagino, y espero, que en los largos meses en el seminario le atormente la posibilidad de que en su próxima visita no me encuentre y se sienta traicionado. Y sería, por mi parte, despreciable, porque habiendo confiado en mí, se encontraría con la ruina de nuestra obra, la tumba profanada por Ermo, y desarraigada y muerta la higuera. ¿Ignora el chico que es Ermo, entre todas las amenazas, la más espantosa? No la pudo tener en cuenta al principio porque aún no existía el factor Ermo. Deseo que conozca este esfuerzo adicional por mi parte. Y si Ermo hace más imperiosa mi presencia aquí y el chico y yo formamos una perfecta maquinaria defensiva con la mejor comunicación entre sus partes, no sufras, Roge, el chico se halla al tanto.

Hacia el tercer año el hijuelo adquirió la pujanza de un árbol. Llegó el chico, su inspección fue tan meticulosa como todas las primeras de cada vacación, y desapareció en la noche como si en el mundo no existieran más cosas que esta higuera sobre esta tumba. Jamás le he sorprendido echando ni el más fugaz vistazo a mi vivienda; me alejo de ella cuando el chico aparece, para individualizar los dos elementos, pero él se desentiende de ambos; y es un consuelo saber que hay algo bien a la vista que recibe el mismo trato despectivo que yo.

Un día me dijo Cipriana que los peregrinos han empezado a llamar al lugar La Higuera. Vienen cada vez en más número, los sábados y domingos alcanzan el centenar. Como, aparte de rezar, fisgonean por todas partes a fin de apropiarse de reliquias tales como una piedra curiosa, un cardo limpio o un tallo con flor para entiestarlos en casa, e incluso el papel de estraza que envolvió uno de mis bocadillos, cualquier reliquia que les recuerde al santón, pensé en poner una cerca para proteger la tumba de las pisadas de aquella legión de imbéciles. Incluso quise hacerme con un hacha para talar árboles del entorno y preparar con ellos postes y traviesas para otro vallado. Pero, antes de pedir el hacha a Cipriana, recordé que el chico quiere una tumba sin indicios de lo que es, una tumba secreta; recordé cómo eliminó todo rastro de montículo al concluir el enterramiento. Redoblé mi vigilancia apostándome en lugares estratégicos con la vara de espantar animales. Me dice Cipriana: «Les gusta verte sentado a la puerta de tu casa, no zascandileando de la Ceca a la Meca». Pero sabe que hay ciertas fronteras que no puede rebasar y me deja.

El agua para la higuera está garantizada, a Ermo lo despellejarían vivo antes que dejar el riego en manos de otros. La segunda regadera también ha sido reemplazada. Un día le dije al muy cabrón: «Olvídate de la regadera y hazte con un buen balde».

Había que esperar demasiado mientras los hilillos de agua salían por los agujeros de la cebolleta, y yo no aguantaba tener tanto tiempo a Ermo ante mi vista y tan encima de la tumba. Además, el ya vigoroso tronco se podría ofender al verse tratado como una flor blanducha.

—¿Balde? ¿Para qué? —protestó.

—La higuera y yo hemos decidido regar con baldes. Con dos baldes.

—¿Dos? ¿Cargar con dos baldes desde mi casa?
—Haces dos viajes. O tres.
—¿Cómo se pueden hacer tres viajes con dos baldes?

Le amenacé con quedarme con todo el dinero cuando abriera la tumba. Al día siguiente vino con un balde en cada mano, llenos hasta los bordes. Los llevó hasta la tumba, se detuvo y volvió la cabeza.

—¿No será demasiada agua? —preguntó.
—Las raíces de un buen árbol como éste beben toda el agua que les echen.
—No estoy pensando en las raíces. El papel mojado se desmiga pronto. Dos baldes al día es mucha agua para lo que tenemos abajo.

Así es él.

A finales de septiembre de aquel año, al volcar el primer balde, Ermo exclamó:
—¡La hostia! ¡Dos higos!

Me levanto de la silla, echo a correr y le sigo oyendo:
—¡Y aquí hay otro..., tres! ¡Y en esta rama hay más! ¡Cuatro, cinco...!

Lo aparto de un empujón... y es verdad. ¡La higuera ha empezado a dar higos!

—¿Has cogido alguno? —y aparto aún más al indeseable que se pavonea por creer que ha descubierto América.
—¿Acaso me has dado tiempo? —dice.

¿Cómo no los vio ayer el chico? ¿O es posible que los viera sin darle ninguna importancia? Se mire por donde se mire, estos higos son una novedad. Le doy vueltas al asunto: ¿traerán consecuencias buenas o malas? Vigilo estrechamente a Ermo para que concluya de regar y se largue sin haber tocado un solo higo. El chico decidirá qué hacemos con ellos.

Si los vio y los pasó por alto es porque no vive aquí el día a día. De pronto me invaden los nuevos problemas que han de caer sobre mí en cuanto los de dos o cuatro patas de los contornos huelan a higo. Y será como regresar a los sobresaltos del principio, cuando el esqueje y luego el hijuelo y luego la frágil higuera corrían peligro de ser aplastados por pezuñas de dos o cuatro patas, y, con ellos, la tumba. Pero, claro, al chico le tienen sin cuidado mis desvelos, sólo quiere resultados.

Vendrá, de seguro, mañana, pues creo que pasado empieza el nuevo curso. Vendrá a despedirse, como hace el último día de todas sus vacaciones. A despedirse a su modo, naturalmente. Y que no caiga en vulgaridades sonoras.

Por cierto: tras cuatro años entre cálices y sotanas, ¿seguirán intactos sus deseos de matarme? Tiene ya catorce años, le faltan dos para esos dieciséis que no tenía cuando fuimos a por su padre y su hermano, y por ello salvó la vida. Saldrá hecho un cura hacia 1950, pero en este 1941 quizá le hayan metido ya una fracción de cura suficiente para ablandarse con el calor de la incipiente luz que, al final, ha de ahogar cualquier instinto asesino.

Aquí está, en efecto. Me fijo en él cuanto me permite la oscuridad. Ha crecido, naturalmente, aunque no es de los más altos entre los de catorce años; destaca por su robustez. Viste todo de negro: pantalón corto, jersey, medias y zapatos. Atraviesa el campo sin mirar a derecha o izquierda, y llega a la tumba. En las despedidas, como la de hoy, suele permanecer más tiempo, de pie, la mirada en la superficie verde de la tumba, quizá rezando las oraciones que le enseñan y tendrá tan frescas, y si me llegaran a mí quizá descubriera cuánta fracción de cura le falta todavía, o si ya está al completo. Acostumbra a tender las manos para tocar la higuera, acariciarla, y ahora también lo hace. Recibo el privilegio de conocer en qué momento descubre el primer higo; tropieza con él cuando sus dedos se deslizan por la corteza de una de las ramas. Lo arranca. Busca más y los va encontrando. Lo hace con cuidadosa lentitud, a ciegas, superando la oscuridad y dando la vuelta completa a la higuera, ronda que ahora puede realizarse sin pisar la tumba. Queda inmóvil unos segundos, me lo imagino pensando qué hacer con los higos o cómo hacerlo. Mañana, antes de partir al seminario, él y los suyos desayunarán higos. En la mano formando cuenco tiene catorce, sé bien cuántas yemas había en mayo. Le veo inclinarse para coger algo del suelo; parece un palo grueso de casi un metro. Con esa mano libre lo hunde, vertical, en la tierra blanda por el reciente riego. Lo hunde mucho. Cuando lo saca, introduce un higo en el agujero, recurriendo de nuevo al palo para empujarlo suavemente hacia abajo. Para cada higo perfora un nuevo agujero, y los catorce se extienden por toda la tumba.

Ermo habló de la filtración del agua hasta llegar al dinero de los billetes que imagina en los bolsillos de uno de los cadáveres; yo hablo del jugo de higo goteando del fondo de cada túnel para dulcificar la muerte de ambos.

Si habiéndome saltado ocho años me detengo ahora en 1949, es porque alguien se mete con lo que sigue ocurriendo para traer un cambio en el que no ocurra nada. Cipriana me dice: «¿Sabes, Rogelio, que ya llevas aquí doce años? ¡Casi nada!». Bueno, pues estos doce años son lo que ocurre, y los que piensan que en una situación que llaman estancada conviene que ocurra algo para que no se pudra, les diré lo que le digo a Luis Ceberio cuando me anuncia la intromisión:

—Yo soy yo y nunca fui tan feliz. ¿Queréis devolverme al mundo en el que nunca ocurre nada?

Desde aquel día de San Baskardo de 1939, en que me visitó todo el grupo, casi el único que vuelve por aquí de Pascuas a Ramos es Luis Ceberio. «¿Bien?», me pregunta. «Muy bien», le contesto. Me abraza al llegar y al marcharse, dejándome alguna tontería envuelta. «¿Pero de verdad que estás bien?» No me cree por mucho que se lo jure. Y entonces me dice: «Lo único bueno es que no tienes que ir al tajo».

Me ha ido contando que lo mismo Eduardo que Salvador, Fructuoso y el propio Luis sentaron sus reales en este País Vasco. Eduardo García trabaja en el Sindicato Vertical y ni él mismo sabe lo que tiene que hacer. Salvador Fernández es bedel en la Diputación de Bilbao. Fructuoso Ordóñez era ya abogado antes de la guerra y tiene abierto despacho también en Bilbao, en la Gran Vía. En cuanto a Luis Ceberio, su madre, viuda de combatiente franquista, disfruta de la concesión de un estanco en Las Arenas, un barrio de Getxo a seis kilómetros de aquí.

—¡Enchufes, enchufes! —reía Luis al contármelo—. Obra personal del entonces jefe provincial del Movimiento Pedro Alberto Echabarri. ¡En España hay más enchufes que en una tienda de chispas!

Me interesé por Pedro Alberto.

—Dejó la chaqueta blanca y entró en la tradición familiar. Se sienta en muchos consejos de administración para administrar los dineros del país y por las mañanas fabrica hierro vasco. En sus cumpleaños le mando doce cajas de puros por el regalo del estanco.

—¿Que no ocurre nada por ahí fuera, dices? —exclama Luis—. ¡Donde no ocurre nada es en tu cabila!

Porque me acaba de contar que Pedro Alberto los citó a los cuatro en una taberna del extrarradio y les dijo que había que arrancarme de aquí como fuera.

—¿Por qué? Yo estoy muy bien, te lo repito siempre, no podría vivir en otra parte.

—¿Que por qué? ¡Por la tumba!

—¿Qué le pasa a la tumba? Siempre ha estado ahí y yo la cuido y desde hace mucho luce bien con la higuera.

—Eso es lo que pasa con la tumba, que siempre ha estado ahí, y desde que viene tanta gente... Y para colmo, ¡la higuera!

Calla y lo siento en la silla para que se calme.

—Eres un alma cándida, Rogelio —dice.

—Eso piensa también Cipriana, que ella no habría elegido a otro mejor para...

—Está cabreado, y mucho. Yo juraría que también tiene miedo.

—No estarás hablando de Pedro Alberto...

—Del mismo.

Tengo un primer impulso de llevarle la contraria, pero de pronto me siento vacío, no recuerdo bien lo que pensaba hace mil años sobre Pedro Alberto.

—Se le encendió una bombilla y se despertó a media noche empapado en sudor y repitiendo: «¡La tumba, la tumba...!», asustando a su mujer... Se ha casado y tiene dos pequeños... Nos habló del peligro que representa tanta gente invadiendo este lugar, alrededor de la tumba y la maldita higuera gritando al mundo: «¡Aquí están, aquí están!».

—¿Quiénes están?

—Los que ejecutamos, el padre y el hijo.

—¿Acaso hicimos mal?

—Eso ahora no importa. El caso es que están ahí y están como en un escaparate de la Gran Vía. Se lo oí así a Pedro Alberto: «¡Como en un escaparate de la Gran Vía!».

¿Por qué sacan este asunto después de doce años? Esos muertos están olvidados, ya no son de nadie, excepto del chico y míos... Y de Ermo, pero éste no cuenta. Nadie debe meterse. Si se rompe nuestra armonía no sé lo que puede pasar.

—«¿Qué hacemos?», nos preguntó Pedro Alberto —dice

Luis—. Pero él ya sabía lo que hacer. «Está loco, ese Rogelio está loco. A los locos se les deja en paz mientras no molesten, pero ahora a ese loco alguien le está utilizando para airear nuestros trapos sucios. Ha esperado tantos años para que fuera una bomba.» Nosotros te defendimos, tanto Salvador como Fructuoso, Eduardo y yo tratamos de convencerle de tu inocencia, de que podías ser loco pero no tonto.

—Yo no estoy loco —digo.

Me mira.

—Sólo algo raro. —Y añade en un hilo de voz—: Pero te visitará un médico... No será nada, sólo una revisión general: se están poniendo de moda estas revisiones generales. Hasta la propia Cipriana lo aprobaría.

Estas mujeres que vienen sí que están locas. Se llevan como reliquias no sólo las piedras que yo piso, ortigas que me traen a bendecir para luego flagelarse en casa con ellas, sino que con frecuencia he de comer de la mano porque se me llevan los platos de aluminio, cucharas y tenedores, de los que Cipriana me provee.

De tarde en tarde le pregunto por la familia.

—El alcalde ya no es alcalde, le quitaron enseguida y pusieron a otro con clase, de Neguri. Le quitaron el chalé donde estuvisteis, ¿recuerdas? Ahora le han puesto de concejal perpetuo. Mis hijos, lo que mejor hacen es desfilar. Entraron en la Marina y hay que verles en Madrid en los desfiles de la Victoria. Los cuatro hemos vuelto a vivir a nuestro Puerto Viejo, de donde nunca debimos salir.

Un domingo se me acercó una de las mujeres para pedirme una cosa nueva: holgar conmigo en el colchón cuando se marchasen todos. No son feas y viejas todas las que vienen. Las hay guapas y jóvenes, como ésta.

—¿Crees en mí? —le pregunté.
Me contestó fervorosamente que sí creía.
—Pues yo no creo en ti —le dije—. En un descuido me cortarías la polla para llevártela como reliquia.

A los pocos días de haber ordenado a Ermo que cambiara la regadera por los baldes, le ordené que, un día a la semana, hiciera un segundo viaje de agua.
—Ahora que los billetes se habían acostumbrado a catorce baldes, los empapas con dieciséis —protestó.
—Éstos son para regarme yo. Creo que ya era hora.
Y hoy, justamente cuando me estoy chapuzando dentro de la tejavana, veo una sombra que se acerca. Es la sombra de un hombre alto. Se detiene a dos metros, me pide perdón y me da la espalda. Me seco con la toalla de Cipriana, me embucho en el sayón y salgo. No he oído el coche parado en el camino.
—¿Le molesto?
No es como los pocos hombres que vienen por aquí. Viste buena ropa, corbata y zapatos brillantes. Su pelo es frondoso. Y gafas de concha.
—Ya está aquí. ¿Qué quiere?
—Oh, charlar un poco, si a usted no le importa. Me llamo Ernesto Maruri.
En mi vida he oído una voz tan mansa.
—¿Y si me importara?
—Pues volvería otro día, otro mes, cuando usted quisiera.
Su voz adormece.
—Charlar, ¿de qué?
—De todo... Qué día tan hermoso, ¿verdad? Si usted quiere, hablaremos del tiempo. ¡La de cosas que se pueden emprender en una mañana tan soleada!

No parece un enviado del obispo, o de don Eulogio, o de Ermo, o quizá de... ¿Pero por qué iba el chico a insultarme con un enviado?

—Veo ahí dentro un catre muy cómodo. ¿Le importaría tumbarse en él? Yo me sentaría a la puerta de su..., de su...

Ahora recuerdo: es el médico anunciado por Luis.

—Yo no estoy loco —le aseguro.

—¡Por favor, por favor! —exclama, como ofendido, borrando en el aire con su mano un polvo inexistente.

Espera a que me tumbe en el colchón para sentarse en la silla. Siento curiosidad.

—Bien, bien, bien... —dice—. Pues ya puede empezar a hablarme de lo que quiera.

—Acabaríamos antes si usted me lleva a donde quiere.

—Oh, sí, naturalmente, tiene usted razón.

—No me dé la razón, que no estoy loco.

—Claro, claro... Somos dos amigos... A veces, ocurre que nos sentimos elegidos para una alta misión en la tierra. ¿Tiene usted una alta misión?

—¿Qué culpa tengo yo de que la gente me vea milagrero? Yo sólo estoy salvando mi pellejo.

—Quizá se sienta perseguido por esas personas...

—Ni ellos ni yo corremos. Vienen, me miran horas y horas como tontos, y se van.

—¿Imagina que es una conjura contra usted?

—¡Qué conjura ni qué narices! Parece que me quieren.

—Y, cuando se marchan, ¿los sigue viendo en sus sueños?

—Los olvido. Tengo cosas más importantes que hacer.

—¿Qué cosas? Usted se queda solo, pero alguien le habla dentro de su cabeza.

—Dentro de mi cabeza sólo me hablo yo.

—¿Y no oye sirenas de ambulancias o bomberos, gritos, disparos?

—Este lugar es muy tranquilo.

—Cuando se mira en un espejo, ¿ve su cuerpo fragmentado?, ¿es usted mismo el del espejo?
—Yo no tengo espejo.
Saca un pañuelo blanquísimo para secarse las manos. Me mira, echa un vistazo al entorno y me mira otra vez.
—¿Qué hace usted aquí? —pregunta, separando cada sílaba.
—Cuido de una tumba.
—No he visto ninguna cruz.
—Mi tumba no tiene cruz sino higuera.
—Bueno, al menos, sí veo una higuera. Pero eso no parece una tumba. ¿Será porque esa residencia le está esperando a usted? Sería un caso muy interesante.
—Contiene dos muertos, padre e hijo.
—¿Parientes suyos?
—Muertos de la guerra, muertos por mí. Debo cuidar de esa tumba para no morir yo también.
—Muertos, muertos... Una mala conciencia atormentándole... Usted soñando con dormir algún día dentro de esa tumba, para hacer compañía a sus víctimas... Todo extraordinariamente interesante... ¿Y lleva usted sin moverse de aquí desde la guerra?
Me he cansado. Como no le contesto, clava sus ojos en los míos. Hasta que, finalmente, se levanta.
—Bien, ¡ejem!, no pasa nada. Lo suyo tiene remedio, se cura, no es grave. Quédese tranquilo. Seguiremos charlando —dice, secándose por última vez las manos antes de guardarse el pañuelo en el bolsillo—. Estará en buenas manos, es buena gente... Empezaremos por abrir lo que usted llama tumba para convencerle de que está vacía, y así desaparecerá su obsesión. Usted se inventará otro, pero...
—Le he contado cosas y usted no me ha creído ninguna. Pero es una historia auténtica y yo no estoy loco... Usted, naturalmente, conoce a Pedro Alberto Echabarri...
—Compartimos trinchera en aquellos tiempos heroicos. Es, precisamente, el que se preocupa por usted.

—Pues él cree en esa tumba y en los muertos que están dentro. ¿Y sabe usted por qué? Porque los ejecutó conmigo. No duerme pensando en esa higuera señalando el lugar, así que lo que menos desea es poner esa tumba patas arriba, desenterrar los cadáveres. Si Pedro Alberto Echabarri cree en todo esto, ¿por qué no va usted a charlar también con él para ver si está tan loco como yo?... Quiere echarme de aquí porque el santón de Getxo atrae a muchos devotos, que pronto serán miles, todos rondando la tumba... ¡Tiene pesadillas!

Ernesto Maruri saca por segunda vez su pañuelo para secarse la frente, la boca y las manos. Le cuesta hablar:

—Este caso me supera.

Y se va.

Como ayer estuvo Cipriana a traerme una cazuelita de callos todavía calientes, me cuesta creer que es ella cuando la veo venir en compañía de Luis Ceberio. Oigo sus voces mucho antes de que lleguen. Entre que está a punto de oscurecer y que vienen juntos —nunca los había visto así desde los tiempos en que su marido era alcalde—, pienso que su visita es tan rara como la de ese médico hace un mes. Además, la conversación que se traen es tan viva que apenas me saludan:

—¿Qué diría la gente? ¿Quieres volverle de arriba abajo después de tanto tiempo? ¡Como si fuera un calcetín!

—¿Que qué diría la gente? ¿Ya les ha preguntado cómo quieren ver al ermitaño? ¿Sucio, limpio, guapo, feo? ¡Cuando se saca algo a la calle tiene que estar adecentado!

—Los ermitaños nunca se acicalan. La gente los quiere ver sucios y pobres para creer que hacen penitencia y sufren. Si lo lustramos nadie vendría.

—Su fama crece, un día vendrán personajes importantes..., millonarios, condes, marqueses... ¿y por qué no reyes? ¿Y por qué no el propio Franco? ¿Los recibiría como el vagabundo más gorrino? Y luego está la prensa...

—Los ermitaños que van para santos son como Rogelio.

—No pido hacer de él un príncipe de Gales: un corte de pelo moderado, una artística poda de la barba, una bonita túnica de apóstol...

Ahora, al verme, me dice Luis:

—Hola, Rogelio... ¿Te gustaría un repaso general a tu persona?

—Sólo ligerito —puntualiza Cipriana.

La verdad es que, a veces, yo mismo me veo, me toco y no me siento bien. Pero no me dura mucho. Los conceptos de limpio o sucio, presentable o desastrado, dependen del tiempo que uno pueda dedicar a ellos y de la clase de personas que uno trate. Mi tiempo es tan corto que necesitaría más para volcarme en la única cosa en la que pienso día y noche; y a la persona que más trato es a Cipriana, y resulta que es la más preocupada en que no deje de parecer un ermitaño.

Cuando ella cede, me encojo de hombros. Lo único que no se tocará será el camastro con su colchón; éste lo enjabona Cipriana todos los agostos, y lo empapa de zotal.

Aún no me he repuesto de la impresión al verme en el espejo que Luis me puso ante la cara. ¿Era yo aquél? Me acordé del médico. No se trataba de greñas sí o greñas no, de barba o no barba: ¿qué criatura civilizada no ha conocido espejo en doce años? De los veintiún años a los treinta y tres, a un rostro le ocurren cosas. El propio Luis me había afeitado, dejándome una barbita recortada, y podado las greñas, según sus palabras. El sayón fue sustituido por uno nuevo. Cipriana vigiló las reacciones de los peregrinos en sus siguientes visitas, y no parecieron alarmantes. No se deshizo del sayón viejo, lo guardó.

Es junio, dos meses después de la visita de aquel médico. Esas dos figuras que veo acercarse por el camino son hombre y mujer. Ahora veo que el hombre es Luis Ceberio y que la mujer no es Cipriana. Salen del camino y pisan campo. Con los años, las suelas que vienen han abierto un sendero aplastando yerbajos, cardos, ortigas y argoma. Sólo el tramo final de este sendero se halla en mi parcela. ¿Quién coño es la mujer?, ¿a qué preguntas me va a someter? Ni siquiera me levanto al tenerlos delante.

—Hola, Rogelio.

Cada vez me fío menos de Luis, se mete demasiado en mis cosas. Debería estar ayudando a su madre en el estanco a estas horas de la mañana.

—Mira quién viene conmigo.

Empuja a la mujer hasta colocarla delante de él.

—Levanta la mirada, que ha hecho un viaje muy largo sólo para verte.

Primero me topo con unos zapatos pequeños de tacón bajo, luego con unas medias marrones, una falda larga y oscura, una chaqueta gris sin cintura, un cuello blanco de camisa con corbata, una carita redonda y llorosa, un pelo liso y corto y un ramo de flores. Miro a Luis, que me hace señas para que siga mirando.

—¿No la conoces?

Que se marchen los dos, tengo mucho que hacer.

—Ella te dirá quién es.

—Soy Loreto.

¿Por qué me pongo en pie sin saber por qué lo hago? Loreto, Loreto: tres sílabas fuertes que no me despego.

—¿Estás bien? —suena su vocecita.

La miro y deseo no hacerlo.

—Me alegro de verte, Roge.

Y me da el ramo de flores, que dejo en una esquina del colchón, sin mirarlo.

—Besaos —oigo a Luis.

Ella tampoco hace el menor intento.

En vez de dar media vuelta y mandarlos a los dos a paseo, como tenía que haber hecho con el médico, entro en el juego y me sorprendo atrincherándome. Loreto, Loreto...

—Yo no quería venir, no quería molestarte.

Loreto, Loreto... El nombre va entrando lentamente en mí.

—Como no contestabas a mis cartas... Tus padres se quejaban de lo mismo, y eso me consolaba... Qué consuelo más tonto, ¿verdad? Les dije que venía y te mandan muchos besos.

—Adelante —dice Luis—. Por lo menos, entrégale los besos de sus padres.

No se mueve. Loreto, Loreto...

—Me voy, que tendréis mucho que contaros —dice Luis, girando y dejándome solo con ella.

Me muevo a un lado para que vea la silla cuando la invito con la mano a sentarse.

—Y tú ¿dónde te sientas?

—En el colchón. ¿O prefieres sentarte tú en el colchón?

Loreto se sienta precipitadamente en la silla. Yo, muy despacio, en el colchón, sin removerme demasiado, preguntándome si es verdad que la tengo aquí. Porque no hay duda de que es ella.

—¿Qué pasa por Valladolid? —le pregunto.

—Nada.

—¿Cómo te va a ti?

Saca un pañuelo de su bolso para secarse las lágrimas.

—Perdona que no te conteste. Has tenido trece años para preguntármelo, trece años y ciento veintitrés días... Me pregunto qué hago aquí.

—No llores —le pido.

Cuando ahoga su pequeña angustia, me dice:

—Ha sido cosa de ellos, de ese Pedro Alberto, de Luis y los otros. Me avergüenzo de haber venido. ¿Qué pensarás de mí? Quiero marcharme.

Y se pone en pie.

—¿Cosa de ellos? ¿Qué cosa? —Yo también me he levantado—. ¿Qué querían que hicieses?

—Sacarte de aquí, llevarte conmigo a Valladolid. Me dijeron: «¿No sois novios, no erais novios? Al verte, recordará el amor que te tenía y regresará contigo».

—¿Sacarme de aquí? Ellos son los locos: vinieron hace diez años, vienen de vez en cuando, y les gusta este sitio para mí. Les gusta tanto que incluso Pedro Alberto consiguió que el Ayuntamiento me regalara una parcela cuadrada de treinta metros de lado. ¡Estamos en una propiedad mía, Loreto!

Me arrepiento de mi explosión, es como si le hubiera dicho: «¡Ya nos podemos casar, Loreto!». Estoy pronunciando su nombre. ¿Efecto? Ninguno. Aquello ocurrió hace mil años. Era una buena chica, ni una sola vez me dejó que la besara. Me ha esperado trece años y ciento veintitrés días... Eso parece.

—¿Te casaste? —le pregunto.

—No, no...

—¿Tienes novio?

Coge mi mano entre las dos suyas.

—¿Cómo se te ocurre siquiera pensarlo, Roge?

Sí, me ha esperado trece años y ciento veintitrés días. Siento lástima de ella. Se merecía algo mejor. Arranco mi mano del contacto de su carne.

—Estoy dispuesta a corregir mis errores del pasado —dice—. Escucha: en el treinta y seis te despediste porque «te llamaba la patria en peligro», tengo tus palabras bien grabadas dentro de mí. Me besaste las manos porque me negué a que me besaras en los labios. ¡Qué tonta! Ahora me explico por qué me fuiste dejando de querer. Estoy aquí para que las cosas sean muy diferentes.

Todo esto es ridículo, está fuera de lugar, ¡me habla de lo que sucedió hace mil años! Desearía encontrar las palabras para decírselo.

—¿Leías mis cartas? ¿Leíste una sola? En cada una de ellas iba yo, una pobre chica enamorada.

Yo debería haberlas roto o quemado, pero ahí están todas, en esa bolsa de lona colgada de un clavo en la pared de tablas. Cipriana me trajo muy pronto varias de esas bolsas para meter desperdicios. La bolsa de las cartas es la única que jamás vacié. A veces, al retirar peladuras y otras porquerías, queriendo abrir una bolsa abría otra, cosas que no eran cartas caían entre las cartas, y como luego carecía de tiempo para hacer separaciones, pues allí quedaba todo mezclado... Si Loreto viera esta bolsa tal como está, me ahorraría explicaciones.

—No las leía, tampoco las rompía, aquí están todas —digo, descolgando la bolsa—. Siéntate. —Se sienta y la vacía sobre su falda. Hay tantas cartas que muchas caen al suelo. También han caído peladuras que huelen.

Loreto baja la mirada al montón.

—¿He escrito tantas? —Las manosea—. Y todas sin abrir. ¿No tenías cosa mejor que este sucio saco para guardarlas?

Nos miramos. Me lee en los ojos y llega al fondo.

—Dios mío —solloza.

—Lo siento —murmuro—. La vida me ha llevado por un camino inesperado. Debes saber que estoy aquí para salvar mi vida.

Su mirada recorre todo el escenario que nos rodea y es cuando parece darse cuenta de dónde estoy. Y suena la pregunta irremediable, la que se han hecho tantos, cuya respuesta sólo conocemos un futuro sacerdote y yo y que nos aísla del resto del mundo.

—¿Por qué estás aquí?

—¿Viste a mis padres? —le pregunto.

Sus ojos siguen sobre mí un buen rato, hasta que se da por vencida.

—No salen de casa. Sus huesos. Me dieron esta carta para ti.

La saca de su bolso y me la va a entregar, pero la deja suspendida en el aire.

—¿Te la meto yo en el saco?

Y lo hace, después de recoger la bolsa vacía de mi mano. Es una mujercita valiente, aunque sus ojos no dejan de estar húmedos en ningún momento... ¿Qué resta ya por hacer o decir? Está inmóvil, en la silla, parpadeando. Quizá su tren salga por la tarde, o mañana. De pronto descubre la bolsa en su mano y se acuerda de las cartas y la suelta y se pone a romper cartas, partiéndolas en trocitos, con apacible serenidad, y cuando concluye con las de su falda, se inclina para ir recogiendo las del suelo, que sufren el mismo trato. Todos los trocitos forman una pequeña colina sobre su falda.

—¿Tienes una cerilla? —me pide.

Niego con la cabeza. Por ahí regresa Luis Ceberio con una bolsa en la mano. Llega y pregunta con alegría:

—¿Todo bien?

—¿Tienes cerillas? —le pide Loreto.

Sí tiene —¿no las va a tener un estanquero?— y las saca de un bolsillo, pero, antes de entregárselas, ve el montón de papeles y su rostro se nubla. Toma a Loreto de la mano y la levanta de la silla, los trozos de carta caen al suelo y entonces le pasa las cerillas. Loreto saca una de la cajita y la enciende. El viejo papel arde con llama viva. Una llama demasiado cerca de los zapatos de tacón bajo y las medias de Loreto, que contempla el incendio sin darse cuenta de que está casi encima de él. Luis la empuja suavemente hacia atrás.

Comemos la tortilla de patatas, el chorizo, el pan, los pasteles y el vino que ha traído Luis.

—Me lo prepararon en un bar —dice.

Es una comida silenciosa. También la sobremesa. Loreto y Luis se marchan juntos a media tarde.

Por la noche, después de regar, Ermo viene a la puerta de la tejavana.

—¿Dormido? —dice.
—Contigo rondando por aquí... ¡ni lo sueñes! He visto cómo mirabas los brotes de la higuera: olvídate de ellos, no son para tu boca. Los tengo contados y como en septiembre me falte un higo te juro que...
—Una breva.
—¿Qué?
—Te lo vengo diciendo desde hace años: son brevas, brevas. Esta higuera da brevas.
—Higos o brevas, tú no los catarás... Yo los llamo higos, una higuera da higos.
(No se ha hecho la miel para la boca del asno, cuando ni yo mismo jamás probaré uno. Hace ocho años, el chico recogió aquella primera cosecha, catorce preciosos frutos, buscó un palo de metro y medio, perforó agujeros verticales e introdujo un higo en cada uno, y el palo hizo el segundo trabajo de empujarlos hacia abajo, hasta el fondo, hasta el encuentro con «ellos». En ningún momento el chico sintió la tentación de meterse uno en la boca, sólo por curiosidad, por conocer cómo saben, un único higo de entre todas las cosechas posteriores y suficiente para saber qué clase de higuera teníamos. Y, si fue tentado, lo superó. Desconoce su sabor y yo también lo desconoceré. Recogí igualmente su mensaje del palo: me embarga la misma emoción que a él —no puede ser de otra manera— cuando, finalizando cada septiembre y casi todo octubre, abro los agujeros y empotro en ellos la cosecha. Éstas, de año en año, son más abundantes, y ha llegado al punto en que cada higo ya no puede tener su agujero, como al principio: harían falta tantos agujeros que la tumba parecería un colador o una madera con polilla. Realizándolo él mismo como lección a seguir, el chico fijó el número máximo de agujeros y la necesidad de enterrar muchos higos en cada uno. De la recolección del grueso de la cosecha me encargo yo, pues él se reserva los dos primeros días, por puro amor a los de abajo. Aún conservo en la tejavana

todo el año el palo de la primera perforación, en espera de su hora.

Los higos han echado sobre mí acaso la más agobiante tarea en forma de bandas de chavales pendientes de mis descansos para invadir la parcela y robar nuestros higos; en tales semanas de pesadilla apenas pego ojo, en constante alerta con la vara en la mano y agitándola en el aire cuando atisbo en las proximidades una partida de peligrosos vándalos.)

Ermo se encoge de hombros, pero no se marcha.

—¿Quién era la niña? Al otro ya lo conozco —dice.

—Como me falte un higo ten por seguro que te pego un tiro dentro de la legalidad de Franco.

—¿Quién era?

—Una amiga.

—Una amiga no trae flores. Querrá llevarte al altar, pero como habrá visto que éste no es sitio para vivir, tendrás que hacer las maletas. Ellas siempre mandan en estas cosas.

Ermo daría un brazo y una pierna por que le dejara el campo libre.

—¿Qué vas a hacer con esas flores? —dice—. Te las cojo. Se las llevaré a una puta de Berango... y a lo mejor no me cobra.

Largo una patada a la mano que quería meterse en mi casa.

Y, a la mañana siguiente, Cipriana. Viene de vacío, no es un viaje de intendencia.

—Una chiquita muy mona —me suelta de sopetón—. Los ermitaños no tienen visitas de mujeres como ella, las únicas que les van tienen conchas como yo.

—¿Se quedaría tranquila si le digo que es mi hermana?

—Con una hermana no se rompe, y además llevabas años llenando ese saco de cartas sin abrir. Pero volverá.

Me quedo sin aliento.

—No —digo—. La he humillado, y me duele.

—Tú eres un ermitaño, estás fuera del mundo, no puedes hacer daño a nadie porque todos tienen la obligación de comprenderte. Esta noche no he dormido pensando que vino a sacarte de aquí. Pero volverá. Te quiere.

—¿Cómo sabe usted que me quiere?

—¿Te dijo que venía a sacarte de aquí?

—No.

—Te quiere. Te respeta. Te quiere para ella, cosa natural, y hace esfuerzos para saber cómo eres ahora. ¡Pero es tan difícil comprender a un ermitaño!

No me quito de la cabeza los veintitrés años del chico. Ha podido matarme desde los dieciséis y no lo ha hecho. ¿Significa que el seminario lo ha acercado tanto a Dios que ya sobraría la toma de hábitos? Ahora me necesita, cuido de lo que más le importa, ¿pero qué ocurrirá cuando profese de cura, se libre de la disciplina del seminario y quizá le destinen a esta parroquia de San Baskardo? Dispondrá de tiempo y proximidad para atender su tumba y su higuera. Habría llegado el momento de matarme. Pero es cura, no panadero, albañil o médico. Y los curas no matan. He vivido con tal esperanza los últimos trece años, confiando en este artículo de fe del clero.

Confiando, también, en mi callada y sumisa entrega personal, las veinticuatro horas de cada día-noche, esperando que, al final de esta prueba —suponiendo que tenga un final—, el chico no sepa cuál de las dos razones debe esgrimir para olvidar su odio. No es malo contar con dos razones, por si falla una. ¿Aún me ve el chico como el falangista que ejecutó a su padre y a su hermano?

Oigo un motor y es un coche que se acerca por el camino. Negro. Cuando se detiene y veo bajar a Luis Ceberio, me pregunto si no es el mismo coche que nos trasladó a los seis y al padre y al hijo. Ahora baja una mujer: Loreto. Ya me previno Cipriana.

Luis la deja atrás porque tiene prisa por decirme:

—No es lo que piensas, Rogelio. No es como la otra vez. Ahora no ha tenido nada que ver Pedro Alberto, sino...

—¿Pedro Alberto? ¿Es que tuvo que ver?

—Está quemado. Por las noches ve la tumba y el árbol. Su mujer nos pregunta qué le pasa... Es una señorita de su clase, no de la nuestra... Y nosotros sí lo sabemos, pero no podemos hablar... Es que, ¿sabes, Rogelio?, han transcurrido muchos años y cambiado muchas cosas. Últimamente las ejecuciones están controladas por el propio Franco, porque los pájaros ya están en jaulas y él decide a éste lo mato y al otro no. Es listo: meten más ruido muchos matando a muchos que uno matando a muchos. A lo más que hoy se puede llegar es a dar palizas y ponerles electrodos en los huevos... Y, como son otros tiempos, ocurre que lo que antes hacíamos sin tapujos, ahora no se puede hacer. ¡Así nos agradece la sociedad nuestros servicios! ¿Qué ocurriría si los jerifaltes y capitalistas con los que se codea Pedro Alberto tuvieran que recordar lo que se vivía en aquellas noches nuestras en pueblos y ciudades? Fíjate bien, Rogelio: no se trataría de saber sino de recordar. Porque todos saben lo que hacíamos, nos utilizaron para hacer el trabajo sucio mientras ellos se escondían y soltaban dinero para la causa. ¡Otros tiempos, Rogelio! Tan otros, que nuestra revolución falangista se ha ido al carajo. ¡En España hay una revolución pendiente! Porque teníamos ideales, Rogelio, y ninguno se ha cumplido. Sed de justicia teníamos, sí. Los de arriba nos han echado algunas migajas para callarnos... Hoy, vendo tabaco y cerillas a rojos y nacionalistas; mi madre me dice: «Estamos muy bien, hijo, tu camisa azul nos puso el estanco y tenemos una posición en el pueblo, y un respeto, el tiempo pasa y la gente olvida, y si Pedro Alberto, a quien Dios guarde, quiere que se olvide más deprisa, que él no olvide lo que piensa y me ha dicho muchas veces desde el otro lado de este mostrador: «Ganamos la guerra y hemos traído la mejor de las Españas. Nos hemos ganado a pulso el título de vencedores, y si hay vencedores hay también vencidos»... Pero, hoy me pregunto, Rogelio, si a esos rojos y a esos nacionalistas los volvería yo a matar... Escucha: fue Pedro Alberto quien obligó a Loreto a venir; averiguó su dirección por el remite de sus cartas y se entrevistó con ella en Valladolid. A la muchacha también le hizo ilusión hacerte una visita. Sigue enamorada de ti, Rogelio... Pero esto de hoy es distinto, ella te contará...

¿Qué me importa lo que me pueda contar? Ni ella ni Luis entienden nada... Ya está aquí la misma Loreto de hace un año. Al menos, no llora. Sonríe. Tampoco trae flores.

—Buenos días, Rogelio —empieza, cogiendo mi mano y estrechándomela con inesperada fuerza–. Estoy viviendo en tu pueblo, me ha trasladado aquí la Sección Femenina. ¡Cómo me gusta educar a las niñas!

Es bueno que me llame Rogelio en vez de Roge.

—Tiene un cargo importante —dice Luis–. ¡Estas jovencitas nos fabrican vírgenes! Su sede es el chalé de Benito Muro, ¿te acuerdas? Nos alojamos en él una temporada, tú también. La Sección Femenina se lo quitó cuando lo botaron de alcalde.

—Parece que estaré mucho tiempo —dice Loreto, sin abandonar una sonrisa con alfileres–. ¿Te importará, Rogelio, que baje por aquí de vez en cuando? Prometo no meterme con tu vida, que, ¿sabes?, no me disgusta del todo. Creo que es de mal gusto mencionar a los ermitaños la palabra castidad, y no lo haré..., ¡pero estoy muy orgullosa de tener un amigo como tú!

Sólo tres días y ya me hizo la primera visita, toda de azul, al concluir su jornada. «Me estoy haciendo al nuevo sitio, Rogelio», me dijo. La segunda, dos días después: «¿Cómo se llama ese gran árbol que tienes ahí, Rogelio?». Se lo dije. «¡Una higuera!», exclamó. «¿Quién la plantó?» «La plantó. Un chico de diez años.» Me asombró su pregunta, jamás me la había hecho nadie. En la tercera, me desconcertó hablándome de la importancia de los abonos para las higueras. A lo largo de este mes me pregunta a diario si recuerdo lo que seguramente hay enterrado bajo la higuera.

Adivino la mano de Pedro Alberto, o de Luis Ceberio, o de los otros, o de todos juntos.

—Sí, recuerdo —le digo—. Pero nada de seguramente.

Es agosto y ella se sienta en el suelo y yo en la silla. Le empiezo a notar esos ridículos movimientos juveniles de algunas personas cuando caminan hacia la madurez.

—Así que estás seguro...

—Llevo trece años frente a esa tumba.

—Sin abrirla.

—¿Para qué la iba a abrir?

Me apunta derechamente con un dedo.

—Para comprobar si hay algo comprometido bajo ese árbol..., esa higuera.

—¿Comprometido?

Se pone en pie y viene hasta mi espalda. Una mano se apoya en lo alto de mi cráneo.

—Creo saber lo que es cargar con una mala conciencia. Deseas honrar a los que se hallan ahí enterrados... Lo sé por tus amigos... Te comprendo, Rogelio: eres bueno y no pudiste más, dijiste ¡basta! y te quedaste junto a ellos... ¿Y si te equivocas y no hay nadie bajo esa higuera?

Está loca. Además, ¿a qué viene todo esto?

—Si vivo aquí desde hace trece años yo sabré por qué —le digo.

—No los enterrasteis vosotros. —La mano se desliza por mi cráneo—. ¿Quién lo hizo?

—El chico que plantó la higuera. No la habría plantado si su padre y su hermano no estuvieran debajo.

—Bien, me has convencido. Ahora, todos estamos convencidos: tú, tus amigos y yo. Que descansen en la paz de Dios ésos y los demás muertos de la guerra. Que descansen para siempre y sus deudos los recuerden... aunque no sepan dónde están sus huesos. Lo que se enterró en la guerra, bien enterrado está, unos en los cementerios y otros en montes, valles y cunetas de toda España; los familiares de muchos de ellos no pueden llorarlos sobre sus tumbas, porque las ignoran. Era la guerra, Rogelio. —La suave mano sobre mi cráneo se detiene—. Esta tumba es un residuo privilegiado de todo ello: la señala una frondosa higuera.

Me rodea y se queda enfrente, mirándome con fijeza a los ojos. Y para que sea así, ha levantado suavemente mi cabeza con sus manos.

—Señalándola, anunciándola, delatándola. Delatándola, Rogelio —dice—. Si hay vehemencia en mis palabras es porque son noticias que han explotado de repente ante mí... ¡La única tumba, Rogelio, la única tumba!

—No me interesan las demás tumbas —digo, levantándome para coger la vara y ahuyentar a dos perros que se acercan a la higuera a mearla.

—¿En qué mundo vives, inocente Rogelio? —Me ha seguido—. ¿Sospechas la conmoción que causaría el desenterramiento de esos huesos? El pueblo no tardaría en relacionarlos con el padre y el hijo que vivían en esa casa de allí —y la señala con el brazo—. Los vecinos recordarían a los seis falangistas que actuaron en esta zona..., que la limpiasteis..., ¿lo decíais así?..., Rogelio, tú y los otros cinco. Los que vieron de cerca vuestras caras, quizá las hayan olvidado, ¡pero no vuestras camisas azules! Todas las guerras se ganan con brutalidad, pero a todos nosotros, vencedores y vencidos, no nos queda más remedio que olvidarla. Jamás deberá abrirse ninguna tumba. Que pase el tiempo y olvidemos, y que ellos, los vencidos, también olviden. Tiempo, tiempo, necesitamos tiempo. Pero esta tumba detiene el tiempo, Rogelio.

Aunque las sesiones de Loreto no son diarias, más bien semanales, ha podido darse cuenta de lo que ocurre en mi parcela. Ha coincidido con la peregrinación de los sábados, cientos de mujeres y hombres rezando el rosario arrodillados y mirándome embobados, muchos acompañando a enfermos desahuciados, transportándolos en sillas de ruedas e incluso en carretillas de mano, rezando y cantando a voz en grito a la Virgen del Carmen. Desde hace media docena de años, los hay que vienen armados de azadas de todos los tamaños para hurgar en la tierra buscando el manantial de agua que parece tiene que brotar en todo lugar santo. «¡La fuente, la fuente, Virgencita! ¡Sin el chorrito de agua milagrosa no tendremos milagros!», claman con desesperación.

El espectáculo ha hecho exclamar a Loreto:

—¡Esto es horrible, el mundo enloquecido alrededor de la tumba! ¿Qué nos has traído, pobre Rogelio?

Las dos últimas semanas de cada septiembre y primeras de cada octubre son especialmente peligrosas. Los higos. Son semanas de agotadora vigilancia sobre todos los seres vivos del lugar, desde burros y chavales a vacas y peregrinos, a fin de que llegue al chico el número intacto de higos, o lleguen a mí mismo, cuando él deba reintegrarse al nuevo curso del seminario y yo le reemplace en la recogida de la cosecha y en la apertura de agujeros y su carga y presión hacia los fondos de la tumba. Al día siguiente de una de estas noches agotadoras, pregunté a Loreto:

—¿A qué abono te referiste?

Quedó confusa, pero sólo un momento. Porque aquello no lo pronunció a la ligera, procedía de Pedro Alberto y los otros y a ella le había impresionado.

—Sus cuerpos, Rogelio. Están abajo y las raíces habrán llegado a ellos, tocándolos, envolviéndolos, absorbiéndolos. Por suerte, creo que tú no abonas la higuera, lo que habrá retrasado el encuentro y dulcificado la absorción.

Las lágrimas inundaron sus ojos y yo le habría pasado un pañuelo, pero uso yerbas. Ni en nuestra época de novios en Valladolid la sentí tan próxima.

Loreto también ha coincidido con Cipriana, a quien vio entregándome el paquete de alimentos, que me han de durar tres o cuatro días.

—Así que es usted la que le salva de morir de hambre —le agradeció sinceramente.

—Ondaquines —dijo Cipriana—: un par de tortillas de patatas, filetitos de buey, agua y café. Y le sobra, los ermitaños comen poco.

—Ermitaño —repitió Loreto moviendo la cabeza.

Mientras se preguntaban cosas y se respondían, llenando sus fichas respectivas, yo me ocupaba de quitarle el polvo a la higuera con el plumero más blando que encargué comprar a Cipriana, cuyo mango prolongo atándole un palo para alcanzar las hojas más altas.

Cipriana me dice:

—Esa amiga tuya, esa Loreto, parece una buena chica, pero no me gustaría verla más por aquí. Los ermitaños no se ven con mujeres.

—La conocí antes de ser ermitaño —digo.
Y creo que ha sonreído o reído, porque me dice:
—Es la primera vez que veo en esa cara tuya algo que no es luto.
—Los dos éramos de Valladolid y fuimos novios, no muy novios. Yo no la he llamado. ¿Qué quiere que haga, echarla?
—Si no me gusta ella es porque no me gustan tus amigos falangistas. ¿O ya no puedo llamarles así? Nadie les ha vuelto a ver de azules. ¿Sabes cómo se llaman a sí mismos? Camisas viejas. ¿Es que no tienen camisas de repuesto? Y no me gustan porque están quiñando a la chica. Ellos la trajeron, antes y ahora, para ponerte caliente y que la sigas. Gracias a que la pobre no es ninguna vampiresa. Yo no digo que no estuviera por ti y que no esté todavía algo, pero no habría venido si no es por ellos. ¿Por qué no te dejan en paz? ¿Qué tienen contra un hombre que se ha retirado a que la Virgen le perdone sus pecados de la guerra? En cambio, ellos..., ¡échales un galgo! Quien ahora los ve como unas mosquitas muertas no sabe que entonces mataban a uno por noche. Yo lo veía. Están entre nosotros queriendo dar gato por liebre..., ¡pero no a Cipriana, que tiene en la cama a uno de ellos!

—No es eso —digo.

—¡Sí es eso! —dice—. El Echabarri de Neguri está aún más forrado. Otro de ellos, abogado en la mejor calle de Bilbao. Otro, estanco en Las Arenas. Otro, tocándose los huevos en el Sindicato Vertical y estraperleando con barcos y trenes de alimentos. Y el que está de bedel en la Diputación manda como el presidente y tiene tarifa mínima para las propinas... ¡Buen jugo le han sacado esos sinvergüenzas a sus tiros en la nuca!

—No sé por qué me dice usted esas cosas, Cipriana.

—Para que reces por sus almas a nuestra Virgen del Carmen.

Pienso que Loreto me va a soltar uno de sus parlamentos sobre la ruina de mi vida, mi destino, la tumba o la higuera, pero me dice:

—Adiós... No, no te levantes, no tienes que espantar a niños ni a burros, ni siquiera me tienes que espantar a mí, porque me voy.

Han tardado en pasar los tres años, suponiendo que estemos en 1953, que, pasados los dieciséis años del chico, no llevo bien las cuentas.

—Adiós —digo. Ella se limita a suspirar—. No te he hecho mucho caso, pero es que estoy en otra cosa y no puedo. Lo mismo habría hecho con Franco de estar en tu lugar.

—Descuida, no te distraeré de tus muchas ocupaciones, sólo unos minutos más. —Se muerde los labios—. Echa a la basura todas las palabras de estos años: no eran mías, eran de ellos. Se reunían conmigo y hablaban y hablaban hasta ponerme la cabeza como un bombo. El que más me presionaba era...

—Pedro Alberto —digo.

—Sí, él... Una vez por semana abandona sus oficinas de Bilbao para hablarme de esa tumba. Ha perdido la serenidad, el tema le supera. Los otros cuatro, Eduardo, Salvador, Luis y Fructuoso, a veces también se desatan... En fin, he conocido muy bien la situación en que os encontráis todos, tú también, Rogelio... Y he venido a jurarte que todo esto me importa un bledo, que me presté a su plan para poder verte. —Sus ojos lagrimean y sus labios tiemblan—. Porque aún te quiero.

No es verdad que no haya burros o chavales que espantar: me levanto, cojo la vara e impongo disciplina alrededor de la tumba.

En Semana Santa, los peregrinos me hacen sentir más grande que Jesús. El jueves y el viernes son las mayores concentraciones del año y Cipriana no da abasto a la hora de poner un poco de orden. Aunque el personal me viene con malas intenciones, soy un centinela haciendo la ronda con la vara alrededor de la tumba. Sería más propio decir alrededor de la higuera, pues con su amplio ramaje cubriéndolo todo como un gran paraguas, es la que marca los límites. Por suerte, no es tiempo de higos.

Todos los rezos apuntan a un objetivo: la vieja estatuilla —que los cortos de vista se pasan las sesiones preguntando dónde está— que Cipriana puso sobre la piedra junto a mi tejavana y que a lo largo del año ha de fijar una y otra vez con engrudo.

Pero quien despierta más curiosidad soy yo. Me siguen, me tocan y no me queda otra que bendecirles como un obispo, a veces con la mano izquierda, al tiempo que con la derecha esgrimo la vara contra ellos mismos si se me acercan demasiado. Las noches que siguen a tanto desgaste duermo diez horas de puro agotamiento. Y, al despertar sobresaltado, compruebo que el espíritu de san Rogelio ha vigilado por mí.

Hoy es Viernes Santo. Se me acerca Cipriana y yo espero que me diga algo así como: «No pises a la criatura de esa loca que quiere dar a luz a tus pies», o «Toca el culo de esa vieja para curarle el divieso», o «Ya te está rondando la putilla de siempre», o «Cuidado con ese cojo con mala leche que cada año viene cojeando más», pero me dice:

—Ahí tienes a los cinco. Querrán que les perdones los pecados que Dios no les quiere perdonar.

Veo a cinco hombres abriéndose paso a empujones. Tardo en reconocerlos: son Pedro Alberto, Fructuoso Ordóñez, Eduardo García, Salvador Fernández y Luis Ceberio. Todos avanzan mirándome, excepto Pedro Alberto, que no quita los ojos de la tumba. Están gordos. ¿Cuándo les vi la última vez? Visten ropa de calle, nada de falangismo. Me abrazan efusivamente por encima del sayón. Pedro Alberto se reserva para el final:

—Así que ésta es la feria —dice. Todo en él se ha robustecido: su cuello, su abdomen, su mirada. Su barbilla apunta al suelo. La tumba. La tumba.

—Quería verlo con sus propios ojos —me dice Luis.

—¡Usted, dé la vuelta, no pise ahí, no remueva la tierra!

Los gritos de Pedro Alberto han silenciado el barullo de voces y obligado a retirarse precipitadamente a un hombre que se había acercado a la higuera y Pedro Alberto creyó que también a la tumba.

Se aproxima Cipriana y le indico por señas que se retire. El griterío se ha recuperado en segundos.

—Sobramos aquí —dice Fructuoso.

—Nada de eso, teníamos que verlo —exclama Pedro Alberto. Me toma del brazo, más bien me agarra—. Ven, acompáñanos.

Pretende moverme de donde estoy, alejarse conmigo.

—No puedo —le digo.

—¿Por qué no? Si padeces la enfermedad del nido, yo te la curaré.

—Os lo aseguro otra vez: hemos de agradecer a Rogelio que esta tumba no haya sido abierta —dice Luis.

—Tiene razón, a éstos no los enterramos nosotros y quienes lo hicieron no andarán lejos —dice Eduardo.

—Rogelio protege la tumba mientras se divierte jugando a obispo —dice Fructuoso.

—¿Cuándo se marcha esa turba? —pregunta Pedro Alberto—. Queremos hablarte, Rogelio. A esto hay que darle carpetazo. ¿Qué otra cosa puede atraer a todos estos locos sino la tumba?

—En Lourdes no hay tumba y ya vemos lo que pasa —dice Luis.

—¿Quién les ha revelado lo que hay debajo? —y Pedro Alberto golpea con su zapato reluciente el borde de la tumba, no sin verse obligado a extender la pierna.

—Nadie lo sabe, excepto nosotros —digo.

—Nosotros y ese Ermo —dice Pedro Alberto—. Me lo cargaré. —Una mujer viene hacia mí con la mano adelantada para tocarme. Pedro Alberto, que se ha vuelto en ese momento para soltar una patada al aire, encuentra en su camino las piernas de esa mujer y la hace rodar por el suelo—. ¡Fuera, fuera de aquí, a tus pucheros y no se te ocurra volver!

El incidente le ha encendido más, pero su desenlace le devuelve parte del juicio, rectifica, levanta a la mujer y, sosteniéndola, desaparece con ella entre los demás peregrinos.

—No soporta esta situación —murmura Luis.

—Ni nosotros —añade Eduardo—. Me entran ganas de liarme a tiros con todos.

—Las cosas han cambiado —dice Salvador rascándose los granos de su cara.

Regresa Pedro Alberto con el rostro encendido y se me encara:

—¡Tú, maldito! ¡Eres el culpable de todo! ¡Te echaré de aquí! —Se vuelve a los cuatro—: Si él no estuviera, la situación no se habría envenenado. Él plantó esa higuera, él convoca a todo este rojerío... ¡Lo sacaremos de aquí aunque sea a cachos!

—Estáis en una propiedad privada. Tú mismo pediste al Ayuntamiento que me la cediera —digo.

—No son rojos —dice Fructuoso—. Habrá rojos y blancos. Los rojos no se comen los santos, como éstos: los queman.

—¡Que se vayan unos y otros a tomar por el culo! —exclama Eduardo temblándole su gran tripa.

—¡Es ese árbol! —casi vocifera Pedro Alberto—. Quítalo, Rogelio, y podrás quedarte en tu maravillosa finca.

—Es una higuera —digo.

—Bien, una higuera..., ¿qué más da?

—Cualquier otro árbol no da higos.

Yo no miro a ninguno de ellos, pero sé que no apartan sus ojos de mí.

—¿Tanto te gustan esos higos de los cojones? —pregunta Eduardo.

—No he dicho que me gusten.
—¿A qué saben? —pregunta Pedro Alberto.
—No lo sé, no he comido ninguno.
—¿Los regalas?, ¿los vendes?
—Ni una cosa ni otra.

Pedro Alberto estalla en carcajadas que no me gustan nada.

—Pues si estos higos no son de ningún provecho..., ¡abajo con la higuera! Será talada mañana.

—Al estar en mi parcela, la higuera es mía y no permitiré que nadie se acerque a ella.

—¡Emplearemos la fuerza, vendremos armados!

Pedro Alberto habla a gritos, los demás afirman con la cabeza.

—Eran otros tiempos —oigo a alguien, no sé a quién.
—¿No hay una jodida silla por aquí? —pide Eduardo.

Con un gesto me indica Luis que él la traerá, y el gordo culo de Eduardo aplasta mi mueble.

Pedro Alberto vuelve a la carga:

—Si no fuera por la maldita higuera, nadie diría que hay ahí una tumba... ¿Quién allanó el montículo? Es curioso que, por una parte, alguien igualara el terreno hasta borrar todo rastro de tumba, y, por otro, alguien pusiera esa higuera para que nadie la olvidara... ¿Quién tuvo tan mala idea, Rogelio?

No he cerrado ningún pacto de silencio con el chico, pero no lo entenderían, ninguno de ellos lo entendería. La mirada de Luis me ruega silencio. Me cuesta callar. Sí, no lo entenderían..., ¡pero es tan bonito!

Los otros ojos, los de Pedro Alberto, no descansan. Su mirada viaja buscando una pista.

—¿Qué fue de aquel chico?

A pesar de todo, me estremezco.

—Está en un seminario.

—Ah, lejos, secuestrado. Entonces, el único obstáculo eres tú.

Creo que sonríe para minar mi moral, simulando saber

más de lo que sabe. Le compadezco, nunca podría saborear una armonía como la nuestra. De pronto, toca el hombro de Luis:

—¿Habrá partido la de Valladolid? ¡Corre, quizá la encuentres aún! Es para un último servicio.

Se despiden de mí con miradas compasivas y han de caminar hasta el flamante Mercedes de Pedro Alberto que hubo de aparcar lejos por culpa de la fila de autobuses, utilitarios y bicicletas que abarrotan el camino.

Aquella noche, después de regar, Ermo se acerca a la tejavana con los dos baldes vacíos.

—Gran visita te ha venido. Oí que...

—Escucha —le corto—. En los últimos días cargas menos agua.

—No puedes saberlo, no miras los baldes.

—Mi oído calcula los segundos que tardas en vaciar un balde y el golpe del caudal al caer. Segundos y golpe deben ser siempre los mismos. Menos segundos con igual golpe, menos agua; iguales segundos con menos golpe, menos agua. Me has engañado los últimos días. ¿Quieres que te pegue un tiro?

—De puro aburrimiento te estás convirtiendo en un manómetro... No te quejes, ellos te visitaron y yo no les dije nada. —Enfoco su cara verdusca con la linterna—. Los dineros de abajo. Estamos perdiendo montañas de intereses bancarios.

—Tú los meterías en un calcetín.

—Un calcetín también da intereses: puedes meter la mano y tocar la gracia de Dios. —Apago la linterna, pero él sigue hablando en la oscuridad—: Hacía tiempo que no teníais asamblea general, sin que faltara ninguno de los de aquella noche, y me estoy refiriendo al maestro Simón y a su hijo Antonio... Dieciséis años, ¿recuerdas? Él mismo se condenó al decir su edad, y sabía lo que le esperaba por no mentir. Suelo pensar en ello y nunca lo entenderé.

—No era como tú —le digo.

—¿Y tú? ¿Y ellos?... Tú y ellos, iguales: ¡prohibido abrir la tumba!... Yo y ellos, iguales: ¡fuera Rogelio!... Tú y ellos, diferentes: tú, durmiendo sobre la tumba y ellos no... ¿Te has dormido? —Le envío un carraspeo de garganta—. Necesito una noche, ¡nada más que una noche!

—Te matarían —digo.

—Sí, me matarían.

—Y después, alguien podría meterte el dinero en los bolsillos antes de lanzarte en el mismo agujero.

Me falta poco para encender de nuevo la linterna por ver la cara del que se ha quedado sin habla.

Son las ocho de la mañana por el sol y avanza por el camino un pequeño camión que no pasa de largo ni se detiene a la altura de mi parcela, sino que remonta el descampado, traquetea por los accidentes del terreno y se detiene junto a mis límites. Descienden tres hombres y se ponen a descargar, sin mirarme ni una sola vez, o eso creo. Es imposible adivinar qué es el amasijo de tubos metálicos, lonas y trastos como cajas de cartón, e incluso una hermosa cama matrimonial. Hacia el mediodía ya tienen montada una gran tienda de campaña, y fuera de ella no queda ni uno solo de los trastos. Cuando el pequeño camión vacío se retira con los tres hombres, se cruza en el camino con el coche de Luis Ceberio, que no invade la campa. Luis ayuda a bajar a Loreto, pero no vienen hacia mí sino hacia la tienda que han dejado los otros. Luis carga con un paquete, que en este momento levanta hacia mí, diciendo:

—Sábanas.

Ambos se meten en la tienda. Me froto los ojos por si no estoy viendo bien. Me siento a esperar acontecimientos. Cosa de quince minutos después, sale Luis con una tumbona de playa y, mientras la asienta en el suelo, sale Loreto y la ocupa. Sí, no hay duda, es Loreto. Entra Luis y enseguida me llega una música delicada y, al aparecer de nuevo, levanta y fija los faldones de la puerta de la tienda, dice adiós a Loreto, cruza mis límites y se me acerca.

—Está desesperado —dice.

—¿Quién?

—Pedro Alberto. Eso que tienes delante es fruto de una desesperación.

Llega y se sienta en el suelo, a mis pies.

—Mensaje de Pedro Alberto... Es una carpa espaciosa, caben holgadamente dos personas... ¿Has oído bien? Dos... Quiso que insistiera en esto de dos, y en que «ese imbécil sepa que es un nido de amor para dos personas». Hay una cocina de petróleo «para preparar comida caliente, a ver si ese imbécil la recuerda». Como ves, no se come la lengua... Cama mullida y amplia, muy amplia, para...

—Dos personas.

—«Se lo anuncias a bombo y platillo», me dijo, «lo llevas a que la vea y la toque, sin olvidarte de las sábanas, que además las huela, a ver si el tonto del culo recuerda que aún existen cosas así»... ¿Oyes la música, Rogelio? Se llama Scherazade y es de lo más insinuante y exótica, dulce, para enamorados. Juntos, claro... También debo hablarte del perfume francés que enloquecerá tus sentidos cuando entres en ese nido de pasión... Me ordenó que no olvidara lo de «nido de pasión»... Y luego, naturalmente, está ella... ¿Sabes a quién me refiero?

—¿A qué tanto ruido y teatro? —le digo, compadeciéndole—. Yo vivo en otra armonía y es mucho más sencilla.

—¡Olvida tu maldita soledad, tu tumba y tu higuera, y abrázala a ella! Te está esperando con todo su amor, se presta a todo esto para salvarte. ¿Es que no te apetece echar el gran polvo después de tantos años a dieta? A ver si eres de verdad un ermitaño...

Loreto se ha pasado una semana en la tumbona y en camisón. El disco de Scherazade ya estará gastado de tanto girar noche y día; es una música que entona con el mes de mayo primaveral. Loreto se habrá aburrido como una ostra, hablando únicamente con Luis cuando éste le lleva a diario un paquetito y se despide en minutos. Después de la tercera noche, Ermo me repite: «Yo, si fuera tú, iría, y mandaría todo esto a tomar por el culo». Cipriana suele exclamar: «¡Nunca lo habría creído de una de esas mosquitas muertas de la Sección Femenina!».

Parece que es el último día y está a punto de oscurecer. Veo a Loreto vestida delante de su tienda, con una pequeña maleta en el suelo y enviándome su adiós con la mano. Yo la despido de la misma manera. No distingo si en sus ojos hay lágrimas o no, aunque seguro que sí. Ahora se dirige al camino, donde no la espera ningún coche. Su pequeña espalda se aleja lentamente hasta perderse en la distancia.

Todos los nobles esfuerzos de los hombres tienen al final su recompensa: esta noche he visto al chico con sotana. Por primera vez. Ya es sacerdote. Ya no mata. «Rogelio, ahora sí que llegarás a viejo», me digo, pero no con la alegría que yo mismo había esperado. «Ya no pesa sobre ti aquella sentencia de muerte del año treinta y siete», me repito, sin que nada vibre en mi interior. No estoy hablando a tontas y a locas, ahí delante tengo al chico, tan de negro que a mis ojos les cuesta sacarlo de la noche. Se ha dirigido directamente a la tumba y a la higuera. Se arrodilla, pero no a rezar: sus manos se deslizan por la alfombra verde que cubre la tumba y que mantengo tan uniforme a fuerza de continuos cortes de argoma, ortigas, cardos y toda clase de maleza, que hoy apenas se diferencian de un buen césped. Sus manos acarician mi obra —sabe que detrás hay una atención persistente—, y, durante tanto tiempo, que no hay duda de que está acariciando a los de abajo. Se pone en pie, sin haber regado, y ahora le toca el turno a la higuera, que palpa con delicadeza rama tras rama y sólo en una única dirección: de sus puntas a sus arranques en el tronco, y, al cabo, a éste, empinándose para alcanzar con sus manos la mayor altura y haciéndolas resbalar hacia abajo, lentamente, pues el tronco es ya grueso y no debe olvidar su cara oculta, hasta que ha de arrodillarse, y llega a lo más bajo y, en este beso del tronco con la tierra, el chico se esfuerza por empujar con sus manos todo el caudal de savia —licor de higos— que había conducido hasta ese punto. Me siento tentado de unirme a él para hacerlo juntos. Naturalmente, no me muevo. Ahora da la vuelta y desanda mi parcela dejando a su paso un ruido nuevo: el roce de los bajos de la sotana con sus zapatos y con la vegetación.

¿Final? ¿De qué? No será el final de los dos pactos, porque hubo dos: uno, el que hice con aquella mirada asesina que me dejó colgado de un número mágico de años, los dieciséis, y me llevó al segundo pacto, al imperioso «las sotanas no matan». Bien, pues éste es el único pacto que ha llegado a su final. Pánico, pues, kaput.

¿Y ahí acaba la cosa? Lo más cómodo para mí sería abandonarlo todo —mandarlo a tomar por el culo, como dicen Ermo y otros— y regresar al mundo, a cualquier mundo, al de Cipriana, al de Loreto, al de Pedro Alberto y los otros y la próxima guerra —podría reanudar los tiros en la nuca por los ideales de José Antonio—, al de los atontados que vienen a tocarme el sayón... A cualquier mundo, ya elegiría sobre la marcha. De un hombre que ha superado una prueba de muerte puede esperarse lo mejor. Tendría mi futuro asegurado instalándome, sin que nadie me tocase un solo pelo, en la cueva de un monte o de la playa de este pueblo... ¿Y dejar al chico en pelotas? Hemos vivido él y yo una relación inolvidable, la mejor de las relaciones que dos criaturas vivas pueden establecer. Nunca lo hubiera imaginado. El chico y yo intercambiábamos nuestros más recónditos pensamientos. ¿Quién o qué hizo tal milagro? Las palabras, la ausencia de ellas. Tendré que aceptar que las palabras ensucian. Alguien trataría de idealizar lo nuestro equiparándolo a la pureza y simplicidad con que se comunican todas las demás especies animales..., ¡pero es que entre el chico y yo no hubo gestos, gruñidos ni cosa parecida! ¿Cómo atreverse a poner fin a algo tan especial?

El chico quiere que continúe: en su retirada de hace unos instantes bien pudo prescindir de mis servicios comunicándomelo de palabra, cualquier palabra habría servido, la más rara y difícil, la que secuestran los especialistas en lo que sea; cualquier palabra, pues sólo su ruido insultante habría bastado para destruir lo nuestro. Por el contrario, el chico se fue envuelto en silencio. Desea que me quede, él tampoco se resigna a perder la armonía que dura quince, dieciocho años, no sé. Antes, me enganché a este lugar por interés personal; ahora, no voy a desertar porque no me vaya en ello ninguna ganancia pancista como la vida.

Cipriana suelta con impaciencia la cesta para decirme:
—Abre bien las orejas, Rogelio... ¡Hemos vencido a la Falange! ¿Qué te parece? ¡Ya no volverán a darte la tabarra!
Me levanta a tirones del colchón, me saca fuera y me da un beso. No me interesa especialmente lo que ahora le pueda pasar a la Falange.

—Siéntate en tu silla, porque te vas a caer de culo —añade, tragando saliva, señal de que va a soltar algo gordo. También se alisa el vestido con tironcitos hacia abajo. Me divierte Cipriana; es la única persona en el mundo que no despierta mi alarma cuando la veo—. Pedro Alberto Echabarri, el de Neguri, por más señas, tu viejo amigo de cuando los dos erais pistoleros, se fue al alcalde para pedirle que te eche de aquí con viento fresco. —Su voz fuerte está en un buen momento, y aunque hubiera otra silla, no podría sentarse porque una electricidad recorre su cuerpo.

—No puede —digo—. Esta tierra que ahora pisamos usted y yo está a mi nombre y fue el Ayuntamiento quien me la cedió.

—¡Y por deseo del propio pistolero! ¿Recuerdas? Hará..., hará unos veinte años, cuando los desfiles de los años triunfales. Andaban todos ellos muy orgullosos y muy perdonavidas. Te vio haciendo penitencia, le hiciste gracia y se fue al alcalde para que te diera gusto. Entonces, mandaba, pero ahora no le han hecho ni puto caso... Esto les dijo: «Es una vergüenza lo que ocurre en Fadura, un harapiento sucio y maloliente...», ¿oyes, Rogelio?, sucio y maloliente, «... ha sentado allí sus reales desde hace veinte años, durmiendo en una mala choza que no la querría ni el más arrastrado de los vagabundos, sin pizca de higiene, sin agua, con barba y pelo hasta el suelo...». Al alcalde, todo esto no le cogía de sorpresa, y le dijo: «Bueno, bueno, no es para tanto». Así lo despachó: «No es para tanto», y Pedro Alberto, nada acostumbrado a recibir un no, pues a la carga, y entonces el alcalde botado, que estaba presente..., pues no sabe qué hacer con su tiempo...

—¿Cómo sabe usted todo esto?

—¡Otra!, ¡por el alcalde botado!

—¿Y quién es el alcalde botado?

—¿Quién iba a ser, alma cándida? ¿No te acuerdas de mi marido?

—Sí, tenía dos hijos.

—¡Claro, los míos!

—La parcela está a mi nombre, tengo el documento por algún sitio.

—Está debajo del colchón, yo la puse en una carpeta para que no se desmigara más. —Cipriana se mueve a pasitos cortos de un lado a otro, adelante y atrás, como si quemase el suelo, regresando siempre al mismo sitio frente a mí–. Tú, tranquilo, Rogelio —me dice.

—Nunca he estado más tranquilo. El chico aún me necesita.

—Anoche no me durmió el alcalde botado. En la cama, me contaba: «Decía el Echabarri: "¿Es que no os dais cuenta? Getxo es un municipio limpio, en auge, sin barrios marginales ni zonas denigradas... ¡hasta hoy! ¿Qué hace en ese terreno municipal un tipo tan estrafalario?"». El alcalde le preguntó por qué le llamaba tipo si, tiempo atrás, habían sido amigos falangistas. El Echabarri no quiso saber nada de aquel pasado: «En veinte años el mundo se pone del revés. Hoy ese tipo es una piltrafa humana, un engañabobos que atrae a masas de gente prometiéndoles milagros. Cientos y cientos de locos ensuciándolo todo y dando de nuestro municipio una imagen lamentable... ¡De Getxo y de España! ¿Es de recibo convivir con uno de los más asquerosos ejemplares del movimiento hippy? ¿Os habéis dado una vuelta por su maloliente terruño? Allí está, presumiendo de eremita. ¡Arrojadle lo más lejos posible!». El alcalde le dejó hablar y luego le dijo..., ¡abre bien las orejas, Rogelio!..., le dijo sólo una palabra: «Turismo». Pedro Alberto se quedó de un aire. El alcalde lo estaba pasando muy bien, me dijo el alcalde botado que se le notaba que no se atrevía a soltar carcajadas, pero que lo estaba pasando de primera. «¿Has oído hablar del turismo?», preguntó el alcalde a Pedro Alberto, y Pedro Alberto dijo que sí con la cabeza, pero no las tenía todas consigo. El alcalde le dijo que Franco estaba con el turismo. «Sí, claro, el turismo», dijo entonces Pedro Alberto. Y el alcalde, otra vez: «Pero habrá que tragar a las suecas con sus bikinis». Y entonces el alcalde sí que rió con ganas su propio chiste. Pedro Alberto esperaba. Cuando el alcalde pudo respirar, dijo: «En el norte de España no tenemos mucho sol para el turismo..., pero tenemos hombres santos haciendo milagros, y a los turistas les chiflan estas rarezas. Franco impulsa el turismo y Getxo no le defraudará». Pedro Alberto le preguntó de qué coño estaba hablando, aunque lo sabía perfectamente. «Unos por curiosidad y otros a curarse, los turistas vendrán a manadas», dijo el alcalde. Pedro Alberto no se pudo contener y gritó: «¡Pero Rogelio no hace milagros, en todos estos años no ha curado a nadie!». El alcalde le dijo que eso era lo de menos, que la gente cree lo que quiere creer, y más si todavía no ha habido ningún milagro, porque esperará ser testigo del primero. Pedro Alberto le apuntó con el dedo y le dijo: «Seremos la vergüenza de Getxo, de España y del mundo civilizado. Es una suerte que el presidente Eisenhower haya dejado Madrid, pero se lo contarán». El alcalde botado nunca me había hecho reír hasta ahora, pero anoche me tuvo despierta y riéndome hasta que acabó... ¡Hemos ganado, Rogelio! ¿Y sabes a quién se lo debemos?

Cipriana coge la pequeña Virgen del Carmen de su piedra y le da un sonoro beso.

Luis Ceberio me dice:

—Mira, compañero: yo, ni quito ni pongo en este asunto. Estoy en que debe liquidarse todo lo de esa tumba, pero también estoy contigo, porque le has tomado cariño a esa higuera y te gusta que la vea toda esa gente y te gusta vivir aquí haciendo el bien. Es cosa tuya. Prefiero no tomar partido. Sólo te adelanto que Pedro Alberto ha conseguido de Pilar Primo de Rivera, hermana del Fundador y jefa de la Sección Femenina, su palabra de que vendrá a Getxo a solucionar tu problema. Bueno, nuestro problema. Bueno, el problema de Falange... Quiero decir que vendrá a hablarte.

—Por mí, que venga. ¿Y por dónde empezará a solucionarlo?

—No te rías... Conversaréis. ¿No te das cuenta, Rogelio? Vendrán ella y su comitiva. Te verán..., ¡te verán, Rogelio!, ¡te verá la Primo de Rivera!... Sé que a ti no se te caerá la cara de vergüenza... Al menos, le ofrecerás tu única silla y la escucharás educadamente. ¡Quién sabe lo que se le ocurrirá decirte! Como es medio monja, te sermoneará como una monja, y tú, bien, bien, sí, sí, y sólo cuando acabe le das tu respuesta, el no, supongo. Aunque te puede convencer y entonces le das el sí... Antes, Pedro Alberto le habrá enseñado la tumba con el florero de la higuera y advertido de su peligro, y le habrá hablado de muertos, de los ejecutados por nosotros que están ahí... ¿Qué cara pondrá ella? ¿Querrá recordar lo que pasaba entonces? ¿Cómo lo tomaba entonces?, ¿miraba hacia otro lado?... ¿Qué más te voy a decir? Si acaso, que si ves que se te pone demasiado agria, pues le cuentas el chiste que anda por ahí, ese de que ella, con una camisa vieja de su hermano se ha hecho un sostén para toda la vida. A mí, me hace gracia, aunque a muchos les cabrea. El humor ablanda muchas situaciones. ¿Tiene humor Pilar? ¿Te han llegado fotos de su cara? Con todo, suelta el chiste.

—Tengo el documento de usufructo de mi parcela, no me pueden echar.

—Pedro Alberto también ha comprometido a José Solís, secretario general del Movimiento. Suponiendo que sepas algún chiste sobre él, a éste no le cuentes ninguno.

—Tampoco abrirán la tumba. Lo sé. Le tienen miedo.

—Si ves llegar una excavadora, no será para la tumba sino para la higuera.

—Están bien visibles los cuatro mojones que marcan los límites de mi parcela. Nadie puede traspasarlos sin mi permiso...

Las raíces de la higuera ya envuelven al padre y al hijo, y si arrancan la higuera de la tierra... saldrá todo el paquete junto.

—¿Te lo ha contado el chaval?

—Él no habla.

—¿Sigue mudo después de más de veinte años?

—Mudo, como el padre y el hijo. ¿Te acuerdas de ellos, Luis Ceberio?

—No tanto como tú.

Me cuenta Cipriana que don Gabino es el nuevo coadjutor de la parroquia de Erandio, a ocho kilómetros de Getxo. Don Gabino es el chico. Ahora, le veo de día por primera vez, los sábados, jornada de peregrinación. No todos los sábados, supongo que cuando libra en su parroquia. El salto de la noche al día no va acompañado de su presencia abierta y natural en mi parcela; no viene fuera de los sábados, en que me encuentro solo o en la compañía ocasional de Cipriana o de Luis. Es como si necesitara de los grupos de peregrinos para confundirse con ellos, aunque nunca deja de cumplir con lo que le trae: arrodillarse al borde de la tumba y orar largamente bajo la copa de la higuera. Quienes lo ven acaso crean que está adorando al dios de las higueras. Y me ha dado por pensar que éste era el fin al que pretendía llegar: la preservación de la tumba y su infalible localización gracias a la higuera. Bueno, pues ya lo tiene. Y, si tal era su fin, también es el mío. En cuanto al secretismo, está justificado; basta observar la obcecación de Pedro Alberto por llevarme lejos, pues soy, al parecer, otro punto de referencia semejante al de la higuera, comparación que me enorgullece.

A lo largo de todos estos años no me he tropezado con la mirada del chico ni una sola vez. Estoy seguro de que ya no sería aquella de pedernal. Serví con fidelidad al señor de mi vida y de mi muerte, y hoy creo que necesito algo así como un reconocimiento. Pero el chico me evita. Quizá lo hace no tanto para preservar la tumba como para anunciarme su deseo de prescindir de mis servicios. ¿Y por qué no pensar que ahora es él quien teme mi mirada?

Lo primero que se me ocurrió pensar cuando Luis Ceberio me dijo que el Ayuntamiento iba a construir un gran Instituto de Segunda Enseñanza en mi parcela, es que se trataba de otra artimaña de Pedro Alberto.

—Es un buen falangista, no ceja, lucha por lo que cree —le dije—. Aunque, la verdad, con el tiempo se me va enturbiando el que me tenga por obstáculo tan fundamental en sus planes. ¿Recuerdas..., porque se trata de recordar, todo esto viene de antiguo..., por qué deseó y todavía desea echarme de aquí? Me gustaría saberlo con exactitud para ordenar dentro de mi cabeza todo este lío tan...

—Como tienes demasiado tiempo para pensar —me dijo Luis—, le das tantas vueltas a las cosas que las gastas y no puedes sujetarlas bien y se te escurren de las manos... Escucha, Rogelio: él te quiere fuera de aquí, y basta. Bueno, todos lo queremos... Por cierto, ¿te visitaron Pilar Primo de Rivera y José Solís?

—Por aquí no ha venido nadie.

—Vendrán. Esa higuera nos suena a peste, a unos más y a otros menos. Quizá yo estoy entre los que menos, pero te anuncio, Rogelio, que el Ayuntamiento está hoy entre los que más, y por eso la cuestión se ha puesto más dura. El Ayuntamiento quiere que te vayas, y punto. Ya sé que, hasta ahora, eras para él una mina de oro como atracción turística, pero todo ha cambiado. Por desgracia, tu cachito de tierra es parte de la gran superficie que necesitan..., y Pedro Alberto se ha subido al carro.

El Estado pondrá un instituto si el Ayuntamiento pone un buen terreno.

—¿Quién eres? —pregunto al hombre que ha dejado su bicicleta en el camino y se acerca con un papel en la mano.
—El alguacil —dice.
—Nunca habías venido.
—Sí, una vez, hace ¡qué sé yo!... Es bueno que a uno no le escriba nadie. Este sobre es del Ayuntamiento. A ti ya te han escrito.

Sé lo que hay dentro, Luis Ceberio me lo anticipó. Lo abro, saco el papel y leo. Rogelio Cerón Gutiérrez. La leo varias veces. Nada de qué preocuparse. Nada que me impida decir impunemente que no. Necesitan mi parcela y me ofrecen otra de similares características en un lugar del municipio a mi elección, y tan libre de impuestos como ésta. Hay otro papel con dos opciones: ACEPTA / NO ACEPTA, y el «tache lo que no proceda». Tacho lo que debo tachar.

¿Qué hago con el papel? Lo dejo sobre el colchón. Llega Cipriana cuatro horas después.
—He tenido carta del Ayuntamiento.
—Ya lo sé.
—¿Lo sabe?
—Tengo en casa al alcalde botado, te lo dije. El Ayuntamiento no da un paso sin él en este asunto.

Se agacha para coger el papel. Tarda en leerlo, pero recoge lo sustancial.
—Bien. No podrán con la Virgen del Carmen.
—Habrá que meterlo en un sobre y ponerle un sello.
—El Ayuntamiento está en mi casa —y Cipriana se va con el papel.

Otra carta del Ayuntamiento al cabo de tres semanas. A cambio de mi parcela me ofrecen otra de doble extensión en un lugar del municipio a mi elección y tan libre de impuestos como la actual. Tacho otra vez el ACEPTA.

–El alcalde botado estaba seguro de que esta segunda vez aceptarías –dice Cipriana–. Piensa como un pepino.

Al retirarse con el papel, se lo pasa a la Virgen del Carmen por la frente.

Tras dos semanas sin alguacil, comento con Cipriana:
–Han tirado la toalla.
–¡Ni por san Periquito! Dice mi alcalde de casa que tanto él como Pedro Alberto se desgañitan por convencer a la comisión municipal de que ponga más carne en el asador. ¡Coitaos!

Luis Ceberio me dice:
–Pedro Alberto está que bufa. Viene al estanco y se sienta en la trastienda y charla y charla y no me deja ni atender a la clientela. Como siempre ha llevado la batuta y ahora no le hacen mucho caso los del Ayuntamiento, pues se tira de los pelos. «Es la gran ocasión», me dice, «posiblemente la última, para echar a ese jodido molusco. Y tenemos esa ocasión al alcance de la mano.» ¿Y sabes, Rogelio, cuál es su gran solución? ¡La higuera!

–¿Qué quiere hacer con la higuera?

–Se ha puesto muy pesado, repite y repite: «¡El hippy y la higuera, la higuera y el hippy, el uno para el otro! ¡La madre del cordero es la higuera!». ¿Qué te parece?

—La parcela es mía, tengo el documento que ellos me dieron con el sello del Ayuntamiento, y la higuera es intocable porque está en la parcela.

—Creo que esta vez te harán una oferta que no podrás rechazar si te queda un poco de seso... ¿Has visto el pelo a la Pilar o al Solís o a los dos juntos?

—Nada.

—Ellos sí que te convencerían hablándote de falangista a falangista. Si alguien les asustara explicándoles lo que esa higuera tiene debajo... A fuerza de oírlo, yo también pienso que nada conviene remover, que aquel padre y aquel hijo están bien enterrados, como todos los demás, y así deben seguir, enterrados y olvidados. La guerra pasó, aquel tiempo pasó. Han transcurrido casi treinta años, hemos echado tripa, nos hemos casado y tenido hijos, Eduardo García anda con la próstata, a Fructuoso Ordóñez le dio un infarto, y así todos... Tenemos un puesto en la sociedad, una imagen que cuidar... ¡No nos jodas, Rogelio, no nos jodas!

Aquí llega el alguacil con la carta en la mano. Ahora me ofrecen una parcela seis veces mayor que la mía en un lugar del municipio a mi elección y siempre libre de impuestos. Cipriana empieza a dudar:

—Cabrían muchos más peregrinos —dice.

Pero tacho el ACEPTA.

Sólo dos días después, Cipriana viene muy temprano, antes que el cartero, y me dice:

—Anoche, de almohada a almohada, el alcalde botado me contó, manoseándose de gusto sus partes, que en Getxo no hay un genio como él. Resulta que, en plena comisión, se puso a gritar: «¡La higuera, la higuera!» como un loco. «¡La madre del cordero es la higuera!», les dijo.

—Eso no lo dijo él sino Pedro Alberto. Lo de la higuera es cosa de Pedro Alberto.

—No me veo sacándole la cara a mi alcalde botado, pero cuando miente se golpea una rodilla con los dedos y entonces tenía las dos manos en sus partes. Él sacó lo de la higuera.

—Luis Ceberio no miente nunca.

—A ver si hay dos higueras...

—¿Y qué pasó?

—Mi alcalde botado les dijo que tú habías tenido tantos años una higuera delante de las narices que ya no podías vivir sin una higuera. Les ha entrado la prisa y hoy te llegarán noticias.

A media mañana viene el alguacil. Leo la carta con voz, para Cipriana. Me ofrecen otra parcela de igual superficie en un lugar del municipio a mi elección y tan libre de impuestos como la que tengo..., pero con un hijuelo de higuera. Cipriana me mira fijamente. Cojo el segundo papel, tacho el ACEPTA y ella se lo lleva con una sonrisa.

Es el día siguiente y viene el alguacil. A Cipriana, que estaba al tanto, la tengo a mi lado, y le leo. Una parcela de doble superficie en un lugar del municipio a mi elección y tan libre de impuestos como la actual. Y el hijuelo. NO ACEPTA.

Es el día siguiente y de nuevo el alguacil. Una parcela seis veces mayor —con todo el resto igual— y el hijuelo. NO ACEPTA.

El mismo día por la tarde no viene el alguacil sino un mandado municipal. Cipriana me lo había advertido y lo esperaba. Otra parcela, pero esta vez acompañada de una higuera adulta trasplantada. NO ACEPTA.

—Lo estamos pasando muy bien, ¿verdad? —ríe Cipriana.

En los tres días que siguieron hubo ofertas para todos los gustos: parcela de doble tamaño con higuera, parcela seis veces mayor con higuera, parcela doce veces mayor con higuera, parcela tan extensa como yo exija con dos higueras. Siempre NO ACEPTA.

Tras el último mensaje mañanero, Cipriana me dice:

—Ya no saben qué hacer ni qué pensar. Mi alcalde botado no come ni duerme, y los otros tampoco.

Ahora estoy solo y muy tranquilo, cuando el día acaba y todas las cosas del entorno parecen muertas. Me invade una fuerte sensación de seguridad. Cada vez que medito sobre el final —¿es esto el final?—, me pregunto si lo esperé así desde el principio. Porque no recuerdo que entonces pensara en algún final, sólo tenía miedo de la mirada del chico. Viene con frecuencia, en ocasiones sin coincidir con el peregrinaje de los sábados. ¿Qué piensa de mí, de mi elevación al pedestal de milagrero? ¿Piensa —con una mentalidad joven, incluso de sacerdote joven— que todo este alboroto es pura idolatría de mujerucas sin *sentzun*? Me gustaría decirle que en esto ha venido a parar aquella amenaza impropia de un niño. ¿Sabrá que ya no me siento cautivo, que si me ve aquí es por haberlo decidido yo libremente? ¿Habrá advertido que él y yo estamos viviendo otra realidad que nos coloca en otro tiempo? Entonces creí con él que la ausencia de palabras ajustaban nuestra relación. Hoy, seguimos mudos, y si protesto es porque llego a sospechar que la armonía sólo la sentía yo, que su mudez era desprecio, una forma de enviarme su odio. Si no salgo de mí mismo me siento seguro por haber guardado tan larga fidelidad a nuestro pacto, pero si extiendo la mirada me envuelve su también largo desprecio.

Han salido los cinco de un flamante coche oficial con la banderita roja y gualda y el águila, y no me asombro porque ya nada lo consigue. Les precede Pedro Alberto y es el que primero llega a la tejavana.
—Hola, Rogelio —me saluda—. Espero que nuestra visita no perturbe tu paz. Venimos a tratar personalmente la cuestión que no me ha sido posible arreglar con papeles... Te presentaré a estos señores: don Juan Zabala, nuestro alcalde; don Felipe Ortiz, concejal de urbanismo; don Eusebio Abrisqueta, concejal de enseñanza; a Benito Muro ya le conoces... Señores, éste es Rogelio Cerón, el hombre que ha revolucionado tantas cosas en este municipio... sin salir de este templo de sencillez, y seguramente sin buscarlo...
No se me escapa la ironía que hay en sus palabras. Mientras él gira su cuerpo para encarar la tumba y la higuera, el alcalde y los dos concejales me estrechan la mano —los tres llevan guantes—, y Benito Muro me palmea la espalda con un «¡Hola, cho!».
—Habrá que traer a un ejército de mujeres de la limpieza a que adecenten esto antes de que venga el ingeniero de Madrid —dice el alcalde y asienten los concejales. Se vuelve hacia mí—: Señor Cerón, hemos perdido ya demasiado tiempo en propuestas y contrapropuestas...
—Ni una sola contrapropuesta —apunta Pedro Alberto.
—Cierto, ni una sola contrapropuesta —dice el alcalde, sin dejar de mirarme de arriba abajo—. Todo irá mejor hablando de hombre a hombre, ¿no le parece, señor Cerón? Somos perso-

nas razonables, civilizadas y que depositan en el don de la palabra la gran esperanza en el entendimiento humano...

—Ahí tienen ustedes la higuera —dice Pedro Alberto.

—Ah, la higuera —dice el alcalde, que ha visto cortado su discurso.

—Hermosa —dice el concejal de urbanismo.

—¿Da higos? —quiere saber el concejal de enseñanza.

—¡Pero todos se los come Rogelio! —ríe Benito Muro.

Pedro Alberto me lleva del brazo hasta colocarme frente al alcalde.

—Escucha lo que tiene que decirte.

—Sí, y de ésta no podrá rechazar nuestra oferta —dice el alcalde—. El Ayuntamiento es el mayor interesado en que usted no interrumpa su servicio a las almas..., aunque no ha de ejercerlo por fuerza en este ámbito de su propiedad que pisamos, gracias, en su día, a una generosa cesión de su Ayuntamiento. Nuestro municipio es rico en escenarios ideales para su misión y no tiene más que elegir uno y será suyo. En cualquier emplazamiento y de cualquier extensión... Y ahora, lo más importante...

—Una idea personal mía —dice Benito Muro.

—La higuera... —empieza el alcalde.

—¡Ahí, ahí! —exclama Benito Muro.

—... no será otra sino la que tenemos delante, la que usted vio nacer y cuida con esmero. La sacaremos de la tierra con sumo cuidado..., raíces incluidas, por supuesto..., y será plantada en la parcela de su elección y en la época en que se hacen estas cosas. ¿Contento?, ¿no era eso lo que quería?, ¿por qué no nos indicó usted mismo que era esa misma higuera, precisamente, condición inexcusable?

—Si algunos no hablan, otros tenemos que estrujarnos la mollera —dice Benito Muro riendo y mirando a todos.

Se hace el silencio. Hasta Benito Muro deja de reír. Esperan mi respuesta.

—No puedo —digo, y me gustaría que me oyera don Gabino.

La mirada que me dirige Pedro Alberto es fulminante.

—¿Por qué? —pregunta el alcalde—. ¿Por qué?, ¿por qué? La nueva parcela no sería sólo mayor sino que estaría en un lugar más accesible, sus peregrinos no tendrían que molestarse en bajar a este humedal y acudirían en más número. El Ayuntamiento le promocionaría con anuncios en prensa y televisión. Tendría usted lo mismo que tiene ahora pero infinitamente mejorado. Y tendría la higuera, «su» higuera... Usted, Rogelio, tendría que haber estudiado botánica en la especialidad de árboles frutales.

Benito Muro me coge por los hombros.

—Pero vamos a ver, cabeza dura: ¿te has enterado de que podrás dormir con tu higuera del alma, igual que ahora? ¿Te ha entrado esto por tus orejas? Si daba higos de oro, podrás seguir comiéndolos. Si su sombra te hacía soñar con caras bonitas, podrás seguir echando la siesta bajo sus ramas. Si sus hojas eran suaves y no raspaban, podrás seguir cogiendo sus higos sin guantes. Si sus ramas eran fuertes para colgar columpios, podrás seguir jugando, y lo mismo tus peregrinos. Si de noche tu higuera olía a mermelada de higos, podrás dormir con ese olor empalagando tus narices. Si su verde...

—No nos hagas esto —oigo a Pedro Alberto, y su dura mirada me aísla de los demás.

—No me cabe cómo una jodida higuera... —empieza a decir el concejal de enseñanza.

—No tenemos otro sitio mejor para levantar el instituto —dice el concejal de urbanismo—. Ya le hemos enviado al ingeniero de Madrid planos de esta zona, y opina lo mismo. En breve se personará a dar su visto bueno definitivo. ¡Y su parcela se encuentra en el centro del proyecto, señor Cerón!

—Habría expropiación —dice el alcalde.

—No nos deja usted otra salida —dice el concejal de enseñanza.

Esta amenaza intensifica el entendimiento que flota en mi cruce de miradas con Pedro Alberto. Exclama:

—¡Nada de expropiación! —Rectifica el tono—: Quiero decir, que no habrá necesidad de llegar a tanto. Habrá otra alternativa.

—Usted me dirá... —dice el alcalde.

—En cualquier caso, habría que meter la excavadora —dice el concejal de urbanismo.

Tiene razón: accediendo yo al trasplante de la higuera o forzando una expropiación, vendría la excavadora. La inquieta mirada de Pedro Alberto rezuma la misma conclusión.

—Lo mejor para todos sería dejar las cosas como están —digo—, no tocar la higuera y...

—¿... y llevar el instituto a la playa? —exclama el concejal de urbanismo.

—... y llevar el instituto a la parcela que ustedes me iban a regalar —concluyo.

—En la playa se nos ahogarían los alumnos al subir la marea —dice Benito Muro para aliviar la tensión.

—No existe en todo el municipio lugar más idóneo que éste —dice el concejal de urbanismo—. Hay mil parcelas para usted, señor Cerón, pero sólo una para nuestro gran instituto.

—No es problema de parcelas sino de excavadoras. —Me dirijo expresamente a Pedro Alberto—. Si la higuera ha de arrancarse de donde está, lo harán unos dientes de acero, que desenterrarán tanto la higuera como otras cosas.

—¿Otras cosas? —pregunta el alcalde.

—¿Qué otras cosas? —pregunta el concejal de urbanismo.

No me importan ellos, sólo Pedro Alberto.

—Me pueden sacar por la fuerza de aquí y llevarme a otro sitio, pero la higuera y esas cosas continuarán donde las vemos ahora...

—Yo sólo veo la higuera —dice el alcalde.

—¿Dónde están esas otras cosas? —pregunta el concejal de urbanismo.

—... y será la hora de la excavadora.

—El árbol sería extraído con exquisito cuidado con la mejor excavadora alemana manejada por el más diestro maquinista, que recibiría cursillos especiales —dice Pedro Alberto. Está a la defensiva. Se siente acorralado y ninguno de ellos lo sospecha.

—¿Incluidas las raíces? —pregunto, y él asiente con la cabeza sin ninguna convicción—. En una higuera de veinticinco años, como ésta, sus raíces serán como brazos de pulpo que abrazan cuanto encuentran, y como está justamente encima de esas cosas, la excavadora desenterraría el lote completo.

—Desenterramiento... —susurra Pedro Alberto.

Él y yo nos hemos aislado de los demás y ellos lo advierten.

—Ustedes parecen entenderse sin que nosotros nos enteremos de nada —protesta el alcalde.

—¿Qué son esas cosas? —pregunta ahora el concejal de enseñanza.

—Talaríamos la higuera, un buen corte a ras de tierra —dice Pedro Alberto. Más que una alternativa es una meditación personal—. ¿Tendrá sótanos el instituto?

—No —dice el concejal de urbanismo.

—Entonces sólo se precisará excavadora para los cimientos —prosigue Pedro Alberto—, puesto que, talando la higuera, desaparece el único obstáculo que sobresale de la tierra.

¿Qué pensará de todo esto don Gabino? ¿Tendré que regresar al tiempo que creí haber dejado atrás para recibir instrucciones? Ahora tengo a mi lado al alcalde dándome golpecitos en el brazo.

—Lamento mucho, señor Cerón, haber tenido que llegar a la expropiación. ¡Confiábamos tanto en que usted y su higuera se trasladaran juntos! Sí, estoy de acuerdo: la mejor excavadora y el mejor maquinista.

—¡Nada de excavadora! —exclama Pedro Alberto—. Se talará.

—Quizá no me he expresado bien —dice el alcalde—. Con desalojo voluntario o con expropiación, el señor Cerón se llevará su higuera. Una solución feliz, considerando que...

—Yo no puedo marcharme —digo.

—Él no puede marcharse y yo rechazo las excavadoras —dice Pedro Alberto—. Estamos como al principio.

—Peor —dice Benito Muro—, porque ahora no sabemos qué son esas cosas.

Y ríe a carcajadas. El alcalde se despide de mí y echa a andar hacia su coche oficial, y todos le siguen, excepto Pedro Alberto. Me dice:

—Elige otro sitio para vivir y olvídate de esa maldita higuera para siempre. ¿Sabes cómo se hinchan a veces los cojones? Pues los tengo así.

—No puedo. Y menos ahora, que debo consultarlo.

—¿Consultarlo? ¿Con quién?... Creo que estás loco, pero loco de verdad. Y un loco es peligroso si se entromete en un asunto tan delicado como éste. Márchate con las otras locas que te piden milagros y yo me entenderé con la higuera.

—No puedo. Lo estropearía todo. Y son muchos años.

A don Gabino no le asalta ninguna preocupación. Tiene mi ayuda, que es lo que siempre quiso tener. Todo discurre ya sin sobresaltos, sobran sus indicaciones u órdenes, como se las quiera llamar. Me ve como una parte más, e insustituible, de este rincón del mundo. Se presenta los sábados, se arrodilla ante la tumba para rezar, y las gentes se deben de preguntar a qué deidad vegetal adora. No advierto ningún cambio en su persona o costumbres. Sin embargo, ha de tener noticia del Instituto. Quizá no. Quizá piense que no representa ningún peligro. Por eso he de revelarle qué realidad se nos ha echado encima.

Le espero porque es sábado. Rodeando la tejavana hay doscientos o trescientos peregrinos, muchos llegados en los autobuses aparcados en el camino. Rezan en voz alta el rosario, oraciones, o cantan destrozando mis oídos. Cansado de dejarme tocar, me retiro unos pasos hasta la silla. Necesito pensar cómo transmitirle el mensaje; nunca había ocurrido que las comunicaciones viajaran de mí a él, siempre fue al contrario.

¿Es él? Está oscureciendo, pero sí, es él. Se dirige a la tumba atravesando el gentío, correspondiendo a los saludos, avanzando sin apartar a nadie porque todos se le apartan. Bueno, y el caso es que no le dejan llegar, se ve rodeado, y así transcurre un tiempo. Y ahora un grupo empieza a caminar hacia mí, y en cabeza viene don Gabino llevando de la mano a un niño. He sentido un primer impulso de levantarme, pero no lo he hecho, y ahora estoy paralizado porque me separan cinco pasos de don Gabino y sigue avanzando. Hay una mujer al otro lado del niño. Se detienen los tres a un solo paso de mí y oigo una voz desgarrada:

—Cura a mi hijo, haz un milagro, hombre santo.

Es la mujer, la madre. La mirada del niño no se aparta de mí; son unos ojos negros que saltan de un rostro transparente de enfermo.

—De la mano de un sacerdote vendrá mejor el milagro —añade la mujer, desnudando el cuello de su hijo de la bufanda que lo envolvía—. No puede hablar. Pon tu mano santa en su garganta.

Siempre me resisto a tomar parte en el engaño, pero esta vez no. Aunque las sanaciones no existen, los enfermos y allegados se retiran creyendo en el milagro por aferrarse a indicios que sólo ellos ven.

Los ojos del niño, clavados en mí, no esperan nada, no me suplican. Su pequeña mano izquierda está en el interior de la mano cerrada de don Gabino. De pronto, me sorprendo pensando en que la mano pequeña no es la del niño. ¿Por qué le pregunto «¿Qué años tienes?» si ya lo sé?

—Tiene diez años —responde la mujer—. Pon tu mano en su garganta muda.

No me atrevo a mirar a don Gabino por no descubrir que la criatura a su lado no es el chico.

—Diez años —repito, abandonándome a la mirada del niño.

—Pon tu mano en su garganta —creo que oigo de nuevo a la mujer.

—¿Qué harías si un hombre malo mata a tu padre y a tu hermano?

Es mi voz. El mundo se ha parado. Silencio. Estoy a la espera de la respuesta que nunca recibí del chico a lo largo de treinta años.

—No haría nada —dice el chico.

—¿Nada?

—Nada.

—¿No le dirías con la mirada que lo matarías al cumplir tus dieciséis años?

—No.

—¿Así que todo lo mío ha sido inútil?

—No, no ha sido inútil, a pesar del largo recorrido. Tienes mi agradecimiento.

Algo se ha roto entre nosotros. ¿Merecía la pena perder nuestra vieja armonía?

Oigo a la mujer:

—Qué bien que habéis hablado entre vosotros para enseñarle a hablar a él. Ahora pon tu mano en su garganta.

Me hundo en la mirada del niño para creer que nada se ha roto.

—Pon tu mano en su garganta, hombre santo —oigo a la mujer.

Es una mirada tan armoniosamente muda...

—¿Es que no quieres que hable?

Los gritos de la mujer repitiendo su desesperada pregunta son alejados por don Gabino, que se los lleva a los dos.

Sigo oyendo sus voces desde el colchón. Están los cinco. Oigo también entrechocar de vasos y estampidos, como de cohetes, de botellas de champán descorchadas.

—Seguimos esperándote, Rogelio. ¿No vas a salir de tu nido?

Llevan más de dos horas sin mí. Sólo Luis Ceberio levantó la lona de la entrada para anunciarme la llegada del grupo. A medida que los corchos saltan de las botellas, sus voces son más escandalosas. ¿Qué celebran? ¿Y por qué aquí? Me importa un bledo. Ellos no pertenecen a este sitio, ni pueden llenar mi vacío. Como ya es de noche, Luis Ceberio me dice:

—Trae la linterna cuando vengas.

Las frases que me llegan son cada vez más rotas, y cuando se ponen a cantar se diría que esto es una taberna. ¿Por qué no salgo a reunirme con mis antiguos compañeros? Han venido a visitarme y yo no les hago los honores; es como si su comportamiento y mi percepción de las cosas siguieran leyes diferentes. Todo mi cuerpo queda tenso al oír un golpe seco y hondo, y ahora comprendo mi error por no haber salido a vigilarles. ¿Fue el golpe de una herramienta cortante en su encuentro con el tronco de la higuera? Cojo la linterna y salgo precipitadamente y ellos me reciben con exclamaciones triunfales. Enciendo la linterna y lo primero que alumbro es la higuera. Intacta, nadie a su lado. Luego, la luz fija los bultos de los cinco.

Los que no están sentados en el suelo vienen a mi encuentro y me abrazan, repitiendo sólo mi nombre, como si su cerebro no les diera para más. Me mojan con los chorros de champán que brota de los morros de las botellas que hacen bailar en el aire.

—¡Rogelio..., Rogelio..., Rogelio...!

Me conducen hasta donde se hallan los que están sentados, mientras yo me aíslo de los achuchones para cerciorarme de que no hay nadie cerca de la higuera.

—¿Qué celebráis? —les pregunto, pero mi voz suena lejos de lo que aquí sucede.

Y, curiosamente, ellos relajan su fiesta hasta dejarla casi en completo silencio, del que sólo me llegan sus estertores en forma de eructos y toses.

—¿Qué celebráis? —repito.

Los cinco me miran y no me miran; quiero decir que sus ojos se posan en mí y sólo aguantan así segundos, para pasar a no mirarme, y enseguida volver a sentir yo sus ojos, aunque no los vea.

Ahora estoy rodeado por los cinco, unos sentados y otros de pie. Mudos. Mi pregunta los ha dejado así. Lamento haber truncado su alegría, y medito en dónde está mi fallo de oportunidad, pues en una fiesta si algo no sobra es una pregunta como la mía. De modo que quiero insistir, enviarles por tercera vez la pregunta, y si no lo hago es porque quizá ésta se trate de una de las mejores formas de fiesta, la que carece de una motivación conocida y sólo existe por un impulso irreprimible.

—Ya le hemos dado la tabarra bastante —dice Luis—. Dejemos esto.

—Nos ha costado venir, pero aquí estamos. Me niego a dejarlo para otro día —dice Eduardo.

—Lo que haya que hacer... hay que hacerlo —dice Salvador.

—Yo fui el primero en oponerme, pero nos une la unanimidad —dice Fructuoso.

—No hablo de dejarlo para otro día sino de dejarlo —dice Luis.

Veo en el suelo dos cajas de botellas, una llena y la otra con dos de sus doce. Saco una de éstas, suelto el alambre, hago saltar el corcho con un estampido y bebo a morro un trago muy corto, sólo mojar los labios. Treinta años sin catarlo. Lo escupo, y así consigo lo que pretendía, porque ellos rompen a reír y salen de su borrachera llorona. Abren nuevas botellas y me incorporan a la segunda parte de la fiesta. He acertado a encauzarles tan bien, que cuando les pregunto, una vez más: «¿Qué celebráis?», no vuelven a caer en el bache y recuperan la atmósfera tabernaria.

Nunca había oído cantar a Pedro Alberto, pues el viejo *Cara al sol* levantaba nuestros corazones a trascendencias muy graves, y lo que ahora cantan los cinco se dirige a la libérrima y humilde alegría de los sentidos.

Me acerco a Pedro Alberto y le digo:

—Creo que festejáis el fin de algo, y si este algo no fuera bueno para mí, no habríais buscado mi compañía.

—Sí, celebramos el último capítulo de algo —le oigo.

—El final de la crisis con el Ayuntamiento y contigo. Habéis entrado en razón. Rogelio puede seguir aquí otros treinta años. Por eso quiero veros felices también. ¡Bebed, bebamos!

Echo un buen trago de mi botella y me abraso por dentro. ¿Qué les ocurre a los cinco que no me acompañan? Han dejado las gamberradas y me miran como si mi euforia les encantara de verdad, aunque ni se incorporan a mi fiesta ni me llevan a la suya: sus ojos sobre mí no echan chispas, son tristes, y no lo entiendo.

Ahora, Luis saca otra botella de la caja y viene con ella hasta mí soltando palabras gamberras que contradicen con la angustia de sus ojos.

—¡Bebe, Rogelio, bebe! ¡Emborráchate hasta las cachas! ¡Bebe, bebe! ¡No pienses en otra cosa que en vaciar botellas una tras otra!

Me obliga a levantar la botella que tengo en la mano y, apoderándose de la linterna, dirige su luz hacia ella. «¡Todavía hay un culito!», anuncia, y él mismo la lleva hasta mi boca y debo vaciarla, y entonces arroja al suelo el casco vacío y abre la suya y lucha por vencer mi resistencia para que siga bebiendo.

—¡Más, más, Rogelio! —vocifera—. ¡Todo será poco! ¡Hasta que no sientas las putadas!

Ni siquiera Pedro Alberto se lo impide. ¿Por qué se lo iba

a impedir si esto es una fiesta? El que hayan dejado de cantar y sus miradas me parezcan obtusas, no significa que abandonan la fiesta, pues siguen bebiendo como cosacos, sacan sin descanso botellas de la caja. Sin embargo, por mucho que beban, ya no cantan.

En una esquina hay un bulto en el que no reparo hasta que Pedro Alberto se acerca a él.

—¿Necesitas luz? —le pregunto.

El silencio total que nos envuelve de pronto me hace creer que el de antes fue ruidoso. Aunque Pedro Alberto no me contesta, doy un par de pasos dirigiendo al mismo tiempo la luz contra ese bulto; es un saco, del que extrae una cuerda larga y gruesa.

Uno exclama:

—¡Basta, no contéis conmigo! ¡Me voy!

Es Luis Ceberio. Fructuoso, Salvador y Eduardo le rodean y le hablan, aunque no les oigo. Pedro Alberto va a ellos con la cuerda en las manos. Presiona a Luis en el pecho con el rollo de la cuerda y le dice:

—Elige una rama.

—Que lo haga otro —le pide Luis.

—Lo harás tú —insiste secamente Pedro Alberto.

Luis lanza un gemido. Sí, un gemido. Es mucho más que tristeza. Camina hacia la higuera, y cuando estoy seguro de que es su meta, echo a correr, llego antes que él a la tumba y hago de muro.

—¿Me queréis explicar qué es todo esto?

Eduardo y Fructuoso me agarran cada uno de un brazo, y el de Salvador me rodea el cuello por detrás; es decir, que por fuerza ha de estar pisando la tumba, que tengo a mi espalda. No protesto, no me debato, sólo quiero que Salvador deje de pisar la tumba.

Al intentar moverme hacia delante, ellos acceden, y los cuatro nos apartamos un metro, lo suficiente. Pero veo a Luis medio oculto por el gran ramaje de la higuera, creo que buscando la rama que le ha pedido Pedro Alberto.

—¡Fuera, fuera, por favor! —estoy casi seguro de que grito—. ¡No pisoteéis lo que tanto me ha costado!

Ahora es Pedro Alberto el que se acerca.

—Ha de estar a más altura que un hombre —le dice.

Y él mismo invade la tumba para comprobarlo, de manera que ya son dos pisoteándola.

—¡Por favor, por favor! ¡Salid de ahí, no sigáis ensañándoos con el chico!

Más doloroso que el desprecio, el abuso, la irreverencia, la profanación es la despiadada voluntad de querer hacerlo. Nunca había ocurrido en treinta años. Aunque las vacas, los burros, las bandas de chavales hubieran llegado a la higuera y pisoteado la tumba, habría sido diferente. Lo de ahora sólo es digno de adultos de la especie humana..., por muy falangistas que sean.

Y ocurre que cuando Pedro Alberto empieza a patear con saña la tumba, y Eduardo, Fructuoso y Salvador me sueltan, pasan a la tumba y se ponen a hacer lo mismo, yo no lo impido porque no puedo moverme, a pesar de que ya no me agarra nadie. Oigo el gemido de Luis un momento antes de sumarse a los bárbaros y patear el bellísimo césped con tanta o mayor furia que ellos. Y, no contentos, ahora se ponen a levantar la tierra con la punta de sus zapatos; los hincan y hacen palanca hacia arriba, y en poco tiempo remueven toda la cubierta de la tumba, y es un primer paso para que lo que allí crezca en el futuro sea la áspera vegetación del entorno.

Se sientan uno tras otro a medida que se van cansando, aunque más destrozados están por la borrachera que tienen encima. Se tienden de espaldas, respirando con ahogo, tosiendo, empapadas de sudor sus camisas, y como los pies de Luis han quedado sobre la tumba, los levanta y machaca furiosamente la tierra con los tacones, suspirando, es decir, gimiendo:

—¡La maldita tumba tiene la culpa de todo!

Y llora. Hasta que Pedro Alberto parece descubrirme allí, de pie, mirándolo todo sin moverme, y exclama, levantándose:

—¡Cuidado, que no escape!

Y Eduardo, Fructuoso y Salvador también se levantan pesadamente y me vuelven a sujetar de los brazos, mientras Pedro Alberto recoge la cuerda del suelo y sus manos maniobran en un extremo de ella hasta conseguir una lazada con un nudo corredizo.

—Toma, Luis —dice, y le entrega la cuerda.

—No puedo hacerlo —dice Luis, con la cuerda colgando de su brazo caído.

—Está decidido, lo hemos hablado. Los cinco estamos metidos en esto. Votamos: cuatro síes, un no. ¿De quién fue? No me importa. En Getxo aún no ha terminado la guerra y hemos de terminarla con otro primero de abril, terminarla de una puta vez —y Pedro Alberto señala la higuera—. Que alguien traiga la silla —añade.

Comprendo lo que quieren hacer conmigo y, desde su punto de vista, resulta lógico. Lo único que me inquieta es el futuro de la tumba, tanto por el chico como por mí mismo, por la inutilidad de tanto esfuerzo y, ¿por qué no?, ilusión. Empeñé mi vida en ella. Si, hasta ahora, la tumba dependía de mí, en adelante dependerá de la higuera. Sé que ellos intentarán borrarla del mapa: primero, el ermitaño; luego, la higuera; los dos escandalosos reclamos. Ausente yo, ¿abandonará el chico las sombras para tomar abiertamente cartas en el asunto? Ausente yo, si hubo afán de venganza por su parte, se esfumará. Quizá ahora, con él solo, la defensa de la tumba adquiera la legitimidad de que careció conmigo... Es a lo más que alcanzan mis profecías.

Veo a Luis atar un extremo de la soga, a una rama alta y fuerte. Salvador, Eduardo y Fructuoso me conducen al punto debido... ¡y he de pisar la tumba!

—Por favor, que mis pies queden pronto suspendidos —digo.

—No lo puedo creer —murmura Salvador.

Inclino la cabeza para facilitar que Pedro Alberto la introduzca en el lazo. Siento un aire en mi oreja.

—Yo voté que no —oigo a Luis—. ¿Me crees?

—Sí —le aseguro.

Me vuelvo a Pedro Alberto.

—Me gustaría preguntarte una cosa —digo.

Entre Salvador y Eduardo me suben a la silla. Pedro Alberto me mira desde abajo, esperando.

—Nunca me atreví a preguntártelo.

Veo a los cinco como estatuas de piedra.

—¿Qué significa «España es una unidad de destino en lo universal»?

Mercedes Azkorra

Si en aquella mañana de mayo de 1966 hubiéramos echado la vista atrás y rescatado del tiempo que Txominbedarra no sólo procedía de la guerra sino de uno de sus componentes de recuerdo más estremecedor, Falange Española, no nos habría asombrado tanto su violento final, colgado del cuello de una rama de la higuera de la que no se había separado en los últimos treinta años; había prevalecido más en nosotros la imagen de Chumbo (Txominbedarra y Chumbo fueron los motes con los que le nombrábamos, inscrito el primero en el registro de bautismos populares a su instalación en lo que entonces era extrarradio, en junio o julio del 37; y el segundo, consecuencia de su crispada defensa de los higos de aquella higuera desde la mismísima aparición del primero de ellos, hasta el punto de que sólo un getxotarra consiguió en aquel tiempo probar una docena: mi alumno de siete años Julio Zalla) viviendo pacíficamente en aquel humedal, cobijado en un mal chamizo de tablas y uralita, primero como solitario trastornado mentalmente y después como ermitaño hacedor de milagros y atracción turística.

Sí, nos produjo no poca impresión la noticia de su muerte violenta. ¿Por qué se suicidó —y nuevo asombro— colgándose de su querida higuera?

Alguien lo descubrió allí de madrugada y avisó a los municipales, y éstos, al juez, tras contemplar el cuadro. Colgaba de una cuerda innecesariamente gruesa, no sólo para sostenerle a él, pequeño y flaco, sino a otro más pesado; y los nudos que la fijaban a la rama eran nada menos que seis o siete; todo, propio de quien se suicida por primera vez, según la salida desafortunada de uno de los municipales. Vestía el sayón deteriorado con que siempre se le conoció, excepto en los dos o tres primeros años, si no recordábamos mal; y a su lado, caída, estaba la silla sobre la que pasaba la mayor parte de las horas y de los días, vigilando la higuera, y que, con su miserable catre, constituyeron sus únicos muebles.

Poco más habría dado de sí el episodio de no haberle seguido otro, menos de veinticuatro horas después; habría quedado como una especie de segundo final de la guerra, a semejanza de esos soldados japoneses que se ocultan en selvas y en ellas permanecen décadas ignorantes de que su guerra ha terminado; la prolongada presencia de Chumbo no podía dejar de recordarnos la guerra, de modo que algunos tomaron su muerte como la clausura de su último vestigio visible entre nosotros. Pero no fue tan simple.

¿Qué pretendía aquel hombre extrayendo tierra con furia convulsa justamente debajo de esa higuera? Nunca lo hiciera. Estando en ello, aparecieron cinco amigos de Chumbo —antiguos falangistas, como el propio Chumbo, o aún falangistas todos, que hoy, ya en 1966, cualquiera sabe— y lo dejaron medio muerto de una brutal paliza, sin descartar su intención de matarlo del todo. ¡Otra vez la higuera en candelero!

El excavador resultó ser Joseba Ermo, y nadie sabe si lo habría vuelto a intentar, pero, por una parte, hubo de permanecer varios meses en el hospital, y, por otra, se pusieron en marcha los preliminares de las obras de nuestro Instituto de Segunda Enseñanza. Tendríamos que volver al Ermo que excavara en las raíces de la higuera al conocer la gran revelación.

—A lo que parece, esa higuera posee una formidable capacidad de convocatoria —comentó Manuel—. Y me refiero tanto a lo que ya lleva ocurrido a su alrededor como a lo que está por llegar.

—¿Qué está por llegar? —quise saber.

—Si esos cinco ciudadanos que viven entre nosotros..., que viven entre nosotros, Merche, que viven entre nosotros treinta años después..., se pusieron como se pusieron con Joseba Ermo, cómo no se pondrán cuando el Ayuntamiento traiga las excavadoras y le llegue la hora a la higuera. ¿Qué tiene, aparte de higos..., aunque dicen que son brevas? ¿Qué tiene?... ¡Siempre andamos a la caza de misterios! No tiene nada: hay que pensar que los cinco se limitaron a comportarse como buenos amigos del difunto defendiendo esa higuera, como hizo siempre Chumbo. Pero al Ayuntamiento no se le puede dar una paliza. Aunque, de esa gente, cualquiera sabe: seguro que conservan sus armas de la guerra. Están entre nosotros, Merche, y aunque Franco sigue velando, por fuerza han de temer que alguien atente contra ellos, algún descendiente de fusilado o paseado. Portan armas, sin duda... Viven entre nosotros como si nada, confiando en que nuestra memoria se debilite.

—Te equivocas en cuanto a la higuera: ellos y el Ayuntamiento compartían el mismo interés por desalojar a Chumbo de su parcela.

—Habrán cambiado de idea...

—¿De un día a otro?

—Ese árbol contiene demasiados secretos... Pero creo más en lo que significa la paliza al Ermo que en cualquier otra cosa. Esos tipos no quieren que se toque la higuera, y has de ver cómo somos testigos de su enfrentamiento con el alcalde.

Sea como fuere, entonces aún no sospechábamos lo que estaba por caer. Podría decirse que no sabíamos nada, o muy poco. La paliza a Joseba Ermo tuvo lugar en la noche que siguió al ahorcamiento y fue vista por el mismo vecino que alertó sobre el hombre ahorcado: es panadero y ha de ir y venir de noche por ese camino.

—Nunca sabremos cómo supieron esos falangistas que Joseba Ermo iría con su pala aquella noche —comenté con Manuel.

—Yo lo sé —declaró—. Fidelidad inquebrantable, amistad inquebrantable... A esta gente le gusta mucho eso de inquebrantable. Esta vez, sincera. Te lo dije: se trataba del amor de Chumbo por la higuera, de su más que demostrada defensa de ella: quisieron sustituirle aquella noche.

Y entonces entró en escena el personaje más insospechado, el cura don Gabino. Y seguimos sin salirnos de la higuera: llegó al lugar del ataque después de la paliza.

—¿Sabes quién es don Gabino? —pregunté a Manuel. Trató de recordar—. El hijo de Simón García, el maestro de Las Arenas. Está de coadjutor en Erandio. Entonces, claro, era un niño.

—Ah, sí, el pequeño del maestro... Sí, sí... ¡Ah!, ¿no es el que también lleva horas junto a la higuera? ¿Qué hace allí?, ¿qué tiene él que ver con...? ¡Es asombrosa la capacidad de convocatoria de...!

—Reza. Le han visto... Pero antes hizo otra cosa. Nada más llegar. Fue lo primero que hizo. —Manuel me miró, expectante—. Remató el trabajo de los cinco de rellenar el agujero que abriera Joseba Ermo, allanando el piso y dejándolo como estaba, aunque no con el aspecto de cuidado jardín con que lo tenía Chumbo.

—¿Qué tiene que ver don Gabino con esa higuera? ¿Estamos asistiendo a la reconciliación de los dos bandos de la guerra a los pies de ese árbol tótem?

La emoción y las lágrimas ahogaron las palabras que esperaban el gran momento.

—Tómate el tiempo que quieras, mujer —trató él de calmarme, y me besó en la mejilla—. Yo, espero, pero tú, tranquila... ¿Es la revelación? —y me dio otro beso.

Eran los últimos días de clase y hablábamos en el patio de la escuela. Necesité sentarme y lo hicimos los dos en el pequeño banco de piedra adosado al muro tapizado de enredadera.

—Tras un par de horas de rezo y meditación, de pie, inmóvil, abandonó el sitio...

—La higuera.

—... y se dirigió a...

—Perdona, por favor... ¿Por quién rezaba?, ¿está seguro el que lo vio de que rezaba? Porque no podía ser más que por Chumbo, el asesino de los suyos... ¿La reconciliación?... Perdona. Sigue.

—Regresó trayendo a su abuela, a su madre y a su hermana, y los cuatro se arrodillaron al pie de la higuera... y rezaron. Las tres mujeres lloraban sin cesar, aunque su calma asustaba.

—No lloraban por Chumbo, por supuesto.

—No, no lloraban por Chumbo.

Manuel no fue capaz de emitir una palabra, las aletas de su nariz temblaban con el vendaval de su pecho.

—¿Es lo que pienso? —pudo susurrar al fin.

—Sí, Manuel.

—Dios mío, los dos de Gurbietaena fueron enterrados ahí... Entonces, ¿qué nos quieren decir el Ermo poniéndose a desenterrarlos y los cinco impidiéndoselo con una zurra?

—¿Es lo que pienso? —pregunté, temblándome las piernas.

—Sí, Merche.

Lo que empezó a circular dulcemente por el pueblo no fue la verdad, la revelación, sino la actitud de las tres mujeres acudiendo con entereza al lugar, en ocasiones hasta tres veces en un mismo día, para, arrodilladas, fundirse en el mismo rezo, detrás de las flores que depositaban en la tierra. El incremento de visitantes se produjo de manera gradual y, sí, dulce. Nunca hubo muchedumbre. Se diría que un maestro de ceremonias repartía invitaciones con mesura. Y se hizo así no porque estuviéramos en 1966 y miles de tumbas condenadas al olvido por todas las cunetas de España esperaban su resurrección, sino porque el camino que estrenaba aquella tumba era tan profundo y tan nuevo que aún convenía avanzar por él con el viejo terror.

—El niño Gabino lo sabía y ha callado hasta hoy —medio estalló Manuel—. ¿Cómo lo supo él y no las mujeres?

Ah, misterios del pasado. Y también lo sabían nuestros cinco falangistas: tenían derecho, para eso los habían matado... ¿Y quién más?... Por cierto: ¿qué se traía el Ermo abriendo ahora la tumba?

—También lo sabía, fue el delator. Y lo sabía Chumbo, que era el sexto hombre.

—Claro, Chumbo. ¿Qué le hizo plantar la higuera encima de la tumba? Si quedaban dudas sobre su demencia... Oye, Merche: ¿tendremos que preguntarnos quiénes no lo sabían, aparte de ti y de mí?

—Las que no lo sabían eran las tres mujeres del niño Gabino. ¿Por qué las tuvo tantos años en la ignorancia? ¿Para que se olvidaran antes de la pérdida? A medida que pasaban los años se le haría más difícil... Pienso que, al querer abrir la tumba Joseba Ermo, don Gabino comprendió que era hora de que ellas lo supieran.

—¿Y quién los enterró? —me preguntó Manuel, o se preguntó a sí mismo, con las características tres arrugas de su frente.

Otra revelación, no tan profunda aunque sí conmovedora, nos la proporcionó Julio Zalla, hijo del cerrajero Antimo. La higuera encima de la tumba le hizo recordar que aquélla procedía de la que hubo siempre en Gurbietaena, es decir, que había convivido con Simón García y su hijo Antonio. ¡Los esquejes y los hijuelos de los que creció la que luego pregonaría la existencia de la tumba, enraizaron y crecieron no con el agua de riego de Chumbo sino con la sangre de los dos sepultados! (Sólo fue un tierno delirio por nuestra parte.) Julio Zalla, que en 1937 tenía siete años y era un experto en higos y brevas, fue el único de nosotros capaz de sortear una sola vez la vigilancia de Chumbo, probar sus higos —sus brevas, según él— y conocer que sabían igual que los de la higuera de Gurbietaena; su secreto lo hizo público al descubrimiento de la tumba, ya con treinta y seis años. «No sabía que era importante», confesó.

Aquel principio de trasiego de gentes que iban y venían corría el peligro de parecerse demasiado a las pasadas aglomeraciones en el mismo lugar, y fue lo que nos hizo confiar en una resolución favorable del Ayuntamiento sobre el destino de la tumba: perdido para siempre el hombre santo y su señuelo turístico, a las autoridades les vino a las manos la nueva seducción en forma de higuera, en la que volcaron sus esperanzas para reproducir las peregrinaciones. «Las gentes creen que la higuera ha heredado el alma y los poderes milagrosos del eremita», circuló por uno de los plenos municipales. Y así se implantó entre nosotros la estrecha vinculación entre la tumba y la higuera.

Pero la invasión de peregrinos en el recinto de un instituto no era de recibo, representó un escollo insalvable para el que los munícipes no encontraron solución. El problema del alcalde de Getxo no era el problema de Getxo: tumba o instituto, higuera o instituto, porque ellos (el franquismo, su represión) nunca asumieron los muertos porque nunca los vieron, y la anécdota del alcalde de Getxo negándose a visitar la tumba fue muy didáctica en este sentido. «Necesito una coartada técnica para dejar la higuera donde está y que el instituto la envuelva», pedía a los arquitectos. La desmantelación de la tumba se acercaba.

—¿Qué hacemos? —preguntaba yo a Manuel en aquellos días.

—Cabría hacer algo si Chumbo no hubiera cometido el gran error de su vida plantando ese árbol sobre sus propias víctimas —me explicaba él.

—No fue un error, lo hizo a conciencia. Se suicidó cuando las obras del instituto iban a destruir lo que parece fue la obra de su vida, es decir, la ocultación de... Nada de error.

—Y, ahora, el alcalde compartiendo con él esa hermandad higuera-tumba, tan delatora para ambos. ¡Es como si todos ellos se hubieran vuelto locos! Uno se suicida y el otro se desvive por instalar esa bomba en el instituto... Todo esto es muy confuso, ¿no te parece, Merche?

La confusión tomó cuerpo cuando alguien hizo encajar las piezas del rompecabezas.

—¿Un jardín botánico? —exclamó Manuel al saltar la noticia a la calle.

—Don Gabino ha enviado al Ayuntamiento un apasionado informe detallando las grandes ventajas que supondría para el instituto, es decir, para Getxo, la creación de un jardín botánico, una rica exposición de plantas, árboles y flores, tanto autóctonos como exóticos. Su emblema sería la *Picus carica*, la higuera, nuestra higuera. El jardín botánico se extendería a su alrededor. No habrá que moverla.

—Por supuesto que nadie deberá tocarla.

—El alcalde ha encontrado la coartada que buscaba. Habrá jardín botánico abierto al público, que era la indeclinable condición de don Gabino.

—Las gentes no acudirán a contemplar árboles, plantas y flores, porque traerán sus propias flores para la tumba —aseguró Manuel con calor—. Si Chumbo se ha salido con la suya, e igualmente el alcalde, es que al mundo lo han puesto del revés... ¿Acaso, Merche, estás llorando por esos pocos días que le faltaron a Chumbo para no tener que suicidarse?

—Escucha: se llamaban Simón García y Antonio García, ¿recuerdas? En ellos serán recordadas las miles de víctimas sin tierra que algún día tendrán su jardín botánico.

—Pero, insisto: la clave está en esos falangistas que casi matan al Ermo por impedir que desenterrara esos dos cadáveres y se descubriera que aquello era una tumba. Los conocemos, sabemos sus nombres, apellidos y profesión porque siguen entre nosotros. Sabemos cómo tosen, cómo visten, cómo nos miran. Desean que olvidemos el pasado. Nosotros lo estamos olvidando y ni soñamos con represalias... ¡Ah, pero acaba de aparecer una tumba y ellos, a estas alturas, no quieren verse reconocidos!

Cuidado, pues. ¿Habrá que apostar a una pareja de la Guardia Civil para que no la borren del mapa?... Qué tonto soy, Merche: ni se acercarán. No asumieron los cadáveres de Simón y de Antonio porque ni siquiera los vieron –aseguró Manuel con una subida brusca de la nuez en su garganta.

Últimos títulos

569. Perfil asesino
     John Connolly

570. Un as en la manga
     Annie Proulx

571. Venas de nieve
     Eugenio Fuentes

572. La pirámide
     Henning Mankell

573. La verdad sobre mi mujer
     Georges Simenon

574. Bami sin sombra
     Fernando Aramburu

575. Tokio blues
     Norwegian Wood
     Haruki Murakami

576. El regreso del húligan
     Norman Manea

577. La neblina del ayer
     Leonardo Padura

578. Historias de Maine
     Lewis Robinson

579. La huida
     Georges Simenon

580. Estaciones de paso
     Almudena Grandes

581. Bollywood
     Shashi Tharoor

582. Insensatez
     Horacio Castellanos Moya

583. Los reinos de la casualidad
     Carlos Marzal

584. Un secreto
     Philippe Grimbert

585. Viaje al fondo de la habitación
     Tibor Fischer

586. El retorno del profesor de baile
     Henning Mankell

587. Contra Sainte-Beuve
     Recuerdos de una mañana
     Marcel Proust

588. De buena fe
     Jane Smiley

589. Los postigos verdes
     Georges Simenon

590. Sombras del pasado
     Ha Jin

591. Sueño profundo
     Banana Yoshimoto

592. La raza
    La dama errante, La ciudad de la niebla,
    El árbol de la ciencia
        Pío Baroja

593. Los violines de Saint-Jacques
    Una historia antillana
        Patrick Leigh Fermor

594. La tía marquesa
        Simonetta Agnello Hornby

595. Adiós, Hemingway
        Leonardo Padura

596. Las vidas de Louis Drax
        Liz Jensen

597. Parientes pobres del diablo
        Cristina Fernández Cubas

598. Antes de que hiele
        Henning Mankell

599. Paradoja del interventor
        Gonzalo Hidalgo Bayal

600. Hasta que te encuentre
        John Irving

601. La verdad de Agamenón
    Crónicas, artículos y un cuento
        Javier Cercas

602. De toda la vida
    Relatos escogidos
        Francisco Ayala

603. El camino blanco
        John Connolly

604. Tres lindas cubanas
     Gonzalo Celorio

605. Los europeos
     Rafael Azcona

606. Al encuentro de mí misma
     Toby Litt

607. La casa del canal
     Georges Simenon

608. El oficio de matar
     Norbert Gstrein

609. Los apuñaladores
     Leonardo Sciascia

610. La hija de Kheops
     Alberto Laiseca

611. La mujer que esperaba
     Andreï Makine

612. Los peces de la amargura
     Fernando Aramburu

613. Los suicidas del fin del mundo
     Leila Guerriero

614. El cerebro de Kennedy
     Henning Mankell

615. La higuera
     Ramiro Pinilla

616. Desmoronamiento
     Horacio Castellanos Moya